Der Hawdalateller

Vorbemerkung des Autors

Die Stadt Köln war im Hochmittelalter eine Metropole mit vergleichsweise hohem jüdischem Bevölkerungsanteil. Die Chronik der Stadtgeschichte hat deshalb viele Bezugspunkte zum jüdischen Leben und Leiden.
Die Protagonisten dieses Romans sind fiktive Gestalten, ihr Schicksal basiert jedoch auf historischen Ereignissen. Es ist beklemmend, wie oft es im Lauf der Jahrhunderte zu antisemitischen Strömungen, zur Verfolgung und Ermordung jüdischer Minderheiten kam.

Wesentliche Unterstützung bei meiner Arbeit erfuhr ich durch Frau Ingrid Wilkening, die mir mit ihrer kritischen und gründlichen Lektoratsarbeit beiseitegestanden hat und der ich herzlich danke.

Dr. Volker Himmelseher

Volker Himmelseher

Der Hawdalateller

Jüdisches Leben und Leiden
vom Mittelalter bis zur Neuzeit

Bibliografische Information der Deutschen Nationalbibliothek
Die Deutsche Nationalbibliothek verzeichnet diese Publikation
in der Deutschen Nationalbibliografie; detaillierte bibliografische
Daten sind im Internet über http://dnb.d-nb.de abrufbar.

© 2017 Volker Himmelseher
Umschlagdesign, Satz, Herstellung und Verlag:
BoD - Books on Demand
ISBN 978-3-7431-2557-5

*Ja, Schmerz! Du machst Menschen erst
zu Menschen ganz.*
(Alphonse de Lamartine)

1252 im April. Das Kölner Becken saugte die Wolken aus dem Westen unaufhaltsam an und bot ihnen eine günstige Herberge. Die Stadt lag an diesem Morgen wieder einmal unter einem grauen Wolkenteppich, den westliche Winde nicht vertrieben, sondern eher verdichteten. Sprühregen peitschte durch die Straßen und Gassen und verwandelte Geh- und Fahrwege in einen zähen Brei aus Matsch und Unrat. Wer nicht in dringender Angelegenheit vor die Tür musste, blieb tunlichst zu Hause.

Erzbischof Konrad von Hochstaden saß zusammengesunken am brennenden Kamin im Lieblingssalon seines Palastes. Ihn fröstelte. Er schaute aus dem Fenster und dachte: Erst wenn sich die Wolken richtig abgeregnet haben und schwach und dünn werden, werden sie wieder den Blick auf das Himmelsblau freigeben, und die wärmenden Sonnenstrahlen werden endlich zurückkehren. Den Erzbischof quälten gerade bei dieser Witterung heftige Gliederschmerzen. Heute waren sie kaum noch auszuhalten. Und so fuhr er einen seiner Bediensteten herrisch an: »Los, hol mir den Arzt! Spute dich. Es tut not.«

Der Mann nahm sich kaum Zeit für eine Verbeugung und machte sich eiligst auf den Weg.

Sie kommen also wieder zu zweit, dachte der Erzbischof grimmig. Der Adlatus nimmt sich schon genauso wichtig wie der Arzt sich selbst.

Aber der Gehilfe blieb immerhin noch respektvoll einige Schritte hinter seinem Meister.

Der Arzt kam mit gemessenen Schritten auf den Geistlichen zu. Sein langes schwarzes Gewand berührte leicht den Boden. Er deutete eine Verbeugung an und fragte einfühlsam: »Wie fühlt Ihr Euch heute, Eminenz?«

Der Kirchenfürst stöhnte leise und antwortete ungnädig: »Es geht mir schlecht, schlechter noch als gestern. Eure Anwendungen haben mir keine Linderung gebracht. Meine Glieder schmerzen wie zuvor.«

»Dann müssen wir heute nochmals Euren Urin beschauen.«

Von Hochstaden war darauf vorbereitet und wies mit einer leidenden Geste auf das Gefäß neben seinem Sessel. Wichtig zeigte der Medikus mit der Hand auf das halbvolle Glas. Sein Assistent eilte hin, um es zu holen. Der Arzt nahm das Glas und ging ans Licht.

»Euer Urin müsste golden und klar sein«, sagte er. »Er ist aber dünn und trübe. Ihr seid auch heute wieder von melancholischem Gemüt. Ihr habt zu viel Blut. Wir müssen Euch erneut zur Ader lassen.«

»Das hat mir in der Nacht auf heute schon keine Linderung gebracht«, wehrte sich der Fürst vorwurfsvoll.

»Habt Geduld, hoher Herr. Bei Melancholikern bewirkt die schwarze Galle ein trauriges Gemüt. Wir müssen in Euren Säftehaushalt eingreifen und ihn regulieren. Glaubt mir, Schröpfen, Schwitzen und ein leichtes Brech- und Abführmittel sind auf Dauer die richtigen Hilfen für Euch.«

Des Bischofs trübe Augen guckten ungläubig, aber er ergab sich schließlich in sein Schicksal. Verbittert dachte er jedoch für sich: Der Kerl holt mir noch die letzten Lebenssäfte aus meinem kranken Leib, dabei brauche ich ihn gesund für all die Kämpfe und Streitigkeiten, die auf mich warten. – Die Spannungen mit dem Bischof von Paderborn und dem Grafen von Jülich steigerten sich langsam ins Unerträgliche, und auch ansonsten ereignete sich zurzeit viel Unerfreuliches.

Das Schröpfen war wie immer schmerzhaft und unangenehm.

Als der Medikus fertig war, schob er den schweren Brokatärmel des Bischofs in die Höhe und fühlte dessen Puls. Er wiegte bedenklich den Kopf und sagte: »Der Puls ist sehr schwach, ich kann Euch leider auch heute die bittere Medizin nicht ersparen.« Er griff in die schräge Tasche seines schwarzen Überkleides und holte ein Beutelchen hervor. »Nehmt dieses Pulver mit etwas lauwarmem Wasser, bevor Ihr zu Bette geht und morgens direkt nach dem Aufstehen noch einmal. Ihr werdet bald würgen und Euch erbrechen müssen. Die schlimmen Gifte werden auf diese Weise Euren Körper verlassen. Ihr werdet Euch besser fühlen. Jede Krankheit ist eine Warnung Gottes. Deshalb fällt die Medizin zur Buße bitter aus. Ein zusätzliches Gebet an den heiligen Andreas kann im Übrigen nicht schaden. Der steht bei solchen Leiden gottesfürchtigen Kranken stets bei.«

Den letzten Satz fügte der Arzt hinzu, weil er wusste, dass der Bischof zu gern auf die Hilfe der Heiligen setzte.

Die beiden Gelehrten erledigten ihre Arbeit und gingen genauso wichtig, wie sie gekommen waren.

Im Elend bleibt kein anderes Heilungsmittel als Hoffnung nur.

(Mario Claudio)

Auf den Erzbischof kam eine unruhige Nacht zu und die Anwendungen brachten wieder keine Besserung.

Als er sich nach der Einnahme des Pulvers erleichtern wollte, wurde ihm schwarz vor den Augen. Er fiel vor seinem Bett in Ohnmacht. So fand ihn einer seiner Bediensteten und fürchtete schon das Allerschlimmste.

Doch der Erzbischof kam wieder zu sich, und am nächsten Morgen fasste er einen Entschluss und wies seinen Majordomus an: »Lasst den Judenarzt holen. Von ihm hört man wahre Wunderdinge. Er ist meine letzte Hoffnung.«

»Heute ist Sabbat, Eminenz. Das wird schwer werden, ihn zu holen«, wandte der Angesprochene ein.

»Der Jude wird nicht wagen, sich meinem Befehl zu widersetzen«, war die trotzige Antwort des Kirchenfürsten.

So machte sich ein dienstbarer Geist auf den Weg ins Judenviertel, um den jüdischen Arzt herbeizubringen. Der Bote hatte sich Holztrippen unter seine dünnen Schuhe geschnallt, um sie im Matsch nicht unnötig zu verschmutzen. Bald hatte er das Judenviertel erreicht.

Der Arzt Salomon wohnte im Jerusalemgässchen nahe dem jüdischen Kultbad, der *Mikwe*. Der Bote musste nur einmal fragen, um das Haus zu finden. Es war ein schmales hohes Haus. Der Löwe von Juda prangte als Türklopfer auf der Eingangstür. Laut und deutlich benutzte ihn der Mann. Nach einigen Augenblicken hörte er im Inneren des Hauses Schritte. Die Tür wurde geöffnet.

Ein hagerer, hoch aufgeschossener Mann trat ans Tageslicht. Er war von dunklem Typ, hatte schwarzes Haupthaar und einen glatten, gepflegten

Bart. Auf dem Hinterkopf trug er eine kleine bestickte Kappe und sah den Ankömmling mit großen braunen Augen fragend an.

Der Bote wusste nicht so recht, wie er beginnen sollte. Als Christenmensch hatte er zwar alles Recht der Welt, gegenüber dem Juden befehlend aufzutreten. Aber das Erscheinungsbild des Mannes nötigte ihm Respekt ab.

Der war von Bildung, das war ein Gelehrter! So entschloss er sich, sein Begehr mit gebotener Höflichkeit zu äußern.

Der Arzt hörte ihm aufmerksam zu und nickte verständnisvoll. Dann erwiderte er mit wohltönender Stimme: »Ich bin sofort bereit, muss nur schnell meine Gerätschaften zusammenpacken. Ihr könnt schon einmal vorausgehen. Ich komme gleich nach.«

Der bischöfliche Bedienstete trat verlegen von einem Bein auf das andere und antwortete leise: »Ich glaube, ich warte lieber auf Euch. Es wäre nicht gut, wenn ich allein zurückkäme.«

Der Jude war auch damit einverstanden, drehte sich auf dem Absatz um und beeilte sich, schnell wieder zurück zu sein. Schon bald waren die beiden Männer durch Regen und Matsch auf dem Weg zum kurfürstlichen Palast.

Als Salomon den Salon betrat, saß der Erzbischof in seinem hohen Sessel. Eine Pelzdecke bedeckte seine Beine. Er las mit kurzsichtigen Augen in der Heiligen Schrift. Seine Hände zitterten unter der Last des Buches.

Die Luft in dem überhitzten Raum war schlecht und verbraucht. Salomon näherte sich dem Kranken mit selbstsicheren Schritten. Freundlich wandte er sich dabei an einen der Bediensteten und wies ihn an, frische Luft in den Raum zu lassen.

»Zuallererst wird die Luft krank. Erst dann befällt die Krankheit den Menschen, der die kranke Luft einatmet«, wandte er sich erklärend an von Hochstaden und deutete dabei respektvoll einen leichten Kniefall an.

Der Erzbischof sah ihn betroffen an. Er war nicht gewohnt, dass man über seinen Kopf hinweg entschied.

»Die Ärzte hatten mir bisher Wärme und Schwitzen verordnet«, nörgelte er.

»Das eine schließt das andere nicht aus, aber die bösen Gifte sitzen nicht nur im Körper, sie sind auch in der Luft. Von dort kann man sie mit Aderlass aber nicht vertreiben«, antwortete ihm der Arzt bestimmt. »Lasst mich fragen, Eminenz, welch böses Leiden Euch so quält«, fügte er nach einer kurzen Pause hinzu.

»Es sind starke Gliederschmerzen, aber fast täglich kommt ein weiteres Leiden dazu«, jammerte von Hochstaden.

»Was wollt Ihr damit sagen?«, fragte ihn der Medikus besorgt.

»Diese Nacht, als ich aufstand, um mich zu erleichtern, wurde mir schwarz vor Augen und ich sank in einen todesähnlichen Schlaf«, antwortete der Erzbischof.

Salomon schaute ihn nachdenklich an, dann erklärte er ihm mit ruhiger Stimme: »Bei großer Anstrengung oder Aufregung erweitert sich das Herz enorm und gibt seine natürliche Wärme an die anderen Organe ab. Es gerät in eine Kältestarre, und diese Ohnmacht vergeht erst wieder nach einiger Zeit. Die Gefahr dabei ist nicht allzu groß. Das Phänomen ist schon in Hesekiel 45, 27 nachzulesen: *Als Jakob die Freudenbotschaft überbracht wurde, dass sein Sohn Josef lebt, blieb sein Herz stehen. Erst nach längerer Zeit lebte sein Geist wieder auf.*«

»Es ist tröstlich zu hören, dass Ihr trotz Eures Irrglaubens in den richtigen Schriften lest«, antwortete ihm Konrad beeindruckt. »Nun aber erwarte ich Eure Hilfe.«

Der Arzt verneigte sich wie zum Dank und antwortete: »Es geziemt demjenigen, der sich mit der Heilung des menschlichen Leibes befasst, der edelsten Schöpfung der Natur, dass er die zu behandelnde Krankheit genau erwägt und seine Anordnungen erst nach sorgsamer Abwägung trifft, damit er keinen Fehler tut. Töricht handelt ein Arzt, der sofort über jede Krankheit Auskunft erteilt. Lasst mich eine Nacht darüber schlafen, meine Bücher wälzen und alle Zeichen überdenken, die Ihr mir genannt habt. Eines jedoch kann fürs Erste nicht schaden: Lässt man eine gute Hand voll Weidenrinde eine halbe Kerzenlänge in sprudelndem Wasser ziehen, so entsteht ein wunderbares Mittel gegen Gelenkschmerzen. Ihr müsst es dann nur noch warm trinken.«

»Eigentlich habe ich mir heute schon mehr von Euch erwartet«, maulte von Hochstaden, »aber ich will mich in Geduld üben und Euren ersten Ratschlag befolgen.« Beim Zubettgehen flehte der Bischof Judas Thaddäus, den Schutzpatron für verzweifelte Lagen, um Hilfe an. Die Nacht verstrich und am Morgen glaubte er, etwas Besserung zu verspüren.

Am späten Vormittag des nächsten Tages kam Salomon wieder.

»So früh an unserem hohen Feiertag«, tadelte ihn der Geistliche.

»Für Euch ist mir jede Zeit recht. Gestern hatten wir unseren Feiertag, hoher Herr. Ich kam auch da sofort für Euer Wohlbefinden.«

»Ich darf eigentlich gar nicht zulassen, was Ihr da beteuert. Das kanonische Edikt von Beziers verbietet uns Christen die Behandlung durch jüdische Ärzte. Es wäre vielleicht besser zu sterben, als Euch mein Leben anzuvertrauen«, antwortete der Fürst giftig. »Ihr solltet zum wahren Glauben übertreten, dann stünde für mich Eurer Hilfe nichts im Wege. *Extra Ecclesiam nulla salus!*« Außerhalb der Kirche gibt es kein Heil, ergänzte er in festem Glauben.

»Das sehen wir Juden anders, ehrwürdiger Herr. Wir glauben, dass die Frommen aller Völker Anteil am Jenseits haben werden«, antwortete ihm Salomon im Brustton der Überzeugung. »Ich würde es als Arzt und Mensch zutiefst bedauern, wenn ich Euch nicht helfen dürfte.«

Dem Erzbischof imponierte die Unerschrockenheit des Juden. Um den Disput für heute zu beenden, sprach er einen passenden Spruch aus der Bibel: »*Ja, ja oder nein, nein, alles andere ist von Übel.*« Dabei schlug er ein Kreuz und fragte den Medikus, was sein Studium der medizinischen Schriften über Nacht ergeben habe.

Salomon war erleichtert, dass das prekäre Gespräch damit ein Ende fand. »Zur Erhaltung der Gesundheit und zum Erreichen eines hohen Alters bedarf es neben Sittenreinheit und geistiger Tätigkeit, die bei Euch unzweifelhaft gegeben sind, eines genügsamen Lebenswandels«, dozierte der Arzt, »denn Völlerei und Leichtlebigkeit fördern den Schmerz in den Gliedern und führen früh ins Grab. Geisteskräfte hingegen haben gute Einwirkung auf die körperliche Gesundheit. Ich empfehle Euch zunächst nur magere Kost. Auf den schweren Roten von der Ahr solltet Ihr auch eine Zeit lang verzichten. Wenn Ihr das befolgt, werden meine Medikamente Euch Heilung bringen. Ich habe sie in dieser Nacht frisch zubereitet. Hier haben wir ein Wacholderöl aus den Spitzen von Wacholderzweigen mit Eisenhut gemischt. Eisenhut ist eine gefährliche Pflanze. Wenn man nur ein kleines Stückchen von seiner Wurzel isst, stirbt man über Nacht. Doch zerrieben und mit Öl vermischt ist sie ein hilfreiches Mittel gegen Gliederschmerzen. Das Öl lasst Euch, leicht erwärmt, auf alle schmerzhaften Stellen streichen. Es wird Euch helfen.« Dann hob der Jude ein Leinensäckchen in die Höhe und zeigte es dem Kranken: »Darin ist Glöckleinkraut. Eure Köchin soll es in einen Kessel voll Wasser legen und in dem Sack recht lange sieden. Den Sud lasst danach in eine Wanne geben und badet darin, so heiß Ihr es ertragen könnt.«

Mit welchem Mut wagt es dieser Jude, mir, in dessen Nähe er erzittern müsste, meine Fehler vorzuhalten und mein Sündenregister aufzuzählen?, dachte der Erzbischof. Irgendwie gefällt mir diese Courage, und wenn ich ehrlich bin, ist der Jud noch mild gewesen beim Levitenlesen. Auch mit meiner Sittenreinheit ist es nicht allzu weit her, dachte der Erzbischof insgeheim.

»Hofft für Euch, dass Eure Ratschläge von Nutzen sind. Für heute geht in Frieden«, entließ er den Arzt in versöhnlichem Ton.

Salomon erlaubte sich das letzte Wort: »Nicht der Arzt bewirkt die Heilung, Eminenz. Er bereitet und bahnt nur den Weg, bis die Natur, die eigentliche Heilerin, die Tat vollbringt.« Damit verabschiedete er sich ehrerbietig bis zum nächsten Tag.

Von Hochstaden befolgte über zwei Wochen hin die Vorschriften des Arztes gewissenhaft. Er verspürte von Tag zu Tag Besserung. Seine gute Laune kehrte zurück.

Pater Anton, der kleine quirlige Dominikanermönch, der oft um ihn war, registrierte die Veränderung mit Freude. Er wurde sogar Zeuge, wie der Erzbischof die Fähigkeiten des jüdischen Arztes vor anderen über den grünen Klee lobte. Der Pater konnte es sich nicht verkneifen, dem

Erzbischof zu stecken, wie sehr sich die christlichen Heiler über die Bevorzugung des Juden beklagten.

»Ich habe einen Arzt gesucht und keinen Theologen angenommen«, entgegnete der Bischof bissig.

Die christlichen Ärzte, die sich für die kompetenteren Heilkundigen hielten, hörten nicht auf zu lamentieren. Sie verwiesen vehement darauf, dass es Christen nach kanonischem Recht verboten sei, sich von Juden behandeln zu lassen. Von Hochstaden blieb jedoch stur und verlangte fast täglich nach dem Juden.

Er schätzte nicht nur dessen medizinischen Rat, sondern hatte auch Freude an den Streitgesprächen mit ihm gewonnen. Er bot Salomon zum wiederholten Male an, außerhalb des Judenviertels zu wohnen, damit er auch während der Nacht ungehindert zu christlichen Patienten eilen könnte. Des Nachts war das Tor zum Judenviertel nämlich verschlossen. Doch Salomon lehnte ab. Er wollte lieber in der Gemeinschaft seiner Glaubensbrüder bleiben.

Nach der Linderung seiner Gicht lenkte der Bischof das Augenmerk des Arztes auf ein anderes lästiges Leiden.

Salomon hörte seine Schilderung geduldig an und kam schon bald zu einer Diagnose: »Es handelt sich um Hämorrhoiden, Eure Eminenz, ein Blutfluss, die Erweiterung der Blutgefäße im hinteren Darm- und Afterbereich. Hämorrhoiden treten häufig bei Menschen auf, die viel sitzen. Sie sind mit quälendem Juckreiz verbunden. Faserreiches Essen führt zu weichem Stuhl und hilft gegen diese Pein. Im schlimmsten Falle muss man die schmerzhaften Dinger entfernen.«

»Ich glaube, wir haben den schlimmsten Fall«, stöhnte der Geistliche zerknirscht.

Da er immer wieder drängelte, entschloss sich Salomon nach einigen Tagen, Erzbischof Konrad zu operieren. Er schilderte von Hochstaden zuvor die schmerzhafte Prozedur: »Ich werde Euch die lästigen Quälgeister mit einem glühenden Eisen veröden«, schloss er seine Erklärungen.

»Meint Ihr, mir wird es gelingen, bei Eurem Eingriff die Zähne zusammenzubeißen und den Schmerz still zu ertragen?«, fragte von Hochstaden ängstlich.

»Das glaube ich kaum, ehrwürdiger Herr. Der Schmerz wird Euch übermannen, und Ihr werdet schreien.«

Der Geistliche überdachte die Antwort des Juden einen Moment, bevor er erwiderte: »Das darf nicht sein. Zumindest darf mich keiner hören. Das bin ich meiner Stellung schuldig. Was ratet Ihr mir?«

Nun war es an Salomon, sich zu bedenken: »Schickt alle weg, lasst alle Türen fest verschließen. Als letzte Sicherheit empfehle ich, die Orgel in Eurer kleinen Kapelle mit Donnerschall ertönen zu lassen. Sie soll ein klingendes Gebet für das Gelingen der Operation gen Himmel senden. Das Getöse der Pfeifen wird Eure Schmerzenslaute bestimmt übertönen.«

Von Hochstaden nickte. »Das ist ein guter Vorschlag, wenngleich er mir die Angst vor Eurer Absicht nicht nimmt. Doch mir scheint keine andere Wahl zu bleiben. Ich werde mich in Eure unchristlichen Hände begeben.«

Durch göttliche Fügung sank der Erzbischof schon bei der ersten glühenden Berührung in tiefe Ohnmacht.

Die Operation gelang. Nachdem Salomon die Wunden aufopferungsvoll eine Woche lang gepflegt und versorgt hatte, war der hohe Herr geheilt und erneut des Lobes voll über seinen Juden.

Ohne Sicherheit vermag der Mensch weder seine Kräfte auszubilden noch die Frucht derselben zu genießen.
(Wilhelm von Humboldt)

Eines Tages, als der Arzt wieder zugegen war, drängte es Konrad, Salomon eine besondere Freude zu machen. So teilte er ihm als Erstem seinen Plan mit, den er über Nacht gefasst hatte: »Ich werde den Juden von Köln für die Dauer von zwei Jahren einen Schutzbrief ausstellen. Sie sollen dafür jährlich einen Tribut entrichten, dessen Höhe noch näher bestimmt werden wird. Zudem dürfen sie jedes Jahr aus ihren Reihen einen Judenbischof wählen, der ihre Anliegen vor mir vertritt. Ich verspreche Schutz und verpflichte mich, dafür Sorge zu tragen, dass man Euch und Euresgleichen zu keinen anderen Geldzahlungen als zu den von mir auferlegten zwingen wird. Die Richter, Bürgermeister, Schöffen und Räte von Köln werde ich auffordern, meinen Wunsch zu respektieren. Ihr sollt in unserer Stadt eine sichere Bleibe finden.«

Salomon erfreute, was er hörte. Er entrichtete ehrerbietig seinen Dank für diese Gnadenbeweise. Dann drängte es ihn, die Neuigkeiten schnellstmöglich den Seinen mitzuteilen. Frohen Herzens machte er sich auf den Weg in sein Viertel. Dabei reifte in ihm der Gedanke, diesen guten Tag besonders zu ehren. Da der Erzbischof ihn fürstlich entlohnt hatte, verfügte er über einen Batzen Geld. In der Gasse »Unter Goldschmieden« trat er in eine der führenden Kunstschmiedewerkstätten der Stadt.

Der Meister betrachtete den Juden skeptisch. Doch als er dessen pralle Geldkatze sah und Salomons Begehr hörte, wurde er sofort umgänglich.

Salomon gab bei ihm einen Hawdalateller in Auftrag. Ein solcher Teller gehörte zu den Kultgegenständen für die Zeremonie, die den Sabbat am Samstagabend feierlich beendete. Zum Abschluss der Zeremonie füllte der Hausherr einen Becher bis zum Überfließen mit Wein und fing den »Überfluss«, als Symbol für künftiges Wohlergehen, mit diesem Teller auf.

Der Arzt machte genaue Vorgaben zu den Maßen des Tellers und beschrieb die gewünschte Verzierung bis auf die kleinste Kleinigkeit. Besonders wichtig waren ihm in der Mitte eine neunzackige Sonne und der Text, der den Teller umranden sollte:
Gelobt seist Du, Ewiger, unser G'tt, König der Welt, Schöpfer der Feuerstrahlen.

Wegen seiner guten Laune feilschte Salomon mit dem Handwerker nicht einmal um den Preis. Er legte vielmehr wert auf möglichst schnelle Lieferung. Die sagte ihm der Kunstschmied gerne zu. Noch zufriedener als zuvor eilte der Arzt nach Hause. Er berichtete seinen Verwandten die Neuigkeiten, hielt jedoch die Überraschung mit dem Teller zurück.

Am Abend saß Salomon mit seiner Familie in der Wohnstube des Hauses beisammen.

Zwei kleine Ölfunzeln sorgten für spärliches Licht und strahlten Gemütlichkeit aus. Noah, Salomons Vater, der Rabbi der Kölner Judengemeinde, seine Frau Bela und Salomons Frau Judith besprachen ihr Tagwerk. Judith stammte aus Siegburg. Salomon verdankte die Ehe mit ihr dem emsigen Bemühen der alten Heiratsvermittlerin Golde und dem Segen ihrer Elternpaare. Der Arzt hatte die Hochzeit mit Judith nie bereut. Das Paar hatte sich schnell lieben und schätzen gelernt.

Gesprächsstoff gab es an diesem Abend genug. Der angekündigte Schutzbrief des Erzbischofs bewegte die Gemüter aller.

»Das ist ein guter Tag für unser Volk«, meldete sich der Rabbi zu Wort. »Die Christen tun sich immer wieder schwer im Umgang mit uns. Aber dieser Schutzbrief ist nun eine Garantie für unsere Sicherheit in Köln. Es scheint, als hätten wir endlich ein Heim in der Diaspora gefunden. Es leben immerhin schon fünfhundert jüdische Seelen hier, und das nun für die nächste Zeit in Frieden. Der Erzbischof ist ein mächtiger Mann. Da lohnt sich das Geld, das wir für seine Fürsorge zahlen müssen.«

Das Schweigen im Raum bedeutete Zustimmung.

Schließlich meldete sich Salomon zu Wort: »Vater, wir dürfen uns aber nicht in Sicherheit wiegen. Unser Wohlergehen und unser Erfolg bringt bei vielen Christen neue Missgunst mit sich. Ich bekomme die heute schon am eigenen Leib zu spüren. Die christlichen Ärzte schreien Zeter und Mordio, weil ich mein Handwerk sogar am Corpus des höchsten Kirchenfürsten unserer Stadt ausüben darf.«

»Das ist die Kehrseite der Medaille, mein Sohn. Damit müssen wir leben. Zu solcher Art Ärzte hat sich unser Glaubensbruder Carlo, der am Hofe des Königs von Neapel praktiziert, trefflich geäußert. Er zeigte auf, wie viele vermeintliche Heilkundige von ihrem Beruf gar keine Ahnung haben.«

Aus seinem guten Gedächtnis rezitierte Noah Carlos Spottreim:

»Der Arzt fühlt den Puls, beschaut Exkremente,
macht ernste Miene und viel Komplimente,
gilt beim Pöbel und Aristokrat
als großer Künstler und Hippokrat.
Wenn sich die Krankheit verschlimmert,
ist er zuvor ums Honorar bekümmert,
lässt alles sich schnell bezahlen, bar;
der Arzt kommt vor der Totenbahr!
Erst wenn ihm viele Patienten gestorben,
hat er Geld und Ruhm erworben!«

Bela schmunzelte. Judith belohnte den Schwiegervater sogar mit einem kleinen Lachen.

Der Rabbi sah seine Familie liebevoll an und wandte sich nochmals an sie: »Wir sollten an unsere Sicherheit glauben. Und ich meine, es ist nun Zeit, dass ihr beiden an Nachwuchs denkt«, wandte er sich speziell an Judith und Salomon. Zu Salomon blickend ergänzte er spitzbübisch: »Ich hoffe, du glaubst nicht, Studieren und Bücherschreiben erhält dein Andenken besser als Kinder.«

Wäre das Licht nicht so spärlich gewesen, hätte der Rabbi gesehen, wie Judith errötete.

Salomon zog es vor zu schweigen. Aber sein Vater hatte mit seinen Worten eine Seite in ihm zum Klingen gebracht.

Noch in der gleichen Nacht fand das Paar zusammen. Ihr Zusammenliegen war von Erfolg gekrönt. Es zeigte sich bald, dass Judith schwanger war. Neun Monate später brachte sie mit Ester ihr erstes Kind zur Welt. Die Geburt verlief problemlos. Und Klein Ester brachte viel Freude ins Haus.

Nicht nur fort sollst du dich pflanzen, sondern hinauf.
(Friedrich Nietzsche)

Salomons Familie brauchte nicht lange zu warten, bis sie das nächste freudige Ereignis feiern konnte. Schon Anfang Juni erhielt der Arzt Nachricht, dass der Hawdalateller fertig sei. Mit großer Neugierde machte er sich auf den Weg zum Kunstschmied. Der Teller übertraf seine kühnsten Erwartungen. Er hatte die richtige Größe, wirkte massiv und schimmerte in goldenem Glanz. Die Verzierungen hatte der Schmied sehr fein ausgeführt, und die Schrift war gut lesbar. Der Teller würde die ganze Familie erfreuen und die vorhandenen Gerätschaften für die Sabbatfeier wunderbar ergänzen. Salomon lobte den Meister und bezahlte zufrieden den Kaufpreis. Am Abend brachte er ihn sorgsam verpackt mit in die Stube und zeigte ihn seiner Familie. Die Überraschung gelang, als er das Päckchen auswickelte und den prächtigen Teller enthüllte. Der schimmerte wunderschön im Lichte der Kerzen. Salomon beobachtete die Reaktion seines Vaters voll freudiger Erwartung.

Als Noah den Teller sah, wurden seine Augen ganz weich, und mit belegter Stimme sagte er: »Du bist ein guter Junge, Salomon. Meine Erziehung hat gefruchtet. Obwohl ihr in eurer jungen Ehe noch viel Nützliches gebrauchen könnt, hast du dich für etwas entschieden, was deinen Glauben unter Beweis stellt. So soll es sein! Dieser Teller soll fortan unsere Familie bei jedem Sabbatfest begleiten und wird von Generation zu Generation weitergegeben werden.«

Salomon war glücklich, dass der Vater seinem Geschenk so viel Wert beimaß.

Auch seine Mutter zeigte Rührung: »Ach, könnte unsere Rachel diesen schönen Abend miterleben«, sagte sie wehmütig.

Rabbi Noah berührte zart ihren schmächtigen Arm und erwiderte tröstend: »Gräm dich nicht, Weib. Rachel hat einen guten Mann. Auch wenn sie fern von uns ist, sie lebt glücklich mit ihm und den Kindern in Frankfurt.«

Am nächsten Freitag machten sich Noah und Salomon auf den Weg zur *Mikwe*, um den Hawdalateller einer rituellen Waschung zu unterziehen. Als Erstes gingen sie selbst ins Waschhaus und reinigten sich. Dann eilten sie an der Synagoge vorbei und standen vor der *Mikwe*. Die Treppe führte zunächst außen hinab.

In der Mitte des Schachtes traten die beiden durch einen Rundbogen in das Innere. In einer kleinen Nische legten sie ihre Gewänder ab und ließen ihre Lichter stehen. Bald erreichten sie das ein Fuß tiefe, rötliche Sandsteinbecken, das mit Quellwasser gefüllt war. Der Rabbi tauchte den Teller mehrere Male in das lebende Wasser, bevor er selbst hineinstieg. Salomon folgte ihm.

Nun war alles *tahor*, rein für das allwöchentlich wiederkehrende Fest, das an das Ruhen Adonajs nach der Erschaffung der Welt, den Auszug der Israeliten aus Ägypten und die Gesetzgebung am Sinai erinnerte.

Judith und Bela hatten freitags über den Tag das Haus geputzt und für den Abend ein Festmahl bereitet. Noah begab sich bereits zum Nachmittagsgottesdienst in die Synagoge. Mit dem Sonnenuntergang war der Tisch festlich gedeckt, Bela zündete die mit Öl gefüllte sternförmige Sabbatlampe an und rezitierte die vorgeschriebene Benediktion. Salomon machte sich auf den Weg zum Sabbatabendgottesdienst mit Schriftlesung.

Wieder zu Hause, füllte der Rabbi den Kidduschbecher mit dem Festwein und sprach den *Kiddusch* darüber. Er segnete auch die zwei geflochtenen Brote, *Challot*, *Berches*, die bis zur Segnung mit einem feinen Tuch zugedeckt gewesen waren. Bald saß die Familie traulich beim Mahl zusammen, betete, sang, lernte gemeinsam und aß. Während sonst Gäste hochwillkommen waren, feierte man dieses Mal unter sich.

Salomons Geschenk kam erst am nächsten Tag zu Ehren. Am Samstagvormittag traf sich die Gemeinde zur Lesung aus der Thora in der

Synagoge. Danach verbrachte man den Tag in aller Muße mit Gebeten und dem Studium der Heiligen Schrift.

Am Abend wurde der Sabbat mit der Hawdalazeremonie verabschiedet. Judith hatte die Hawdalakerze angezündet und näherte sich mit gemessenen Schritten dem Schwiegervater. Salomon folgte ihr mit einem kleinen, turmartigen Behältnis in den Händen, das auf der Spitze eine Fahne trug. Aus dem Türmchen roch es wundervoll. Wohlriechende Gewürze, Zimt, Nelken und Myrte sollten die Trauer über das Sabbatende vertreiben.

Noah füllte den Becher erneut bis zum Rand mit Wein und sprach den Segen darüber, über die zweifach geflochtene Kerze und die Bessomimbüchse mit den duftenden Gewürzen. Als Zeichen der Fülle ließ er den Wein auf den neuen Hawdateller überfließen.

Mit einem Tropfen des übergelaufenen Weines löschte er die Kerze und wünschte allen im Raum: »*Gut Woch.*«

Seine Familie bedankte sich mit der Antwort: »*Gut Woch! Gut Jahr.*«

In den nächsten Jahren hatten die Kölner Christen genug mit sich selbst zu tun. So verlief das Leben der jüdischen Gemeinde friedlich und angenehm. Die Jahre brachten für Salomon viel Erfreuliches. Er behielt die Vertrauensstellung am Hofe des Erzbischofs. Bald war der Medikus auch in allen höheren Kölner Familien ein gesuchter Mann.

Seit Jahren muss ich nun schon die Krankheiten der hohen Herren heilen und vernachlässige dabei die Thora und das Gebet zu Adonaj. Wie gern würde ich mich nur noch Studien über unseren Glauben widmen, dachte Salomon so manchen Abend, wenn er müde nach Hause kam. Wenn er so vor sich hin sinnierte und mit sich haderte, begann er schon wieder Heilmittel für den nächsten Kranken vorzubereiten. Kraft dazu fand er im Gebet:

»*Oh Adonaj, lass meine Kranken durch Deine Kraft genesen.*
Lass sie in Deinem Grimme nicht verwesen.
Die Mittel, die ich nun bereite,
Du bist es, der die Hand mir leite.
Ob sie gut, ob sie schlecht, ob sie rasch den Schmerze lindern,

ob sie lange während, dauerhaft ihn mindern,
Nur Du weißt es, ich trau nicht auf meine Kunst,
vertraue nur auf Deine Huld und Gunst!«

Wenn er so Glauben und Beruf wieder miteinander versöhnt hatte, gelang es ihm am Abend doch noch, ein liebevoller Ehemann, Vater und Sohn zu sein.

*Jedes Kind, das zur Welt kommt, predigt
sogleich das Evangelium der Liebe.*

(Karl Gutzkow)

Als sein Weib mit dem zweiten Kind in den Wehen lag, war Salomon an einem fremden Krankenbett. Gelassen vertraute er Elsa, der alten Hebamme der Gemeinde, die Judith bei der Geburt unterstützen sollte.

Judith war froh, dass er nicht daheim war, denn sie wusste, wie sehr er mit ihr gelitten hätte.

Die Hebamme setzte einen Kessel mit Wasser auf den Herd und erhitzte ihn. Dann ordnete sie die Windeln und Tücher. »Bald wird es losgehen«, sagte sie zu Judith.

Die Gebärende richtete sich stöhnend in den Kissen auf. Dabei stützte sie sich mit ihren Händen an der Bettkante ab. Ihr weißes Leinenhemd spannte bedrohlich über ihrem Leib und den geschwollenen Brüsten. Es rutschte hinauf bis zum Ansatz ihrer Schenkel. Die Geburtshelferin fühlte ihr den Puls. Judiths Stirn war kühl, sie fieberte nicht, befand die Alte zufrieden. Nun befahl sie ihr, tief ein- und auszuatmen und dabei im steten Rhythmus zu pressen.

Die werdende Mutter gehorchte, bemüht, sich der Folge immer schneller eintretender Wehen anzupassen. Schmerzwellen, die vom Rücken und Becken auf den ganzen Körper ausstrahlten, übermannten sie und brachten sie einer Ohnmacht nahe.

Judith wurde schwindelig, Schweißperlen traten auf ihre Stirn und ihre Fingernägel bohrten sich tief in das zarte Fleisch ihrer Handflächen.

Nach einer schier unendlichen halben Stunde weiteren Leidens stieß sie endlich das Kind, ein blutiges, glitschiges Menschenkind, mit einem spitzen Schrei aus sich heraus.

Die Hebamme trennte mit sachkundigem Schnitt die fahle Nabelschnur durch, hob das Neugeborene an seinen Füßen hoch und erweckte es mit einem festen Klaps auf den kleinen Hintern zum ersten krähenden Zeichen seines jungen Lebens.

»Es ist ein Junge«, sagte sie nach einem kurzen prüfenden Blick und sah in die glücklichen Augen der jungen Mutter. »Du hast deine Schuldigkeit getan.«

Judith war der Alten von ganzem Herzen dankbar und froh, dass sie Salomon ihre Leiden hatte ersparen können. Als der spät am Abend zurückkam, hatten Bela und Elsa die junge Mutter schon sorgsam hergerichtet. Salomon fand sein Weib friedlich ruhend im weißen Leinenkleid vor, das Kind im Arm. Er wurde von Wellen großen Glücksgefühls durchströmt und wusste kein Wort herauszubringen.

»Wir wollen ihn nach deinem verstorbenen Großvater Aaron nennen«, schlug Judith mit schwacher Stimme vor, und Salomon konnte nur dankbar nicken.

Zum Ausklang des folgenden Sabbatfestes ließ der Rabbi den Wein besonders reichlich auf den Hawdalateller schwappen, und seine Segenswünsche galten dabei insbesondere dem kleinen Neuankömmling in der Familie. Acht Tage nach seiner Geburt wurde von dem *Mohel*, dem Beschneider der Gemeinde, die *Brit Mila*, die Beschneidung, vorgenommen.

Nur der ist tot, der keinen guten Namen hinterlässt.
(Aus Persien)

Ein Jahr später ging es mit dem Erzbischof zu Ende. Sein Herz war mit den Jahren schwach geworden. Herzrasen, Pochen im Kopf, Brustschmerzen, Schlaflosigkeit, kalter Schweiß, Husten nach tiefem Einatmen und unregelmäßiger Herzschlag zeigten sein kommendes Ende an. Nach eingehender Untersuchung war sich Salomon sicher, dass Konrad seinen letzten Kampf kämpfte. Er bemühte sich trotzdem, den Tod seines Gönners mit allen Mitteln hinauszuzögern, und behandelte ihn mit Herzmassagen, rieb ihn mit Kampfer ein und band ihm lauwarme Wickel. Er ermunterte Konrad sogar, die christlichen Mediziner ebenfalls zu Rate zu ziehen. Aber die kamen schnell ans Ende ihres Lateins und flüchteten sich in nebulösen Wunderzauber: »Hier versagt die ärztliche Kunst, Eure Eminenz. Wir können Euch nur empfehlen, die letzte Ölung zu empfangen. Sie kann Wunder bewirken. Es ist schon vorgekommen, dass sie zur Heilung der allerschlimmsten Krankheiten führte. *Oh Crux ave, spes unica.*« Oh Kreuz, du bist unsere einzige Hoffnung. Sie empfahlen dem Bischof, zum heiligen Christophorus zu beten. »*An dem Tag, wenn du schaust Sankt Christofori Bild, vor dem plötzlichen Tod hast du sicheren Schild*«, erklärten sie dem Sterbenden mit todernsten Mienen.

Konrad stöhnte nur ob so wenig ärztlicher Weisheit auf, entließ die Ärzte mit einer schwachen Handbewegung und sank in die Kissen. Er war zwar wundergläubig und auch bereit, einem vagen Hoffnungsschimmer zu folgen, doch von dem Judenarzt versprach er sich mehr.

Der Sterbende ließ den Juden wieder und wieder zu sich rufen, aber Salomon konnte ihm nur noch unnötige Schmerzen ersparen. In einem letzten lichten Moment fand der Kirchenfürst zu seinem sarkastischen Spott zurück und wandte sich an ihn: »Das Leben entweicht immer durch den Hintern und den Mund. Vorn ein letzter Seufzer, hinten ein feuchter Furz. Durch welche der beiden Öffnungen entweicht wohl die Seele?« Leise fügte er hinzu: »Es kommt vielleicht darauf an, ob es eine gute oder eine böse Seele ist?«

»Wenn es um Euch geht, hoher Herr, so wird es eine gute Seele sein«, antwortete ihm Salomon, und der Erzbischof fand mit diesen tröstlichen Worten seinen Frieden.

Kölns jüdische Gemeinde verharrte danach in ängstlicher Erwartung. Welchen neuen Herrn würde ihnen das Schicksal nun bescheren?

Im Oktober 1261 wählte das Domkapitel Dompropst Engelbert zum Nachfolger von Konrad. Unter ihm erfüllte sich für die prosperierende Kölner Judengemeinde der Sinnspruch zum Ende jeder Hawdalazeremonie: *Gut Woch, gut Jahr!* Unter seinem Krummstab ließ sich trefflich leben!

Bei den christlichen Bürgern war er lange nicht so beliebt wie sein Vorgänger. Schon 1268 vertrieben sie ihn aus Köln. Sie ließen sich nicht einmal dadurch schrecken, dass der Papst die Stadt dafür mit dem Kirchenbann belegte.

Bevor sich Engelbert schmollend in seine Residenz nach Bonn zurückzog, sprach er gegenüber »seinen Juden« ein neues, unbefristetes Sicherheitsprivileg aus. Er ließ es sogar am neuen Kölner Dom in Stein hauen. Er gewährte ihnen zusätzlich drei Privilegien. Er verlängerte ihr Monopol für Geldverleih in der Stadt, garantierte für sie gleiche Zölle wie für Christen und sicherte ihnen ungestörte Benutzung ihres Friedhofs vor dem Severinstor zu.

Mit dem Finanzmonopol nahmen die jüdischen Kreditgeschäfte enorm zu. Lieverman von Düren wurde zum mächtigsten Kölner Finanzier und schon bald waren viele rheinische Adelige seine Schuldner. Sein Erfolg ließ Einnahmen in die jüdische Gemeindekasse sprudeln, und Rabbi Noah konnte den notwendigen Ausbau der Synagoge angehen. Ein *Genisa*, ein Raum im Keller, und ein Frauenraum an der Nordostecke des Hauses wurden gebaut. Der *Almemor*, das Podium zum Verlesen der Heiligen Schriften, entstand aus feinstem weißem Sandstein neu.

Das Erfreuliche ging jedoch, wie so oft, einher mit Fehlentwicklungen. Bald konzentrierten sich die Führungspositionen der jüdischen Gemeinde nur noch auf wenige reiche Familien.

Lieverman verhalf seinem Schwiegersohn Chajjim zum Vorsitz des Kölner Judengerichtshof. Bald gehörten dessen zwei Söhne dem Judenrat an. Auch der jährlich zu wählende Judenbischof kam immer wieder aus den gleichen mächtigen Familien. Die anderen Stämme wurden mehr und mehr zu stimmlosen Mitläufern.

Noahs Rabbinat und Salomons Erfolge als Arzt ließen ihre Familie auch in diesem neuen Machtgefüge eine gehobene Stellung behalten.

Alt ist man dann, wenn man an der Vergangenheit mehr Freude hat als an der Zukunft.

(John Knittel)

Rabbi Noah war inzwischen fünfundsechzig Jahre alt und musste langsam kürzer treten. Sein Augenstern und seine ganze Liebe wurde sein Enkel Aaron. Erst an zweiter Stelle kam Ester, seine Enkelin.

Eine besondere Ausbildung gebührte nach jüdischer Sitte dem Knaben. Und darum kümmerte sich der Alte mit großem Engagement.

Jeden Morgen ermahnte Salomon seinen Sohn: »Spute dich, es wird Zeit, sonst kommst du zu spät zu Großvater in die Synagoge.« Der Kleine bedurfte dieser Ermahnung zwar kaum, denn er beeilte sich von selbst; er war stolz, anders als seine Schwester in die Judenschule gehen zu dürfen. Dort wurde er schließlich auch noch von seinem geliebten Großvater unterrichtet.

Es waren nur sieben Knaben im Unterricht. Rabbi Noah hieß sie sich setzen und begann mit ihnen die Übung des hebräischen Alphabets. Er las ihnen immer wieder alle Buchstaben vor, und sie mussten sie nachsprechen. Zum Schluss gab er die Buchstaben als kleine Täfelchen aus, die er zuvor mit ein wenig Honig bestrichen hatte, und ließ sie die abschlecken. »Das wird euch helfen, die Buchstaben nie zu vergessen«, sagte er voller Güte.

So nahm die gründliche Ausbildung des jungen Aaron ihren Lauf. Der Rabbi lebte nur noch von einem Ereignis, das ihm wichtig war, zum anderen. Zunächst hatte er sich ausschließlich mit dem Umbau der Synagoge beschäftigt. Nun fieberte er der Bar-Mitzwah-Feier seines Enkels entgegen.

Man schrieb das Jahr 1273. Aaron stand vor seinem dreizehnten Geburtstag. Dieser Tag war für einen jüdischen Jungen ein ganz besonderer.

Mit dem Sabbatgottesdienst wurde er zum »Sohn der Pflicht« und galt fortan in der Gemeinschaft als Erwachsener. Während des Gottesdienstes wurde er zum ersten Mal zur Thoralesung aufgerufen. Singen und Lesen des Textes waren sehr schwer, weil das Hebräisch in der Thorarolle nicht punktiert geschrieben war. Deshalb hatte Rabbi Noah diesen Auftritt mit seinem Enkel wochenlang geübt. Er unterrichtete ihn auch noch täglich mehrere Stunden in den schwierigen Vorschriften und Auslegungen des Glaubens. Im Stillen hoffte er, damit das Interesse des Knaben für das Amt des Rabbiners zu wecken.

Rabbi Noah musste jedoch bald erkennen, dass sein Enkel mehr vom ärztlichen Beruf seines Vaters angezogen wurde. Aber es blieb trotzdem genug für ihn zu tun, den Jungen im Glauben seines Volkes zu erziehen.

Im Leben ist's wie am Himmel: Eben dadurch, dass Sternbilder auf der einen Seite untersinken, müssen neue auf der anderen herauf.

(Jean Paul)

Endlich brach Aarons großer Tag an. Er bekam zum ersten Mal den *Tallit*, den Gebetsmantel, angelegt. Dessen Fransen repräsentierten sechshundertdreizehn Ver- und Gebote der Thora. Auf seinem Haupt trug er eine festliche Kopfbedeckung.

Die Gemeinde hatte sich in der Synagoge versammelt. Über dem Thoraschrein vor der nach Jerusalem ausgerichteten Ostwand brannte die Ewige Lampe. Der Knabe näherte sich dem Schrein mit verhaltenen Schritten. Er zog den Vorhang auf und hob die Thorarolle heraus. Dann nahm er sie in seine Arme und sang die oft geübten Worte: »*Huldigt Adonaj mit mir, lasst uns zusammen seinen Namen preisen.*«

Die Gemeinde folgte der Aufforderung des jungen Vorbeters und hub zu singen und zu beten an.

Die Rolle war noch mit Thoramantel, Thoraschild und Thorakrone bekleidet. Aaron trug sie feierlich vom Schrein zum Betpult. Die kleinen Glocken an der Thorakrone begleiteten seine Schritte mit silberhellem Geläut. Die Gemeinde sang und betete mit ihm.

Auf dem neuen, schneeweißen Pult legte der Knabe die Rolle ab, nachdem er sie vorsichtig entkleidet hatte. Er rollte den gültigen Wochenabschnitt auf und setzte den Jad, den silbernen Zeiger, an den Beginn der Zeile, in der der Abschnitt begann. Dann ließ er den Zeiger langsam die Zeile entlangwandern und sang, zum Stolz seines Großvaters, mit heller Knabenstimme ganz ohne Fehl die Losung der Woche. Als er geendet hatte, fiel, für alle sichtbar, die ganze Anspannung von ihm ab. Er fühlte nur noch Glück.

Seine Familie und alle Freunde teilten die Freude mit ihm. Sie warfen Süßigkeiten und riefen: »*Masel tov!*«, viel Glück! Nach dem Gottesdienst hielt der Junge noch eine kleine Rede. Die hatte er ebenfalls gut eingeübt, und sie brachte ihn nicht mehr aus der Ruhe. Er freute sich schon auf seine Feier, die vielen Glückwünsche und Geschenke.

Die gab es reichlich. Es wurde getanzt, gegessen und getrunken.

Die *Bar Mitzwah* wurde für Aaron ein unvergesslicher Tag. Seine Schwester Ester liebte ihren jüngeren Bruder zwar abgöttisch, doch an diesem Tag stieg ein wenig Neid in ihr auf. Auch sie hatte das Fest mit ihrem zwölften Geburtstag begangen. Aber es war längst nicht so feierlich gewesen wie bei Aaron. Sie hatte weder die Thorarolle berühren noch aus ihr vorbeten dürfen. Sie war eben nur ein Mädchen, aber auch ein »Mädchen der Pflicht«, versuchte sie sich zu trösten.

Am Abend ließ Großvater Noah zur Verabschiedung des Sabbats seinen Enkel die Hawdalasegnungen sprechen.

Als der Wein auf den Teller lief, nahm er ihn ausdrücklich in die Pflicht, diesen Teller seines Vaters auch in seiner Generation in Ehren zu halten. Salomon und Judith schmunzelten heimlich, als ihr Vater den Kindern zum wiederholten Male die Geschichte des Tellers erklärte. Auch den Kindern fiel es sichtlich schwer, Großvater ohne Widerworte zuzuhören. Aber ihr Respekt vor ihm behielt die Oberhand. Großmutter Bela dankte es ihnen, indem sie liebevoll über ihre Rücken streichelte.

Der Erfolg gebiert den Erfolg, wie das Geld das Geld.
(Sébastien-Roch Nicolas Chamfort)

Im Frühjahr 1274 verpflichtete sich Salomon die Edelleute Gerhard und Anna von Saffenberg zu großem Dank. Deren einziger Sohn Georg hatte sich beim Toben mit seinen Freunden einen schweren Trümmerbruch am Bein zugezogen. Die Knochen guckten spitz aus dem Oberschenkel heraus, als die Eltern einen christlichen Medikus zu Rate zogen.

Der richtete zwar die Knochen, ließ aber, wie viele christliche Ärzte, nicht genügend Sauberkeit walten. Als das Paar endlich Salomon zu Hilfe rief, fieberte Georg bereits. Die Wunde war brandig und füllte den Raum mit fauligem Gestank.

Salomon entfernte vorsichtig den schmutzigen Verband. Er war seit Tagen nicht gewechselt worden. Der Junge dämmerte nur noch apathisch vor sich hin. Selbst als ihm Salomon das Tuch von der Wunde riss, was erhebliche Schmerzen bereitete, reagierte er kaum. Die freigelegte Stelle war schwarz und hatte einen rot entzündeten Rand. Starker Eiterfluss zeigte, wie ernst Georgs Zustand war.

»Wenn der Knabe noch eine Chance haben soll zu überleben, dann muss das Bein abgenommen werden«, erklärte der Arzt den entsetzten Eltern.

Anna Saffenberg wurde schreckensbleich und blieb stumm. Ihr Gemahl fasste sich als Erster und antwortete: »Ein einziger Sohn neben drei Töchtern ist in den Unbilden des Lebens so gefährdet wie eine Kerze im Wind. Lasst sein Lebenslicht nicht ausgehen. Tut, was Ihr tun müsst.«

Salomon nickte und konzentrierte sich ganz auf die schwierige Aufgabe. Er legte seine Instrumente sorgfältig zurecht. Das kleine spitze Messer zum Aufritzen der Haut, das große Messer für das Durchtrennen der Muskeln und Sehnen und die Beinsäge für die Knochen.

Er überzeugte sich, dass auch alle Hilfsmittel, wie Leinenbinden, Schnüre aus gezwirbeltem Haar, Lappen und Schwämme vorhanden waren. Schließlich präparierte er das Glüheisen, mit dem er die Wunde am Stumpf des Beines nach der Amputation versiegeln wollte. Gegen Schmerzensschreie umwickelte er ein Beißholz mit weichem Stoff und schob es Georg vor Beginn der Operation zwischen die Zähne. Er setzte das Holz unter dem Eisen in Brand und verlangte nach einer Schüssel mit abgekochtem warmem Wasser. Dann begann er mit seinem blutigen Werk:

Er ging zu dem Knaben und schnürte ihn fest auf das Lager. Georg sollte bei den unvermeidbaren Schmerzen nicht allzu sehr toben. Nun schob er ihm das Beißholz fest zwischen die Lippen und sagte mit beruhigender Stimme: »Und nun beiß die Zähne zusammen, das wird dir helfen.« Der Knabe reagierte nicht, ließ alles willenlos mit sich geschehen.

Bei den ersten Schnitten zerrte Georg wie wild an den Stricken. Er verbiss sich in dem Holz und blutiger Seiber lief aus seinen Mundwinkeln. Doch die Schreie blieben unterdrückt und ungehört. Nur an Georgs hervorquellenden Augen sah man, welche Höllenqualen der Arme erlitt.

Stoisch und zielstrebig erledigte Salomon sein Handwerk. Er löste zwei Hautlappen vom Bein. Die wollte er später über den Stumpf klappen und vernähen.

Dann sägte und schnitt er bedächtig durch Muskel, Sehnen und Knochen, bis das Bein völlig durchgetrennt war. Georg hatte unter Schmerzen Urin und Kot unter sich gelassen und war in eine erlösende Bewusstlosigkeit gefallen. Diesen gnädigen Zustand wollte Salomon ausnutzen. Er brachte das Eisen über der Flamme zum Glühen und drückte es fest in den stark blutenden Stumpf. Es zischte und stank ekelerregend. Der Arzt wiederholte die Prozedur mehrere Male, bis alle offenen Adern zusammengeschmort waren und die Blutungen aufhörten. Mit einem sauberen feuchten Lappen reinigte er die Wunde. Dann klappte er die Hautlappen darüber und vernähte sie. Es war geschafft! Die Wundstelle musste nur noch verbunden werden.

Anna von Saffenbergs sämtliche Sinne hatten mit ihrem Kind gelitten. Jeden Schnitt, jeden Stich und jede Berührung mit dem glühenden Eisen hatte sie bis ins Mark verspürt. Ihre Zähne hatten sich tief in ihre Lippen gegraben und erst jetzt, wo das Schlimmste vorbei war, bemerkte sie den blutigen Geschmack in ihrem Mund.

Ihre Augen waren unter der Anspannung tränenlos geblieben. Aber jetzt löste sich alles in ihr, und die ganze Verzweiflung brach aus ihr heraus. Tränen flossen wie Sturzbäche. Zärtlich nahm ihr Ehemann seine Frau in den Arm und versuchte sie zu trösten.

Doch das gelang erst dem Arzt: Als Salomon dem Knaben den Verband angelegt hatte, wandte er sich mit leiser Stimme an die Mutter und lenkte sie mit seinen Anweisungen ab: »Nun hilft nur noch Reinlichkeit, absolute Reinlichkeit! Der Verband muss täglich gewechselt werden. Haltet ihn so sauber, wie er jetzt ist. Die Wunde muss ohne neue Entzündung verheilen. Reinigt sie mit Wein oder Rosenwasser. Einen weiteren Brand verträgt Euer Junge nicht. Haltet Wache an seinem Lager. Wenn er erwacht, wird ihn dürsten. Gebt ihm, wonach er verlangt, ab und zu ruhig auch eine kräftigende Brühe. Gegen Fieber macht ihm lauwarme Armwickel und legt ihm kühlende Lappen auf die Stirn. Ich werde täglich nach ihm sehen.«

Nach diesen Worten gewannen die Mutterpflichten Oberhand in Annas Denken, und die Edelfrau fasste sich.

Ihr Mann sah das mit Erleichterung und wandte sich dankbar an den Arzt: »Ihr habt einen Stein bei mir im Brett. Habt Dank für Eure ärztliche Kunst. Helfe Gott, dass sie Bestand hat! Ach, würde unser Georg doch schon wieder springen können, wenn auch nur noch auf einem Bein. Er ist uns das Wichtigste auf der Welt!«

Salomon nickte und ließ die Eltern in ihrem Hoffen und Bangen allein.

Auf dem Weg zurück in sein Viertel haderte er mit Gott: »Warum, Herr, muss so Schreckliches mit einem Kind geschehen? Hätte nicht ein alternder Krieger ausgereicht?«

Doch der Herr blieb ihm eine Antwort schuldig.

Bevor du dich beweibst, sorg selbst erst, wo du bleibst.
(Aus Spanien)

Rabbi Noahs Zeit in Amt und Würden ging dem Ende entgegen. Er war inzwischen aus dem Dreierkollegium der rabbinischen Richter ausgeschieden und nicht mehr Mitglied des Judenmagistrates. Salomon war statt seiner Mitglied des elfköpfigen Rates geworden. Der alte Herr beschäftigte sich fast nur noch mit Angelegenheiten der Familie, insbesondere mit der Erziehung seines Enkels.

Der junge Aaron war wissbegierig und von schneller Auffassungsgabe. Schreiben, Lesen, Rechnen und Hebräisch flogen ihm zu. Salomon stillte daneben bereitwillig den Wissensdurst seines Sohnes an der medizinischen Wissenschaft und lehrte ihn lateinische Begriffe. Er ließ ihn zuschauen, wenn er Mittelchen für seine Patienten vorbereitete, gab ihm medizinische Schriften zu lesen und diskutierte sie hinterher ausgiebig mit ihm. Immer öfter nahm er ihn als Assistenten mit auf Krankenvisite. Sie erfreuten sich in den Kölner Patrizierfamilien bald großer Beliebtheit.

Aaron schloss Freundschaft mit Georg von Sassenberg. Der junge Adelige mit seinem amputierten Bein war recht introvertiert. Er fand keine Freude an den ausgelassenen Spielen seiner christlichen Altersgenossen. Der Ernst und das profunde Wissen des jungen Juden hingegen zogen ihn an. Bald verbrachten die jungen Männer einen gehörigen Teil ihrer Freizeit zusammen.

Salomon blieb nicht unbemerkt, dass auch seine Tochter Ester den Patriziersohn bei dessen Besuchen besonderer Blicke würdigte. Es durfte nicht sein, dass sich daraus etwas Ernsthaftes entwickelte! So beschloss er mit Hilfe der Heiratsvermittlerin, schnellstens einen Mann für Ester zu finden.

Schon nach wenigen Wochen feierte Ester mit dem Kaufmann Mosche von Siegburg Hochzeit. »Der ist aus meiner Heimatstadt«, sagte Judith stolz, wann immer sie ihn jemandem vorstellte.

Rabbi Noah waltete am Hochzeitstag seines Amtes. Es wurde ein ausgelassenes Fest. Der Rabbi bedauerte, dass seine Schwester Rachel mit ihrer Familie aus Frankfurt nicht anreisen konnte. Rachels älteste Tochter stand vor der Niederkunft und Rachels Mutterherz brachte es nicht über sich, zu verreisen und die Tochter in dieser schwierigen Stunde allein zu lassen.

Die Familie sah es mit einem weinenden und einem lachenden Auge, dass Ester mit ihrem Mann ein neues Zuhause bezog, denn mit der Heirat ging einher, dass die Braut das elterliche Haus verließ. Ein Raum stand plötzlich leer. Als Salomon und Judith nachts beisammen lagen, trösteten sie sich mit dem Gedanken, dass wenigstens Aaron noch im Hause blieb.

Bald darauf erhielt Aaron die Erlaubnis, als Arzt zu praktizieren. Seine Eltern waren mächtig stolz auf ihn. Salomon sah zufrieden, dass die Saat aufgegangen war.

»Wenn wir nun noch ein gutes Weib für dich finden, steht alles zum Besten«, sagte Judith zu ihrem Sohn und drückte ihn zärtlich an sich. Beiden Elternteilen war verborgen geblieben, dass Aaron schon seit Längerem ein Auge auf die rothaarige Miriam aus der Nachbargasse geworfen hatte. Er war dabei auf Gegenliebe gestoßen und hielt mit seiner Liebe nun nicht mehr hinterm Berg. Da die Familien der Verbindung freudig zustimmten, führte der frischgebackene Medikus schon im Juli des Jahres seine Braut unter die *Chuppa*, den Traubaldachin. Endlich lernte er seine Großtante Rachel kennen. Sie hatte dieses Mal keinen Grund, die beschwerliche Reise aus Frankfurt zu unterlassen, und war mit ihrer ganzen Familie beim Hochzeitsfest anwesend. Mit siebenundfünfzig Jahren war Rachel in Ehren ergraut und eine richtige Matrone geworden. Fünf Schwangerschaften hatten sie zunehmen lassen.

Trotz seines hohen Alters führte Rabbi Noah die Hochzeitszeremonie durch. Später tanzte er ausgelassen mit der schönen Braut auf dem Hof der Synagoge. »*Masel tov!*«, viel Glück, waren die meistgesprochenen Worte des Tages.

Dem Unglück geht Bekümmernis voran.
(William Shakespeare)

Großvater Noahs Geist war immer noch wach und ständig mit seiner Familie und ihrem Umfeld beschäftigt. Was er dort sah, bereitete ihm Sorgen. Beim abendlichen Beisammensitzen ließ er die Familienmitglieder an seinen Bekümmernissen teilhaben. Das Leben war immer schon ein Auf und Ab gewesen. Nun verdichteten sich die Zeichen, dass bald wieder ein »Ab« beginnen würde.

Das Verhältnis der Juden zum Erzbischof und der Stadt war schwieriger geworden. Der Kirchenherr hatte sich mit den Bürgern, Gerhard Overstolz an der Spitze, angelegt und war in der Schlacht bei Worringen besiegt worden. Der auszuhandelnde Friedensvertrag sollte ihn viel Geld kosten, welches er sich bei den Juden wiederholen wollte. Kölns Bürger stellten gleichfalls Ansprüche auf einen Teil der Judensteuer. Als der Erzbischof dann auch noch nach Bonn umzog, zeigte seine schützende Hand über dem Volk Jahwes nur noch wenig Kraft. In Kölns Umgebung häuften sich bald Pogrome. Schon wenige Tage nach der Schlacht konnte Erzbischof Siegfried nicht einmal ein Gemetzel an der jüdischen Gemeinde in Bonn verhindern. Bei Bacharach am Rhein beschuldigte man jüdische Mitbürger, einen christlichen Knaben zu Tode gepeinigt zu haben. Sie wurden ohne viel Federlesens und ohne gerichtliche Überprüfung vom aufgewühlten Mob ermordet. Dieses Unrecht traf in der Kölner Judengemeinde auf steinerne Herzen, sie zeigte wenig Solidarität. Als der Judenrat für die Glaubensbrüder von Bacharach Lösegeld einsammeln wollte, verweigerten die reichen Familien die Zahlung. Sie empfahlen, dass begüterte Waisenkinder statt ihrer durch ihre Vormunde zur Spende gezwungen würden. Ihr Verhalten war umso verwerflicher, als zu dieser Zeit die Einkünfte aus Kreditgeschäften reichlicher flossen denn je.

»So jemand aus deinen Brüdern in deiner Stadt arm wird, sollst du dein Herz nicht gegen ihn verhärten noch deine Hand zuhalten«, rügte Rabbi Noah mit den Worten des fünften Buch Mose 15, 7, lauthals dieses Verhalten. Eine weitere Gefahr sah er im ausbleibenden Zuzug neuer Glaubensbrüder in die Reichsstadt. Platzmangel war die Hauptursache dafür. Die Gemeinde hatte sich daran gewöhnt, in einem abgesonderten Viertel zu wohnen. Sie hatte Scheidemauern zwischen jüdischen und christlichen Häusern errichtet und folgte damit den Anweisungen des Religionsgelehrten Maimonides: *Das Geheimnis jüdischen Überlebens liegt in der Absonderung!* Nun zeigten sich die Folgen dieser Isolation. Das abgeschlossene Gebiet ließ keine weitere jüdische Besiedlung zu. Für das Gemeindeleben waren zwar alle Einrichtungen vorhanden, aber es gab nur noch wenige Häuser im Umfeld der Botengasse.

Freude und Trauer liegen oft nahe beisammen.
(*Volksmund*)

An einem Freitagabend sagte der alte Rabbi vor dem Sabbatmahl zu seiner Familie: »Ihr Lieben, immer wieder habe ich euch gemahnt, dass nach sieben fetten Jahren mit sieben mageren Jahren gerechnet werden muss. Ich fühle, dass es mit mir zu Ende geht und ich den bevorstehenden Niedergang nicht mehr miterleben werde. Mein Herz ist müde, und ich denke ohne Trauer ans Abschiednehmen. So lieb ich euch habe, ich bin bereit zu gehen. Es ist an der Zeit, dass ich dir, lieber Sohn, die Verantwortung für die Familie übergebe. Ich weiß sie bei dir in guten Händen.«

Zum ersten Mal übernahm Salomon an diesem Abend die Gebete und Segenssprüche und auch die Verantwortung für den von ihm gestifteten Teller.

Noch in derselben Nacht schied Rabbi Noah aus dem Leben. Still und ganz ohne Schmerzen entschlief er neben seinem Weib. Bela fand ihn morgens wie schlafend vor. Sein Herz hatte schon einige Stunden aufgehört zu schlagen.

Noahs Bestattung erfolgte auf dem Judenfriedhof an der Bonner Straße vor dem Severinstor. Sein keilförmiger Grabstein aus hellem Kalkstein trug in hebräischer Sprache die Inschrift: *Es starb Rabbi Noah, Sohn des Rabbi Aaron aus Trier, am ersten Freitag im Juni 1288. Seine Seele sei geknüpft in den Bund des ewigen Lebens!*

Großmutter Bela hatte das Glück, die Geburt ihrer drei Urenkel noch mitzuerleben. Im Todesjahr ihres Mannes kam Isaak auf die Welt. Obwohl Schwiegervater und Ehemann der schwangeren Miriam selten von der Seite wichen, waren sie zum Zeitpunkt der Niederkunft auf Krankenvisite. Die erfahrene Hebamme stand der werdenden Mutter fürsorglich bei.

Die Alte ging gewissenhaft vor: Als die Wehen stärker wurden, bat sie darum, Wasser aufzusetzen und ihr ein Stück frische Butter zu bringen. Damit rieb sie den Muttermund sorgsam ein und massierte und dehnte ihn. »Jetzt ist alles schön weich und rutschig, die Öffnung wird nicht einreißen und der Kindskopf leicht durchflutschen«, sagte sie mit leiser Stimme zu Miriam.

Ein gesunder Knabe kam auf die Welt. Er begrüßte seine Mutter mit einem lauten Schrei, und das ganz ohne den üblichen Klaps auf den Po.

Jakob kam ein Jahr später zur Welt. Salomon und Aaron hatten Miriams zweite Schwangerschaft neben der Hebamme sorgfältig überwacht. Die Fürsorge der drei machte sich bezahlt. Jakob war gesund und auch seine Mutter blieb von größeren Schmerzen verschont.

Die dritte Geburt bereitete der ganzen Familie große Sorgen. Das Kind lag falsch. Es drohte in seiner Querlage die Schwangere bei der Geburt zu überfordern. Aaron konnte vor Aufregung kein Auge mehr zutun. Nächte durch sann er nach Abhilfe. Zusammen mit seinem Vater kam er auf den Gedanken, dass ein Gerät als »verlängerter Arm« vielleicht helfen könne, das Kind für die Geburt in die richtige Lage zu bringen. Schließlich verwarfen die beiden diese Idee. Sie befürchteten nämlich, das gefühllose Ding könne den Kopf des Kindes zerquetschen und ihm Augen, Mund oder Nase beschädigen. Sie waren sich aber einig darin, dass Mutter und Kind, ohne eine Änderung der Lage des Ungeborenen, die Wehen schwerlich überleben würden.

Die Hebamme Elsa hatte sich auch gegen einen Eingriff mit künstlichem Gerät ausgesprochen und sah, trotz ihres großen Erfahrungsschatzes, wenig Möglichkeiten, die Situation zu verbessern. Sie massierte allerdings täglich mit großer Hingabe den Leib der Schwangeren und hoffte damit, ein Drehen des Kindes zu begünstigen.

Das Schicksal spielte mit! Nach einigen Tagen, noch vor Eintritt der Wehen, hatte sich die Lage des kleinen Körpers zum Besseren verändert. Das ungeborene Menschenkind lag nun fast gerade. Die ersten anhaltenden Wehen trieb es hinaus aus dem Muttermund und befreite die erschöpfte Schwangere von Schmerzen und Ängsten. Golde war klein und zart. Ihre

Zierlichkeit hatte dieses Wunder wohl erst möglich gemacht. Sie hatte besonders starken Haarwuchs und das fuchsige Rot ihrer Mutter geerbt. Die greise Urgroßmutter kümmerte sich liebevoll um den Nachkömmling. Mit ihren knotigen Gichtfingern nähte und stickte sie. Sie fütterte und windelte die Kleine und war Miriam trotz ihres hohen Alters eine große Hilfe.

Mit Argusaugen war sie zugegen, wenn die Mutter Golde umsorgte. Judith und Miriam schmunzelten heimlich, wenn Bela ihre weisen Ratschläge von sich gab: »Du darfst die Kleine nicht so fest wickeln. Das staut das Blut und kann zu Herzstillstand führen.«

Trotz aller Pflege sorgte Golde noch in ihrem ersten Lebensjahr für große Trauer. Sie schlief in einer Wiege in der Schlafkammer ihrer Eltern. Jeden Abend, bevor sie selbst zu Bett ging, warf Miriam noch einen Blick auf das Mädchen, so auch an jenem Abend. Golde träumte friedlich und bewegte nur etwas ihr Mündchen, als würde sie an Mutters Brust saugen. Beruhigt schlüpfte Miriam zu ihrem Mann unter die Decke und löschte das Licht. Am nächsten Morgen erwachten die Eltern von der ungewohnten Stille im Raum. Sonst krähte ihr kleiner Rotschopf schon längst um diese Zeit und verlangte nach seinem ersten Mahl.

Miriam eilte besorgt zur Wiege. Und wirklich, Golde war über Nacht den Kindstod gestorben. Alles ärztliche Bemühen des Vaters konnte nichts mehr daran ändern.

In dieser schweren Stunde wurde Bela zum Hort des Trostes für die ganze Familie. »Golde war noch so klein. Sie erinnerte sich noch genau an den Himmel, wie schön es dort war, wo sie gerade erst herkam. Sie hat sich nach dort zurückgesehnt. Nun hat sie es wieder gut«, tröstete sie die völlig aufgelösten Eltern. In Wirklichkeit verbarg die Greisin ihre eigene blutende Seele und ertrug ihren Kummer still für sich. Wie gerne hätte sie für die Kleine den Weg ins Jenseits angetreten, sie war längst bereit.

Bela erreichte, im Schoß ihrer Familie liebevoll gepflegt, ein gesegnetes Alter. 1297, im Jahr der Wahl von Wikbold von Holte zum neuen Erzbischof, folgte sie ihrem Mann ins Grab. Sie bekam einen Grabstein an seiner Seite.

Rabbi Noahs Schwarzseherei für die jüdische Gemeinde bewahrheitete sich in langsamen Schritten. Im Jahre des Herrn 1297 wurde den Lombarden neben den Juden das Recht eingeräumt, in Köln Finanzgeschäfte zu betreiben. Die jüdischen Zinseinnahmen sprudelten nicht mehr wie zuvor. Die jüdische Gemeinschaft musste inzwischen sechzig Mark im Jahr an den Erzbischof abführen. Hinzuziehende Juden genossen nur noch Schutz übers Jahr, wenn sie mit den Beamten des Erzbischofs ein besonderes Jahresgeld für ihr Haus aushandelten.

1299 starb Noahs Schwester Rachel in Frankfurt. Von Köln reiste kein Verwandter zu ihrer Beisetzung. Salomon hatte inzwischen zu große Probleme mit dem Augenlicht und fühlte sich zu gebrechlich für die beschwerliche Reise. Sein Sohn Aaron war zu beschäftigt, um Köln für längere Zeit zu verlassen. Die restliche Familie reiste natürlich nicht ohne ihre Männer. Beim nächsten Sabbatfest las Salomon den *Kiddusch* und gedachte still seiner Schwester. Der güldene Hawdalateller sandte im Kerzenlicht einen hellen Lichtstrahl zu ihr in die Ferne.

*Lieb' ist es, welche die Kunst lehret,
und außerhalb derselben wird kein Arzt geboren.*
(Theophrastus Bombastus von Hohenheim, genannt Paracelsus)

Inzwischen war der graue Star bei Salomon so fortgeschritten, dass er nicht mehr praktizieren konnte. Er sah die Welt um sich herum nur noch verschwommen.

Die ganze Verantwortung für die Familie trugen mittlerweile Aarons Schultern. Der befand, dass bei seinem Vater nur noch eine Operation der Augen helfen konnte.

Salomon hatte volles Vertrauen in das medizinische Geschick seines Sohnes, und eines Morgens war es so weit: Heißes Wasser, saubere Tücher und Binden, verschiedene Nadeln und eine brennende Kerze standen bereit. Die Nadel, die Aaron benutzen wollte, hatte er in der Flamme der Kerze sauber geglüht und danach sorgfältig vom Ruß befreit. Dann führte er die blanke Nadel vorsichtig in Salomons rechtes Auge und stach ihm den Star. »Erst nach einem Monat, wenn kein Zweifel mehr besteht, dass die Operation gut verlaufen ist, werde ich den gleichen Eingriff an deinem linken Auge durchführen. Du musst dich also etwas gedulden, Vater«, sprach er zu dem alten Herrn. Das wunde Auge verschloss er hernach mit einem festen Verband.

Salomon hatte alles klaglos über sich ergehen lassen und erwiderte: »Hab Dank. Ich will diese göttliche Prüfung mit Geduld ertragen und auf deine Kunst vertrauen.« Als er das sagte, tätschelte er seinem Sohn liebevoll den Arm.

Die Operation des ersten Auges verlief günstig. Die Trübung der Augenlinse besserte sich. Als Aaron zum ersten Mal bei Tageslicht den Verband entfernte, nahm sein Vater die Besserung dankbar wahr. Natürlich hatte Aaron die Binden über den ganzen Monat hin täglich gewechselt. Er hatte von seinem Vater gelernt, wie wichtig Reinlichkeit bei allen medizinischen Eingriffen war. In der Sauberkeit unterschied er sich, wie einst der Vater, von seinen christlichen Kollegen.

Bald darauf behandelte Aaron das zweite Auge. Auch damit hatte er Erfolg. Vater und Sohn wussten jedoch, dass die Heilung nicht von langer Dauer sein würde. Der greise Salomon musste bald wieder mit einer Eintrübung rechnen. Im Bewusstsein dessen, was auf ihn zukommen würde, genoss der Greis die Sabbatfeiern, die er noch zelebrieren konnte. Aber er kam nicht umhin, auch diese Pflichten bald auf Aaron zu übertragen. Wie es Brauch war in der Familie, bewahrte der künftig den Hawdalateller.

Im biblischen Alter von einundachtzig Jahren schloss der greise Salomon seine Augen für immer und folgte seinen Eltern auf den jüdischen Friedhof. Aaron kam es voll Traurigkeit zu, im ersten Trauerjahr den *Kaddisch*, das Trauergebet, für den Verblichenen zu lesen.

Freude fehlt nie, wo Arbeit, Ordnung und Treue sind.
(Johann Kaspar Lavater)

Anno 1308 heiratete Isaak, der als Arzt in die Fußstapfen seines Vaters getreten war, die blutjunge Sara aus Mainz. In den folgenden Jahren gebar sie ihm Chajjim, Elisa und als Nesthäkchen Samuel.

Im Jahre 1317 verließ Aarons jüngerer Sohn Jakob das Haus. Er hatte kein Interesse am Medizinerberuf oder den Rabbinertraditionen seiner Vorväter. Mit wachen Augen und offenen Ohren hatte er Handel und Wandel im Viertel verfolgt und wollte Kaufmann werden. In Köln war das Fortkommen jüdischer Kaufleute unmöglich geworden. Die erstarkten Zünfte verteilten den Kuchen unter sich und nahmen keine Juden in ihre Reihen auf. Was lag da näher für Jakob, als sich auf den Weg nach Frankfurt zu machen, um ins Kontor von Tante Rachels Familie einzutreten!

Für das Blaufärben von Stoffen und Tuchen hatte die Waidpflanze aus dem Jülicher Land Berühmtheit erlangt. Unter dem Namen »Kölnisches Blau« wurde sie in alle Herren Länder vertrieben. Hieran wollte Jakob partizipieren und hoffte, in der großen Stadt Frankfurt einen Markt zu finden.

Aaron ließ den Heißsporn unter seinen Söhnen nur ungern ziehen und auch Judith konnte den Wegzug ihres heimlichen Lieblingsenkels nicht verwinden. Nur ein Vierteljahr nach seiner Abreise folgte sie ihrem Mann ins Grab. Da half auch nicht, dass Miriam ihr jeden Abend liebevoll ein Glas ihres Lieblingsweins kredenzte, »*Jajin mebusam*«, Weißwein mit Honig gesüßt und Pfeffer gewürzt. Nun waren Aaron und Miriam die Ältesten der Familie.

Im Winter 1324 ging Miriam als Erste der beiden Alten mit siebenundfünfzig Jahren aus der Welt und ließ ihren Mann unglücklich zurück. Aaron lebte noch weitere Jahre in seiner Familie. Viel Freude wurde ihm nicht mehr zuteil, denn er verlor allmählich sein Augenlicht. Seinen Beruf konnte er nicht mehr ausüben. Selbst seine Anteilnahme am Familienleben war, ohne Augenlicht, sehr eingeschränkt. Er zog sich in eine eigene Gedankenwelt zurück. So wurde Isaak das neue Familienoberhaupt und der Herr über den Hawdalateller.

In den Folgejahren erhielten die Juden die Erlaubnis, ihr Viertel gegen nächtliche Überfälle mit hölzernen Toren abzusperren. Der Prozess der Abschottung von den christlichen Bürgern schritt damit fort. Wie immer wurden dafür zusätzliche Abgaben erhoben.

Wegen seiner Finanznot sicherte Erzbischof von Virneburg 1330 den Juden gegen hohe Abgaben erneut für weitere zehn Jahre Schutz und Geleit. Es wurden nun schon pro Kopf und Jahr siebzig Mark Kölner Dinare fällig. Durch diese Zahlungen waren die Juden zum Ärger der christlichen Bürger allerdings auch vom Heeresdienst und allen Kriegslasten befreit. Sie durften äußersten Falles zur Verteidigung der Judenpforte herangezogen werden.

Isaaks Sohn Chajjim hatte sich inzwischen zu einem ernsten Mann gemausert, der Rabbiner werden wollte. Seine Eltern förderten diese Absicht nach Kräften. Als er drei Jahre später die junge Rabbinertochter Golde aus Bonn unter den Hochzeitsbaldachin führte, war der Weg in das angestrebte Amt endgültig bereitet. Im nächsten Jahr gebar Golde mit Lea ein bildhübsches Mädchen. Schmul und Israel, zwei prächtige Knaben, erblickten, schon fast nicht mehr erwartet, aber freudig empfangen, erst nach mehreren Jahren das Licht der Welt.

1347, schon unter Erzbischof Walram von Jülich, wurden den Juden Privilegien gestrichen. Der Kölner Rat nahm eine Ausdehnung jüdischen Wohnraums nicht mehr hin. Christen wurde es untersagt, Immobilien an Juden zu verkaufen. Von nun an begann der vom Urahn Noah prophezeite Niedergang. Schon ein Jahr später tauchten Gerüchte auf, die Geißel der Pest zöge von Italien aus über das Land. Man machte »die bösen Juden« dafür verantwortlich. Ein jüdischer Deuter sah nichts Gutes für die Zukunft: »Ich sehe einen Unheil verheißenden Kometen, der über den Himmel rast. Er hinterlässt eine bedrohliche, gleißende Spur.

Es kommen schlechte Zeiten auf uns zu. Das nächste Jahr wird viel Leid mit sich bringen!«

Die Zukunftsängste in der jüdischen Gemeinde wuchsen.

*Ein Willkommen und freundliche Worte mangeln
niemals im Haus eines guten Menschen.*

(Aus Indien)

Mitte August 1349 machte sich Jakob von Frankfurt aus auf den Weg in seine Geburtsstadt. Seine Geschäfte liefen nicht mehr so gut wie zuvor. Er wollte sich deshalb vor Ort überzeugen, wie es um den Vertrieb des »Kölnisch Blaus« wirklich stand. Dabei wollte er seine Familie besuchen. Besonders auf seinen Vater freute er sich. Jakobs Entschluss zu reisen war nicht ungefährlich. Er wusste, dass seinen Glaubensbrüdern überall Feindschaft entgegenschlug. Die Pest hatte auch auf seinem Weg die ersten Opfer hinweggerafft. Sofort war die Mär aufgelebt, die Juden hätten die Brunnen vergiftet und so die Geißel Gottes verbreitet.

Jakob vermied es, in öffentlichen Herbergen zu übernachten, und blieb für sich. Er reiste mit einem ärmlichen Pferdefuhrwerk und schlief in freier Natur. Er verzichtete, obwohl das verboten war, auf die Judenkleidung und trat als armer christlicher Händler auf. Schnell merkte er, dass die Straßen voll waren mit haltlosem Volk, Landstreichern, aus ihrem Gewerbe Verstoßenen und Gauklern. Auch christliche Eiferer prägten das Bild. Diese verbohrten Büßer geißelten sich mit Nadelruten, wiegelten das Volk gegen die Juden auf und bezichtigten sie, die Pest zu verbreiten. Jakob war froh über jeden Reisetag, den er unversehrt überstand.

Eines Abends stellte er seinen Wagen an einem Waldrand ab und versorgte die Pferde, bevor er an sich selbst dachte. Erst dann setzte er durstig seine Trinkflasche an und nahm einen tiefen Schluck. Sein dünner Hals spannte sich, und sein kräftiger Adamsapfel bewegte sich schnell hin und her. Im abendlichen Zwielicht träumte er vor sich hin und seine Gedanken führten ihn zu seiner Frau nach Frankfurt. Wie gern wäre er jetzt bei ihr gewesen! Eine unendliche Traurigkeit befiel ihn. Ängste kamen auf, ob seine Reise nach Köln wirklich richtig war.

Jakob kam an diesem Abend nur schwer zu Ruhe. Er saß noch einige Zeit an seiner Lagerstelle und schaute über den See. Dunkles Wetter zog auf und wieder rief die Pflicht. Er prüfte, ob die Planen auf dem Wagen gut festgezurrt waren und Schutz gegen den Regen boten. Im nachtdunklen Wald zeigte sich erste Unruhe. Äste knackten unter dem Tritt der Tiere, die sich tiefer ins Gestrüpp zurückzogen. Der Totenvogel rief. Welch ein Omen! Erste Donner rollten über das Wasser. Der See spiegelte im bläulichen Gewitterlicht das Abbild der alten Stämme des Waldesrands in wunderbarer Klarheit. Der Kaufmann saß zusammengeduckt auf einem Baumstumpf. Seine Hände ballten sich zu Fäusten. Sein Rücken beugte sich wie unter einer unsichtbaren Last. Sein Blick war starr in das zuckende Lagerfeuer gerichtet, das immer stärker mit dem Regen kämpfte. Sein Kopf wurde unter den angstvollen Gedanken schwer. Das sollte sein letzter Tag unter freiem Himmel sein. Wenn alles gut ginge, würde er morgen Köln erreichen. Endlich wieder ein festes Dach über dem Kopf. Endlich wieder unter Gleichgesinnten, kein Katzbuckeln mehr vor christlichen Reisenden. Jakob sehnte sich nach seiner Familie, freute sich auf ein säuberndes Bad und das nächste Sabbatmahl.

Endlich schlief er ein. Ihm blieb jedoch nicht einmal das Glück, allein aufzuwachen. Es wurde ein böses Erwachen. Ein Fußtritt holte ihn aus dem Schlaf. Vor ihm standen zwei finstere Burschen, Geißler, wie er mit Entsetzen an ihrem Habit erkannte. Der Ältere guckte ihn drohend an und sagte zu seinem Gefährten: »Schau dir den Bart an. Wenn das kein Jude ist!« Der andere brummte nur: »Alle Juden haben einen besonderen Schwanz.« Jakob wurde ganz schlecht vor Angst. Natürlich war er nach dem Gesetz beschnitten. Er ahnte, dass sein fehlendes Stück Vorhaut für diese Kerle genug Beweis sein würde, ihm das Leben zu nehmen. Der Alte fuhr mürrisch fort: »Alle Juden haben einen Schwanz, der aus dem Hintern hängt, wie ein Teufelsschwanz. Los, zieh deine Hose runter, du Judenschwein.«

Etwas wie Hoffnung keimte in Jakob auf. Würden sie wirklich am falschen Ort suchen?

Gleichzeitig wurde er rot vor Scham, als der Jüngere ihn zwang, die Hose herunterzustreifen. Er drehte sich von den Männern weg und streckte ihnen mit fest zusammengebissenen Zähnen sein Hinterteil entgegen. Ein Moment verging, ohne dass etwas geschah. Jakob schmeckte Blut in seinem Mund. Vor Anspannung hatte er sich auf die Lippe gebissen. Ein lautes Gelächter traf ihn in den gebeugten Rücken, und einer der beiden polterte los: »Dieses Mal hat dein Riecher versagt. Alter, hast wohl mit ihm zu viel in stinkenden Mösen gehangen?« Sein Gefährte zollte dem derben Scherz gebührend Applaus. Er gab sich nur ungern zufrieden.

»Und ich hab's doch in der Nase, das ist ein dreckiger Jude«, murmelte er grimmig.

Jakob nutzte den Augenblick. Er hatte nichts Eiligeres zu tun, als seine Hose wieder hochzuziehen. Demütig, ohne aufzublicken, trat er einige Schritte zurück und beobachtete furchtsam aus den Augenwinkeln, was nun geschah.

Die Männer musterten kurz seine bescheidene Habe und zogen verärgert ab, als sie nichts von Wert fanden. »Bei dem ist nichts zu holen. Wir werden heute sicher noch Besseres finden«, trösteten sie sich.

Kurz vor Köln legte Jakob seine jüdische Kleidung wieder an. In seine Heimatstadt wollte er einreisen, wie es das Gesetz befahl. An einer Wegkehre hielt er sein Fuhrwerk an und schaute sich um. Als er sicher war, dass ihn niemand beobachtete, kroch er unter den Wagen. Dort wo die Deichsel befestigt war, hatte er einen verdeckten Kasten angebracht, in dem er Geld für die Reise und seine jüdische Kleidung versteckt hielt. Er holte den Umhang mit den gelben Kennzeichen und den hohen Judenhut hervor, legte sein Reisegewand ab und zog die Judenkleidung an. Als er unter dem Wagen wieder hervorkroch, war er wieder Jakob der Jude, ein Kaufmann aus Frankfurt. Er trieb seine Pferde an, denn er wollte so schnell wie möglich das Stadttor passieren. Köln mit dem Schutzbrief des Erzbischofs schien ihm ein sicherer Ort zu sein. Der Kirchenfürst war zwar im Januar verstorben und sein Amt seitdem verwaist, aber Jakob glaubte an den Fortbestand des Schutzes.

Als er am Severinstor anlangte, war die Begrüßung durch die Stadtsoldaten sehr unfreundlich. Eine der Wachen trat mit der Hand am Schwertknauf vor und verstellte ihm den Weg. Der Mann fuhr ihn an: »Ein Jude! Von Euresgleichen haben wir genug in der Stadt. Ihr seid nicht von hier? Seid Ihr gekommen, um einen weiteren Brunnen zu vergiften? Wir haben schon Pesttote zuhauf.«

Jakob war verdutzt. Eine solche Behandlung hatte er nicht erwartet. Da er die vom Erzbischof ausgesprochenen Schutzrechte kannte, antwortete er selbstsicher: »Ich bin in Köln geboren und auf dem Weg zu meinem alten Vater.«

Der Soldat beäugte ihn misstrauisch und fragte weiter: »Wie heißt der Alte, und wie heißt du?«

»Aaron der Arzt heißt mein Vater«, antwortete Jakob stolz, denn er wusste, wie viel Gutes sein Vater in der Stadt getan hatte. »Ich freue mich, ihn wiederzusehen.«

Der Torwächter antwortete mit einem bösen Grinsen: »Das wird ein einseitiges Vergnügen werden. Aaron ist blind.«

»Ich weiß«, erwiderte Jakob mit Trauer in der Stimme.

Der Soldat schaute unter die Plane des Wagens, und als er sah, dass der Wagen nahezu leer war, stellte er lauernd die nächste Frage: »Was wollt Ihr denn mit der leeren Karre aus unserer heiligen Stadt fortschaffen?«

»Ich bin Kaufmann und handle mit ›Kölnisch Blau‹. Das bringt auch Geld in eure Stadtkasse«, erwiderte Jakob fest.

Der Mann musterte ihn noch einmal böse und brummelte in sich hinein: »Dann solltet Ihr stante pede nach Jülich gehen, wo das Zeug herkommt. Das Kölner Pflaster ist zurzeit nicht gut für solche wie Euch.« Im selben Moment biss ihn ein Floh in die Hand. Der Soldat wusste nicht, welche Folgen das haben würde. Er fluchte nur laut: »Verdammt, ein Floh!« Er schlug auf die Bissstelle und sah verdrossen, dass er das Ungeziefer nicht erwischt hatte. Wütend wandte er sich an Jakob und keifte ihn an: »Mach dich weg, du Judenhund!« Dann trat er beiseite und wollte das Fuhrwerk passieren lassen.

Jakob ließ den Satz nicht unwidersprochen stehen: »Dann lasst mich lieber ein Floh sein«, antwortete er in Anspielung auf den Judenhund.

»Willst du, dass ich dich zerquetsche?«, fragte ihn sein Gegenüber höhnisch.

»Das nicht, guter Mann, aber schlägt der Mensch nach einem Hund, trifft er ihn meist. Schlägt der Mensch nach einem Floh, trifft er meist nur sich selbst.«

Endlich machte er sich die Hohenpforte hinunter auf zum jüdischen Viertel. Er wurde dabei das Gefühl nicht los, dass er keinem der Einwohner willkommen war. Einige Bürger riefen ihm böse Sätze nach, wenn er ihnen mit dem Wagen zu nahe kam. Andere schauten ihn mit scheelen Blicken an. Anders als früher sah er auf den Straßen keinen seiner Glaubensbrüder. Selbst ein verdreckter Bettler mit dem Bettelzeichen an seinem verlausten Kittel bat ihn nicht um Almosen, sondern pöbelte frech.

Die Straßen stanken in der Augusthitze jämmerlich zum Himmel. Überall lag der Dreck herumstreunender Schweine und Köter.

»Das werden die Christen wohl nie lernen, auf dieses dreckige Borstenvieh zu verzichten«, dachte er angeekelt. Von ferne sah er einen Leichenwagen mit Pestopfern. Er wich ihm in weitem Bogen aus.

Als er sich dem Judenviertel näherte, erkannte er zu seiner Überraschung, dass der Straßeneingang mit einer hölzernen Pforte gesichert war. Was ist das nur für eine merkwürdige Sicherheit? Für einen ruhigen Schlaf müssen wir uns heutzutage verbarrikadieren, dachte Jakob bestürzt. Er lenkte die Pferde mit ruhiger Hand durch das enge Tor und stand bald vor dem Haus seiner Eltern.

Voller Erwartung klopfte er mit dem schweren Türklopfer. Es war immer noch der Messingknopf mit dem Löwen von Juda. Er hatte mittlerweile etwas Patina angesetzt. Innen hörte Jakob Geräusche. Jemand näherte sich mit unsicherem Schritt. Es wird doch nicht Vater sein?, dachte er erwartungsfroh. Sein Herz schlug ihm vor Aufregung bis zum Hals. Die Tür öffnete sich und ein alter, gebeugter Mann stand vor ihm. Auf einen Stock gestützt schaute er mit blicklosen Augen ins Freie.

»Wer seid Ihr und was kann ich für Euch tun?«, fragte er mit brüchiger Stimme.

Ihn durchfuhren unbeschreibliche Gefühle. »Vater, ich bin es, Jakob«, antwortete er fast tonlos.

Ein Strahlen ging über das Gesicht des Alten. »Mein Sohn ist zurück«, stammelte er vor Glück. Seine Rechte schoss nach vorn und suchte das Antlitz seines Jungen. »Komm, lass dich beschauen«, flüsterte er. Jakob führte die Hand des Vaters über sein Gesicht. »Du bist alt geworden«, war dessen erste Feststellung. »Aber gesund und kräftig scheinst du zu sein. Bist du auch glücklich?«

»Ja, das bin ich. Erst recht, da ich dich in die Arme schließen kann«, antwortete Jakob liebevoll. Gesagt, getan. Er trat näher, umschloss den Alten mit seinen kräftigen Armen und wiegte ihn wie ein Kind.

Erst jetzt merkte er, dass ihre Wiedersehensfreude in der Gasse nicht unbemerkt geblieben war. Er nickte zu den Menschen hinüber, die sie interessiert beobachteten. Keiner von ihnen kam ihm bekannt vor. Schließlich griff er den Vater am Arm und führte ihn ins Haus. Es drängte ihn, die Wiedersehensfreude mit keinem da draußen zu teilen.

Am Abend saß die Familie unter dem schummerigen Licht der Ölfunzel beisammen. Jakob war frisch gewaschen und sein Magen wohlig gefüllt. Mit seinem Bruder Isaak und dessen Frau Sara hatte er sich sofort vertraut gefühlt. Sein Neffe Chajjim und dessen Frau Golde löcherten ihn mit vielen Fragen zu Frankfurt.

Ihre Tochter Lea wollte gar nicht in ihr Bett gehen. Es wurde unendlich viel erzählt, und die junge Frau konnte sich nicht daran satthören. Mit großer Erleichterung erfuhr Jakob, dass seine Kölner Familie bisher gänzlich von der Pest verschont geblieben war. Sein Vater führte das auf ihre besondere Reinlichkeit zurück sowie darauf, dass sie sich von den anderen Menschen möglichst fernhielten. Bis spät in die Nacht schmiedeten sie Pläne für die nächsten Tage.

Jakob nahm sich vor, auf jeden Fall das Grab seiner Mutter auf dem Judenbüchel vor der Severinspforte zu besuchen.

Doch das Böse vor der Tür veränderte ihr beschauliches Beisammensein gewaltig!

*Auf eine Weise werden wir geboren,
auf tausendfache sterben wir.*
(Aus Jugoslawien)

Es begann spät in der Nacht mit lautem Getöse aus der Ferne. Wütendes Gegröle aus vielen Kehlen kam langsam näher. Bald hörte man Hammerschläge auf splitterndem Holz und Klirren von Metall. Aaron, der gelernt hatte, sich überwiegend auf seinen Gehörsinn zu verlassen, machte sich als Erster einen Reim auf die Geräusche: »Das sind bestimmt wieder Lotterbuben und Trunkenbolde, die an der Pforte zu unserem Viertel wüten. Ängstigt euch nicht, sie ist fest verschlossen. Gleich wird die Stadtwache kommen und die garstige Brut vertreiben.«

Der alte Mann sollte nicht Recht behalten. Der Lärm kam näher und hörte sich immer bedrohlicher an. Bald war er mit Schmerzenslauten und Hilferufen vermischt. Durch das leicht geöffnete Fenster drang der Geruch von Rauch herein. Jakob begab sich zum Fenster und lugte vorsichtig hinaus. Was er sah, erschreckte ihn zutiefst. Ein aufgebrachter Mob bog gerade in ihre Gasse ein. Im Schein von Fackeln sah er, dass die Kerle Schwerter, Äxte, Spieße und andere Waffen mit sich führten. Am Eckhaus machten sie Halt, und unter dumpfen Hammerschlägen zerbarst dessen Eingangstür. Einige der Männer verschwanden im Inneren, die anderen stürmten weiter zum nächsten Haus.

Schon bald tönten schrille Schmerzensschreie aus den heimgesuchten Häusern, und aus den Fenstern leuchtete rote Feuersbrunst.

»Vater, sie sind schon in unserem Viertel und morden und brennen«, sagte er fassungslos. Im selben Moment begannen die Kinder in ihrer Schlafkammer zu wimmern. Der Lärm hatte sie aufgeweckt und ängstigte sie.

Plötzlich stand Lea mit weit aufgerissenen Augen in der Tür. Sie schaute sich schutzsuchend um. Ihr war klar, dass etwas nicht in Ordnung war. Mit raschen Schrittchen eilte sie zu ihrer Mutter und drückte sich an deren Busen. Golde nahm ihren Liebling fest in ihre Arme. Schmul und Israel machten nun auch auf sich aufmerksam und fingen jämmerlich an zu weinen.

Aaron nahm das Heft in die Hand: »Verrammelt die Türen!«, befahl er den männlichen Familienmitgliedern. »Zieht euch mit Frauen und Kindern nach hinten zurück. Ich werde hier vorn die Stellung halten. Einem blinden alten Mann werden sie schon nichts tun.«

»Ich werde bei dir bleiben, Vater«, protestierte Jakob. »Adonaj hat mich auf meiner Reise sicher nicht vor dem Pack geschützt, um mich hier töten zu lassen.« Er ließ sich von seinem Entschluss nicht abbringen.

Es dauerte nicht lange, dann krachte es an ihrer Eingangstür. Schon tönte es im Gang: »Zeigt euch, ihr feigen Judenschweine! Die Totenglocken läuten schon!« Wie auf Kommando begannen wirklich in der Ferne Glocken zu läuten. Die Tür zum Wohnraum wurde aufgestoßen und drei abgerissene Kerle stürmten herein.

Aaron saß zusammengesunken in seinem Sessel und sah ihnen mit toten Augen entgegen. Jakob stand hinter ihm, vor Schreck unfähig, irgendwas zu ihrem Schutz zu tun.

Ohne Angst in der Stimme empfing sein Vater die ungebetenen Gäste mit einem kräftigen »Friede sei mit Euch!«.

Der erste Eindringling lachte höhnisch auf, eilte auf den alten Mann zu, hob seinen schweren Hammer hoch über sich hinweg und ließ ihn mit voller Wucht auf Aarons Kopf hinabsausen. »Ja, Frieden! Ruhe in Frieden, du alter Hundsfott!«, brüllte er dabei genüsslich.

Aarons Schädeldecke knirschte. Blut spritzte ins Zimmer und weiße Gehirnmasse trat aus. Der Greis war sofort tot. Er starb arglos, denn er hatte den Angriff ja nicht kommen sehen.

Jakob erwachte erst durch den Luftzug des herunterfallenden Mordwerkzeuges aus seiner Starre.

Als er seinem Vater zu Hilfe eilen wollte, war es schon zu spät. Stattdessen packte ihn der zweite Unhold und setzte ihm sein Messer an die

Kehle. »Ich will seinen Judenschwanz sehen, lasst uns ihm das Teufelsding abschneiden«, wiegelte er seine beiden Genossen auf. Die wussten nichts Besseres zu tun.

Jakob fühlte, dass sein letztes Stündlein geschlagen hatte. Er besann sich in seiner Todesstunde auf den einzig wahren Gott: »Adonaj, wie hart bestrafst du dein Volk! Doch ich falle nicht von dir ab und murre nicht gegen deinen Willen. Denn du bist Gerechtigkeit«, betete er laut.

Seine Peiniger lachten. Dann öffnete ein langer Schnitt mit dem Dolch seinen Hosenstall und ritzte eine tiefe Wunde in seinen rechten Schenkel. Bald lag zur Freude der grausamen Geißler sein Gemächt völlig frei. Jakobs kurze Gegenwehr blieb erfolglos. Die Kerle hielten ihn wie in Schraubstöcken fest. Ein beißender Schmerz durchfuhr ihn von der Lendengegend aus, und dort, wo sich sein Geschlecht befunden hatte, sprudelte nun ein Schwall warmes Blut. Es lief ihm feucht und klebrig die Beine hinab. Mit einem schmerzerfüllten Aufschrei verlor Jakob sein Bewusstsein.

Die Mörder betrachteten feixend das beschnittene Glied, verloren alsbald die Lust an ihrer Tat und ließen den geschändeten Kaufmann achtlos verbluten.

Das Grab seiner Mutter sah Jakob nicht mehr. Marodierende Horden machten noch am selben Tag ihre Begräbnisstätte dem Erdboden gleich. Miriams Grabstein wurde später, wie viele andere jüdische, von Kölns Bürgern für den Bau des Hansesaals im Rathaus verwandt.

Die blutdürstigen Männer rafften im Wohnraum alles zusammen, was ihnen wertvoll erschien, und machten sich auf die Suche nach weiteren Opfern. Im nächsten Raum trafen sie auf Isaak und Sara. Die beiden hatten sich vorgenommen, die Unholde von ihren Kindern und Enkelkindern abzulenken und waren bereit, dafür mit ihrem Leben zu zahlen. Als der Erste der Mörderbande Sara sah, kamen geile Gedanken in ihm auf: Gemordet hatte er schon. Einige ordentliche Stücke, die sich zu Geld machen ließen, waren bereits in seinem Säckel. Es fehlte nur noch, einer Frau zwischen den Schenkeln zu liegen. Als er dies seinen Kumpanen mit drastischen Worten klarmachte, traf er nicht auf ungeteilte Zustimmung. »Ich warte auf ein jüngeres Pflänzlein«, antwortete ihm einer seiner Spießgesellen. Der Kerl beäugte Sara noch einmal und blieb bei seinem Entschluss. Er befand, dass die Vierundfünfzigjährige gerade recht für ihn war. »Die Alten sind doch viel dankbarer«, feixte er und ging auf die ängstliche Jüdin zu.

In Isaaks Kopf überschlugen sich die Gedanken. Wie konnte er sein Weib nur vor diesem Kerl retten? Er entschied, es mit lauten Hilferufen nach der Stadtpolizei zu versuchen. Er hoffte, die Unholde damit zu verunsichern. Das gelang ihm aber nicht, und die Stadtpolizei blieb aus. Kölns Obrigkeit sah dem Massaker tatenlos zu. Sie hatte sogar vage Anweisungen gegeben, bei Ausschreitungen stillzuhalten. Viele von den Großkopferten hatten hohe Schulden bei den jüdischen Geldverleihern und hofften, zu Nutznießern der Meuchelmorde zu werden.

Als der Unhold immer näher kam, stellte sich Isaak waffenlos, nur mit ausgebreiteten Armen, schützend vor Sara. Seine hilflose Geste brachte ihm schadenfrohes Gelächter ein und verstärkte die Wut des Angreifers.

Der Anführer des Trupps zog ein Messer aus dem Gürtel und warf zielsicher nach ihm. Die Klinge fuhr Isaak tief in den Hals, und er brach mit einem ungläubigen Blick sterbend zusammen. Sara war für einen Moment schreckensstarr. Dann warf sie sich schreiend auf den leblosen Körper ihres Mannes und verkrallte sich in seinen Leib, als wollte sie auf ewig mit ihm verbunden bleiben. Den schrecklichen Männern gelang es nicht, die verzweifelte Frau vom Leichnam ihres Gatten zu trennen.

Das brachte den Wortführer erst richtig in Rage. Mit der linken Faust griff er Sara in die Haare und zog daran, bis er ihr ins vor Verzweiflung verzerrte Gesicht sehen konnte. Dann nahm er sein Messer in die Hand und schnitt ihr die Kehle durch. Nur langsam löste sich ihr Körper von dem ihres Gatten.

Ihr Tod hinderte den Unhold nicht, sein ursprüngliches Vorhaben in die Tat umzusetzen. Er riss ihr nicht mal die Kleider herunter, sondern schob nur die Röcke hoch und verging sich an dem noch warmen Leib.

Seine Gefährten hielt nichts mehr in der Kammer. Sie stürmten weiter. Schon bald trafen sie auf Chajjim, Golde und die Kinder. Mit Triumphgeschrei quittierten sie diese Entdeckung. Einer der beiden rief aus: »Das ist schon eher meine Kragenweite!«, und deutete lüstern auf Golde, die ihre Schönheit nicht verbergen konnte. Lea stand an der Seite ihrer Mutter und starrte den Männern mit weit aufgerissenen Augen entgegen. Sie störte den Lüstling auf seinem Weg zu Golde, und so spießte er sie kurzerhand mit seinem langen Spieß auf. Lea starb sofort.

Chajjim, der angehende Schriftgelehrte, war eigentlich kein Mann der Tat. Aber als er sah, was die Männer seinen Lieben antaten, gab es selbst für ihn kein Halten mehr. Gehetzt schaute er sich um und sein Blick fiel auf den massiven Hawdalateller, der auf dem Sims stand. Das ist für meine Gegenwehr die richtige Waffe, dachte er. Er griff nach dem Teller und nahm ihn fest in beide Hände. Dann wandte er sich Leas Mörder zu. Der Mann war waffenlos. Sein Spieß steckte noch im Leib des Kindes. In unbändiger Wut hob Chajjim den Teller empor und schmetterte ihn dem Mann auf den Kopf. Der sackte mit zertrümmertem Schädel zusammen. Schon wirbelte Chajjim auf dem Absatz herum, und bevor der zweite Eindringling richtig erfasste, was geschah, widerfuhr ihm das gleiche Schicksal. Erst jetzt kam Chajjim wieder zu Sinnen und betrachtete ungläubig den geweihten Teller, der zur blutigen Waffe geworden war.

Golde stammelte ihm einige abgehackte Worte entgegen: »Was hast du getan, Chajjim, was hast du nur getan?«

Er sah sein Weib an, sein Gesicht war blutbespritzt, und er antwortete voll tiefer Überzeugung: »Adonaj ist auch ein zorniger G'tt, Weib! Ich war nur sein williges Werkzeug.«

Dann besann er sich darauf, dass Eile geboten war. Er überlegte kurz, dann war ein Plan in ihm gereift, wie er die Seinen retten wollte. Er nahm widerwillig die Umhänge der toten Geißler an sich. Vielleicht konnten sie ihnen auf ihrer Flucht noch als Tarnung dienen. Dann wickelte er den blutigen Teller in einen Stofffetzen, er durfte ihn nicht zurücklassen. Endlich wandte er sich dem Bettkasten zu, in dem ihre beiden Buben lagen und kläglich wimmerten. Er nahm Schmul auf den Arm und hieß Golde, den jüngeren Israel aufzunehmen. So beladen eilte er auf die Tür zu, die auf den Innenhof führte. Dort, in die Mauer eingepasst, befand sich ein kleiner steinerner Verschlag. Die Fenster nach außen waren nur notdürftig mit Steinquadern zugesetzt, um ihr Heim vom christlichen Viertel abzuschotten. In diesem Versteck wollte Chajjim mit Frau und Kindern den Tagesanbruch erwarten. Erst dann wurden die Stadttore geöffnet. Chajjim wollte aus der Stadt entfliehen, die seiner Familie so viel Unheil beschert hatte. Er wollte hinunter zum Hafen und mit der Fähre hinüber zur Festung Deutz. Deutz hatte seinen Glaubensbrüdern schon öfter Asyl geboten.

Die beiden Erwachsenen erreichten mit ihren Kindern unbeschadet den Unterschlupf. Dort bemühten sie sich, ihre Jungen ruhig zu halten.

Der dritte Mörder hatte inzwischen die Leichenschändung beendet. Er machte sich auf die Suche nach seinen Gefährten. Wie groß war sein Entsetzen, als er sie tot auf dem Fußboden fand! Rachegedanken und Angst wechselten sich in seinem Spatzenhirn ab. Angst gewann die Oberhand, und er setzte zum Rückzug an. Aber seine Wut war noch so groß, dass er die Freunde am Ort ihres Todes rächen wollte. Nur geröstete Juden sind gute Juden, genau wie Schweine, dachte er verbittert und hielt seine Fackel in die Schlafdecken, um das Haus auszuräuchern.

Dieser Racheakt rettete Chajjims Familie das Leben. Das Haus stand bald vollständig in Flammen und die Feuersbrunst verhinderte, dass noch andere Mordbrenner in ihm nach Bewohnern suchten.

Die Lohen leckten auch kurz an den Steinen der Gartenmauer. Sie fanden aber keine Nahrung und erloschen. Der kleine Unterschlupf blieb vor anderen Mördern im schützenden Rauch verborgen. Doch die Hitze der nahen Glut machte den Versteckten arg zu schaffen.

Das Morden und Brennen ging weiter. Es war für Chajjim und die Seinen fast unerträglich, die Schmerzensschreie und Hilferufe tatenlos anzuhören. Die Flammen stiegen und loderten überall. Funken spritzten. Sie sprangen bis in die Zweige der Bäume. Die Farbe des Feuers wechselte ständig. Manchmal war es gelb, dann rot, dann blau. Die Farbe der Lohen änderte sich, wenn der Wind seine Richtung drehte. Kräftige Rauchschwaden zogen durch die Luft und behinderten selbst das Atmen der Mörder. Ihre Augen glänzten rötlich und tränten. Entzündete Augen und Atemnot stoppten endlich ihre Mordlust.

Zur Weggenossenschaft gehören beide Gaben, nicht bloß ein gleiches Ziel, auch gleichen Schritt zu haben.
(Friedrich Rückert)

Der Tag brach an und das erste Licht enthüllte das ganze Ausmaß des Grauens. Eine Schicht weißer Asche bedeckte die Fläche des Viertels, die gierige Flammen in der Nacht leer gefressen hatten. Der Hauch der Asche hatte die Farbe blinder Totenaugen. Gebrochene Augen gab es im Viertel auch wirklich zuhauf.

Chajjim räumte vorsichtig einige Steine aus der zugestellten Öffnung ihres Verstecks beiseite, damit sie herauskriechen konnten. Dann zogen sich Golde und er die schmutzigen Kittel der getöteten Geißler über und stülpten sich die Kapuzen über die Köpfe. Ihre Söhne verbargen sie unter den Umhängen mit. Mit kurzem Blick nach draußen überzeugten sie sich, dass die Luft rein war.

Eilig machten sie sich auf den Weg zum Hafen. Das Stadttor war geöffnet, und sie passierten ohne Probleme. Der Wächter bemühte sich für sie nicht einmal vom Turm herab. Nur wer in die Stadt hineinwollte, wurde besonders gefilzt und befragt. Als der Soldat von oben die Gewänder der Geißler erkannte, rief er den beiden hinterher: »Ihr braucht wohl nach dem Judenrösten eine Abkühlung im Rhein!«

Möwen strichen kreischend am Ufer entlang und suchten im Wasser nach Abfällen. Das Fährschiff hatte auf der Domseite angelegt und Chajjim und Golde kletterten über den Holzsteg an Deck. Chajjim klaubte aus seinem Unterkleid einige kleine Geldstücke hervor und hielt sie dem Fährmann wortlos hin. Auch der, wohl noch müde, verschwendete kein Wort an die Ankömmlinge. Sie gefielen ihm nicht in ihren verschmutzten und blutbesudelten Kitteln.

Nachdem noch ein Fuhrwerk auf die schwankenden Planken gerollt war, zeigte sich der Fährmann bereit, überzusetzen. In der schrägen Morgensonne umkräuselten kleine Wellen das Schiff. Das Wasser spritzte gegen die Planken. Die Fähre hatte nur wenig Tiefgang und bewegte sich mühsam, gegen die Kraft des Stromes, schräg auf die andere Rheinseite zu. Ein Blick zurück zeigte Chajjim überall beißenden Rauch am Himmel. Über dem Judenviertel reckten sich noch einige Flammenfinger in den Himmel und griffen wütend nach den Resten der Ruinen. Nun beginnen wirklich die sieben mageren Jahre, dachte der Rabbi traurig.

Endlich tauchte hinter dem Schleier des Frühnebels das Deutzer Ufer auf. Die Festung erschien in schwachen Konturen. Fest drückte Chajjim das Bündel mit dem Hawdalateller an sich. Der Teller sollte auch bei künftigen Sabbatriten ihr Leben begleiten. Ihm hatten sie schließlich ihr Leben zu verdanken.

In die Stille des Morgens krähte zu ihrer Begrüßung auf der anderen Rheinseite ein Hahn. Chajjim wollte Golde seine Rechte hinhalten, um sie ans Ufer zu ziehen. Doch das war ihm unmöglich. Die hielt unter dem Kittel seinen Sohn, und in der anderen Hand trug er den Teller. Erleichtert sah er, wie behände Golde auch ohne seine Hilfe mit Israel auf dem Arm ans Ufer sprang. Als er sie dabei ansah, bemerkte er ihr rußverschmiertes Gesicht.

»Sehe ich genauso beschmutzt aus wie du?«, fragte er.

Golde nickte stumm. Ihre Mundwinkel begannen zu zittern. Die erlebten Schrecken holten sein Weib ein. Nur seine beruhigenden Worte verhinderten, dass sie in Tränen ausbrach.

Bald traten natürliche Bedürfnisse in den Vordergrund. Golde und Chajjim quälte schrecklicher Durst. Auch Hunger stellte sich ein. Die beiden Jungen waren nicht mehr ruhigzuhalten. Sie begannen zu quengeln.

Verzweifelt standen die Eltern in den Flussauen und wussten nicht, was zu tun. Sie wagten nicht, an eine der Türen zu klopfen und um Hilfe zu bitten. Tavernen mieden sie ebenfalls. Deren Gäste konnten ihnen gefährlich werden.

Welch göttliche Fügung war es, dass ihnen ein alter Benediktinermönch über den Weg lief! Die Ereignisse in Köln hatten sich auf der Deutzer

Seite schon herumgesprochen. Der fromme Mann erkannte, trotz der Verkleidung, dass er jüdische Flüchtlinge vor sich hatte.

Er nahm sich ihrer an und sorgte voll Mitleid für das Nötigste. Er beschaffte ihnen sogar etwas Wegzehrung.

Golde und Chajjim wussten nicht, wie sie ihm danken sollten. Der Mönch fand zum Abschied einige tröstende Worte: »Die Geißel der Pest und diese Gräueltaten als ihre Folge bringen vielleicht etwas Gutes mit sich. Das große Sterben führt uns wieder enger zusammen. Worte wie ›allein selig machende Kirche‹, ›auserwähltes Volk‹, ›Abendmahl‹ oder ›Sabbat‹ werden ihre trennende Bedeutung verlieren. Im Sterben sind wir alle gleich. Vielleicht ist es Gottes Wille, uns das deutlich zu machen und uns auf solche grausame Weise ein gedeihliches Zusammenleben zu lehren.«

Als die Flüchtlinge wieder allein waren, ließen sie sich etwas abseits vom Wegesrand hinter schützendem Buschwerk nieder und stärkten sich und die Jungen. Dann berieten sie, was sie nun tun wollten.

»Ich sehe drei Möglichkeiten«, begann Chajjim. »Wir könnten uns nach Frankfurt durchschlagen und dort Unterschlupf bei Onkel Jakobs Familie suchen.«

»Das ist zu weit mit den Kindern«, warf Golde hastig ein. »Außerdem, wer sagt uns, dass wir dort Sicherheit finden? Die Pest und die Geißler kommen aus dieser Richtung, vielleicht ist auch dort inzwischen Schreckliches geschehen.«

Chajjim lenkte ein: »Ich glaube, du könntest Recht haben. Dann bleibt uns noch die Flucht nach Bonn. Der Weg, auf dem wir uns befinden, führt auf die Verbindungsstraße Bonn–Siegerland. Doch ich habe Zweifel, ob Bonn der richtige Ort für uns ist. Dort hat man erst kürzlich einige Glaubensbrüder ermordet. Wir sollten zurzeit jede größere Stadt meiden. Erst recht, wo unser Schutzherr verstorben ist und der neue Erzbischof kein Schutzversprechen für uns ausgesprochen hat.«

»Was bleibt uns dann?«, fragte Golde, der Verzweiflung nahe.

»Wir sollten nach Siegburg gehen zur Familie unserer Urgroßmutter Judith. Dort lebt Selichman, unser Vetter, mit seiner Familie. Er ist Viehhändler. Der Ort ist klein und seine jüdische Gemeinde unbedeutend. Ich glaube, dort könnten wir untertauchen.«

»So lass uns das tun, Liebster. Aber das wird eine Umstellung werden«, schloss Golde mit einem leisen Seufzer die Beratung ab.

Sie vertraute Chajjims Weitblick und darauf, dass er für sie das Richtige ausgewählt hatte.

»Wir marschieren auf der Straße, die nach Frankfurt führt«, nahm Chajjim ihr Gespräch wieder auf.

»Dann ist hier auch unser armer Onkel Jakob gefahren.« Tränen stiegen Golde in die Augen, als sie dies sagte.

»Wir haben einen anstrengenden Marsch vor uns. Ich rechne mit mindestens acht Stunden, selbst wenn wir zügig voranschreiten«, schätzte Chajjim und versuchte, Golde mit seinen Worten abzulenken.

Die Sonne stand inzwischen hoch am Himmel und stach auf die Flüchtlinge herab. Sie schwitzten unter ihren Umhängen, wagten aber nicht, ihre Verkleidung abzulegen. Sie vermieden, anderen Passanten über den Weg zu laufen. »Man kommt sich vor wie ein gehetztes Tier«, meinte Chajjim verbittert, als sie wieder einmal vor dem Zusammentreffen mit einem herannahenden Fuhrwerk Deckung hinter Büschen suchten.

Am Nachmittag erreichten sie bei Kaldauen die Furt über die Sieg. Das Wasser des Flusses sah frisch und reinlich aus, und das Elternpaar stillte seinen Durst und den der Kinder. Chajjim wollte noch etwas anderes erledigen: »Auch wenn es uns Zeit kostet, lass mich das lebende Wasser nutzen und den vom Mörderblut entweihten Hawdalateller waschen.« Golde nickte zustimmend. Chajjim hatte das Bündel mit der Schnur seines Kittels an der Hüfte festgezurrt und löste es nun. Er öffnete vorsichtig das Tuch. Das ging nicht so leicht, wie er dachte. Das getrocknete Blut hatte das grobe Linnen an mehreren Stellen an den Teller festgeklebt. Endlich lag der Teller frei. Die dunklen Blutflecke auf dem Messing brachten die schrecklichen Erinnerungen zurück. Ein Würgen stieg in Chajjims Hals auf. Schnell kniete er nieder und tauchte den Teller im fließenden Wasser unter. Er wischte ihn mit einer Hand sorgfältig ab und löste das verkrustete Blut. Danach tunkte er den Teller dreimal ein. Er gab sich erst zufrieden, als er wieder rein und vollkommen glänzte. Ohne das verschmutzte Tuch befestigte ihn Chajjim mit seiner Gürtelschnur unter dem Kittel.

Kurz vor Stoßdorf sahen sie die Abtei von Siegburg hoch über sich auf dem Klosterberg. Ihr beschwerlicher Fußmarsch ging dem Ende zu. Aber was würde auf sie zukommen? Angst stieg in ihnen auf. Sie ertrugen sie stumm. Keiner wollte den anderen beunruhigen. »Es ist schon ein merkwürdiges Gefühl, Verwandte hier auf dem Land um Hilfe zu bitten. Bisher kamen sie immer zu uns in die Stadt«, erinnerte sich Chajjim. »Als Bettler vorsprechen zu müssen, Adonaj erspart uns wirklich nichts«, ergänzte seine Frau bitter.

Auf dem staubigen Pflaster der Straße kam ihnen ein jüdischer Hausierer mit einem voll beladenen Handkarren entgegen. Sie gaben sich dem erstaunten Mann als Glaubensbrüder zu erkennen und fragten nach dem Haus ihres Vetters.

»Ihr müsst keine Angst mehr haben«, sagte der Händler. »Hier hält der Abt noch seine schützende Hand über uns. Wenn wir auch Bürger zweiter Klasse sind, so haben wir doch unser sicheres Auskommen. Ihr könnt die schrecklichen Kittel ruhig ablegen.«

Das ließen sich Golde und Chajjim nicht zweimal sagen. Die schmutzigen Kleidungsstücke warfen sie an den Straßenrand und fühlten sich gleich viel wohler. »So klopfe ich viel lieber als Bittsteller an die Tür meines Vetters«, sagte Chajjim erleichtert.

Menchin, so hieß der Händler, erklärte ihnen den Weg. »Unsere kleine Gemeinde wohnt vor dem Ort, nahe dem Tor. Diese Straße führt direkt darauf zu.« Er überlegte einen Moment, dann fuhr er fort: »Es ist das vierte Haus rechter Hand, fast schon ein kleiner Hof.«

Die beiden Kölner bedankten sich für die Wegbeschreibung, wünschten dem Mann gute Geschäfte und beeilten sich mit ihren Kindern, das Haus der Verwandten zu erreichen.

Als sie das Gebäude vor sich sahen, erschraken sie. So ärmlich hatten sie sich das Heim der Siegburger nicht vorgestellt. Im offenen Geviert standen drei niedrige eingeschossige Gebäude. Sie waren aus grobem Stein und zwischen hölzernem Fachwerk mit grauem Lehm verputzt. Die Fenster waren klein und nur durch geschabte Tierhäute geschützt. Links und rechts von ihnen hingen hölzerne Laden, die derzeit offen waren. Die Dächer des Gehöfts sahen gebeugt und windschief aus und viele der Holzziegel waren schadhaft. Der Innenhof war unbefestigt und knüppeltrocken. Nach einem starken Regen würde er bestimmt zu einem sumpfigen Morast verkommen. Um einen mächtigen Misthaufen stolzierte Federvieh. Menschen waren in der summenden Hitze nicht zu sehen.

»Hier kann man doch nicht leben«, jammerte Golde leise.

»Sieben fette Jahre, sieben magere Jahre«, antwortete ihr Chajjim trocken.

Sie traten vor die grobe Tür, hinter der sie den Wohnraum vermuteten, und Chajjim klopfte. Nach einiger Zeit wurde die Pforte vorsichtig geöffnet und eine Frau mittleren Alters trat aus dem Halbdunkel. Sie sah verhärmt und abgearbeitet aus. An ihrem Rockzipfel hing ein kleines Mädchen mit kohlrabenschwarzem Haar.

»Mede, bist du es?«, fragte Chajjim das Weib zögernd.

Es war wirklich Selichmans Frau. Nachdem sie Golde gemustert hatte, ging ein Erkennen über ihre Züge. »Du bist Golde aus Köln, und du musst Chajjim sein. Sind das eure Kinder? Waren es nicht drei?«, fragte Mede mit Freude in der Stimme.

Sie erschrak, als Golde nach dieser Frage in Tränen ausbrach. Chajjim legte tröstend seinen Arm um ihre Taille und antwortete statt ihrer: »Unsere Tochter ist tot, ermordet. Keiner unserer Brüder und Schwestern in Köln lebt mehr. Christliche Geißler haben unser Viertel nächtens überfallen und niedergebrannt. Wir stehen hier vor dir mit allem, was wir haben, und bitten dich um Unterkunft.«

Mede konnte das Gehörte gar nicht fassen und stammelte nur: »Kommt erst einmal herein! Da lässt sich alles besser besprechen.«

So betraten die Flüchtlinge das ärmliche Haus, das für lange Zeit auch ihr Heim werden sollte.

Wer nichts für andere tut, tut nichts für sich.
(Johann Wolfgang von Goethe)

Selichman war in Geschäften unterwegs und wurde erst mit Sonnenuntergang zurückerwartet. Die drei Erwachsenen beschlossen, seine Rückkehr abzuwarten und erst dann alles Weitere zu beraten. Mede kümmerte sich inzwischen rührend um die Ankömmlinge. Sie versorgte sie mit kaltem Kräutertee, zeigte ihnen, wo sie sich auf dem Hof den Reisestaub abwaschen konnten, bereitete das Lager für die Nacht und tischte ihnen von dem würzigen Gemüseeintopf auf, den sie für ihre Familie gekocht hatte. Nach und nach trieb die Neugier auch ihre anderen Kinder ins Haus. Der achtjährige Levy war am scheusten. Dem spindeldünnen Knaben erschienen die Eindringlinge suspekt. Sofort erkannte er, dass die beiden fremden Knaben keine Spielkameraden für ihn waren. Sie waren viel zu klein, schließlich ging er schon in die Judenschule und half seinem Vater sogar im Geschäft. Die sechsjährige Perla, die den Besuch am Rockschoß der Mutter kennen gelernt hatte, war bereits ein wenig in die Rolle einer Aufpasserin für die Kleinen geschlüpft. Sie kam sich dabei äußerst wichtig vor. Ihr kleines Gesichtchen glühte vor Aufregung unter dem langen schwarzen Haar. Medes Zwillinge Anselm und Bele verhielten sich anders als ihr älterer Bruder. Sie beäugten die beiden fremden Jungen mit erkennbarem Interesse.

An diesem Abend blieb den Kindern nicht viel Zeit, sich zu beschnuppern. Sie mussten bald in die Betten, denn die Erwachsenen hatten noch vieles zu bereden. Zum Abschluss gab es für jeden noch eine Schale frische Milch. Selichman hatte die seltene Köstlichkeit von einem Bauern mitgebracht, mit dem er heute Handel getrieben hatte. Der Viehhändler beriet sich kurz und leise mit seiner Frau, dann forderte er Golde und Chajjim auf, ihm zu folgen. Sie gingen durch den düsteren Wohnraum auf eine Tür zu. Selichman führte die beiden in einen Gang, in dem sie die Finger vor den Augen nicht erkennen konnten. Der Hausherr fand sich jedoch im Dunkeln gut zurecht. Nach einigen Schritten öffnete er eine Tür und schwaches Licht drang in den Flur. Golde und Chajjim blickten in eine Kammer. Der Raum maß etwa vier Meter in der Länge und drei in der Breite. Ein kleines Fenster ging auf den Hof hinaus und spendete spärlich Licht.»Das wird Euer neues Reich sein. Mehr Platz haben wir nicht zu bieten. Aber alles ist, dank Mede, sauber und ordentlich«, sagte Selichman.

Die Kammer roch angenehm nach frischer Streu. Vier Ruhestätten hatte Mede bereits vorbereitet und eine große Truhe stand bereit, die wenige Habe der Kölner aufzunehmen.

»Das ist mehr, als wir erwarten durften«, antwortete ihm Chajjim mit dankbarer Stimme. Insgeheim sah er zu Golde hinüber, denn ihm war klar, dass diese ärmlichen Wohnverhältnisse seine Frau bedrücken würden. Er betrachtete die dünnen Zwischenwände der Kammer. Sie waren nur aus Holzleisten gemacht. Man würde in diesem Haus besondere Rücksicht aufeinander nehmen müssen. Jedes Husten, jedes Weinen oder auch jedes andere Geräusch würde man im Nebenraum hören.

Als sie zurück in den Wohnraum traten, sahen sie Mede an der Feuerstelle stehen. Sie hatte einen Topf mit Wasser auf den Dreifuß über den Herd gestellt und kochte Tee.

»Lasst uns nach draußen gehen und uns an den Brunnen setzen«, schlug sie vor. »Die Dämmerung bricht herein, und dann wird es etwas kühler.« Alle stimmten gerne zu.

Bald saßen sie auf den klobigen Holzbänken rund um den roh gezimmerten Tisch, und während ihrer ernsten Gespräche wurden die Schatten der Nacht immer länger. Sie genossen nach der Hitze des Tages die abendliche Kühle. Die friedliche Abendstimmung übertrug sich auf die verwundeten Seelen der Gäste. So fiel es leichter, über die schwierige Zukunft zu reden.

Nachdem Chajjim Selichmans Wunsch nachgekommen war, nochmals die ganze Tragödie ihres Exodus zu erzählen, schloss er mit den verzweifelten Worten: »Und nun sind wir mit unseren Kindern hier, arm wie Synagogenmäuse, und bitten um eure Hilfe.«

Für geraume Zeit herrschte Schweigen. Den fürchterlichen Bericht galt es für Mede und Selichman erst einmal zu verdauen.

Der Viehhändler fand als Erster die Worte wieder: »Es ist schrecklich, was wir da hören mussten. Nun gilt es aber den Blick nach vorn zu richten. Ihr seid im besten Alter und tragt Verantwortung für eure Knaben. Unsere Hilfe ist euch gewiss. Die Zeiten sind hart. Wir werden nur ein ärmliches Auskommen haben, aber mit Adonajs Hilfe werden wir zurechtkommen.« Er musterte Chajjim. Dessen zarter Körperbau schien ihm für schwere körperliche Arbeit nicht geeignet. Beim Viehverladen und den Transporten war das sicherlich ein Manko. »Wir müssen mein Geschäft ausbauen, wenn wir alle was zu beißen haben wollen«, fuhr er unverdrossen fort. »Ich hoffe, dass du mich bei den Verwaltungsarbeiten unterstützen kannst. Kalkulationen und Aufschreibungen sind nicht gerade meine Lieblingsbeschäftigung. Aber sie sind notwendig. Ich schätze, hier kannst du mir eine Hilfe sein.«

Chajjim antwortete mit großer Erleichterung: »Ja gewiss, ich bin ein Mann der Schrift und übernehme diese Dinge gern. Aber du sollst mich nicht schonen, lieber Vetter. Ich bin zwar nicht so stark wie du, aber zäh, und mein Körper muss sich eben auch an schwere Arbeit gewöhnen. Wir wollen eure Freundlichkeit, wo immer wir können, entgelten und möglichst wenig zur Last fallen.«

Auch Mede nannte ihre Vorstellungen für ein ersprießliches Zusammenleben: »Bestimmt kann mir Golde helfen, in den Flussauen und im Wald nach Heilkräutern zu suchen. Ich sammle sie für den Apotheker im Ort und auch für unseren jüdischen Medikus. Das bringt uns ein kleines Zubrot ein.«

»Natürlich, liebe Base«, antwortete Golde schnell. »Ich werde mich auch um Haus und Hof mit kümmern und um die Kinder. Du wirst mich schon anleiten.« Es war alles gesagt für den Moment und die vier beschlich wohlverdiente Müdigkeit.

Bevor sie zu Bett gingen, besann sich Aaron auf den Hawdalateller, den er bei der Ankunft am Eingang abgestellt hatte. Er holte ihn herbei. »Das ist das einzig Wertvolle, was wir mitgebracht haben«, wandte er sich an ihre Gastgeber. »Dieser Teller ist schon seit Generationen eine Zierde unserer Sabbatfeste. So soll es nun auch hier sein. Er hat mir geholfen, meine Lieben zu retten.« Mit diesen Worten hielt er den Teller dem Hausherrn hin.

Selichman betrachtete ihn und war voll des Lobes über die feine handwerkliche Arbeit. Er schloss den Abend mit einigen aufmunternden Worten: »So soll es sein. Der Teller soll ein Verbindungsband werden für unsere neue Hausgemeinschaft. Auf jeden Fall ist er ein Schmuckstück, wie wir es bisher nicht im Hause hatten. Lasst uns auf einen guten Neubeginn vertrauen. Heute ist Dienstag, ein Glückstag nach unserem Kalender, auch wenn es nach dem Grauen, das ihr erlebt habt, nicht danach aussieht. Adonaj wird's schon richten.«

Die Angst war nicht nur in der ersten Nacht Goldes Weggefährtin. Ihr zartes Nervenkostüm litt in schweren Träumen immer wieder unter den grausigen Bildern der Kölner Geschehnisse. Sie wälzte sich unruhig im Schlaf, stöhnte und schrie. Kalter Schweiß ließ ihr das Nachtgewand am Körper kleben. Durch die dünnen Wände wurden Selichman und Mede zu Mitwissern ihrer Qualen. Oftmals wachte die Arme mehrmals in der Nacht auf. Zitternd und bebend, mit vor Entsetzen geweiteten Augen, wusste sie gar nicht, wo sie war. Es bedurfte Chajjims Zärtlichkeit und Fürsorge, sie wieder zu sich zu bringen. Er dankte Adonaj, dass er den Kindern einen festen Schlaf schenkte und ihnen diese schrecklichen Momente ersparte.

Tagsüber versank Golde oft in trübselige Nachdenklichkeit. Sie erschien lust- und mutlos. Das schöne Spätsommerwetter half ihr ein wenig, sich an die neue Lage zu gewöhnen. Sie lebten so viel im Freien wie nie zuvor. Zum ersten Mal in ihrem Leben bräunte sich ihre Haut.

Schmul und Israel hatten Köln bald vergessen. Bei ihren Eltern ging das nicht so problemlos. Aber auch sie machten Fortschritte. Golde liebte es, mit Mede loszuziehen, um Kräuter zu sammeln. Die beiden Frauen wurden Freundinnen. Mede gelang es, mit ihrer Art Goldes Ängste nach und nach zu lindern.

Sie suchte das Gespräch über Goldes seelische Nöte: »Warum schläfst du so schlecht?«, wollte sie wissen.

»Ich habe Angst, die Dunkelheit der Nacht könnte mich nicht zurückkommen lassen«, erwiderte Golde zögerlich. »Ich muss aber doch zurückkommen. Meine Jungen brauchen mich«, erklärte sie ihre innere Not, und es war ihr dabei, als redete sie sich ein Stück ihrer Pein von der Seele.

Besondere Freude bereitete es Golde, ihrem Mann am Abend zu berichten, was sie alles tagsüber dazugelernt hatte. Dann war vom struppigen Andorn die Rede, der als heißer bitterer Trank gut war gegen Beklemmung der Brust, oder vom stark riechenden Baldrian mit seiner beruhigenden und schlaffördernden Wirkung. Der hoch wachsende Beifuß half, nach den Lehren der Hildegard von Bingen als Sud bereitet, bei Frauenbeschwerden, Geschwüren, Kopfschmerzen und vielem anderen mehr. Die stark verbreitete Brennnessel kam nicht nur als Gewürz und Gemüse in den Kochtopf, sondern linderte Magenschmerzen, Rheuma, Ischias und Hexenschuss, wenn man die entsprechenden Körperstellen mit den jungen Pflanzen einrieb. Am nächsten Tag waren es die Eberraute, die Mistel oder die Pfefferminze, von denen Golde berichtete. »Königskerze, Süßdolde, Senföl und Raute gemischt geben einen hervorragenden Hustensirup«, erklärte sie Chajjim stolz ihre erste unter Medes Anleitung gefertigte Rezeptur. Israel war ihr artverwandt und hing bei diesen Exkursionen seiner Mutter meist an den Rockschößen. Das Sammeln von Heilkräutern wurde ein Teil seiner prägendsten Lebenserfahrungen und legte die Wurzeln für seinen beruflichen Werdegang.

Auch Chajjim erwies sich als anstellig bei allen Aufgaben, die er von Selichman übernahm. Sie machten ihm viel Spaß. Bald war er für alle Aufzeichnungen allein verantwortlich. Er schonte auch seinen Körper nicht. Seine Hände wurden das erste Mal in seinem Leben rau und schwielig. Für die erlernten Geschäftsabläufe brachte er Verbesserungsvorschläge ein, die Selichman dankbar aufgriff. Am meisten bewährte sich sein Vorschlag, andere Straßentrödler gegen Entgelt als Untervermittler einzuspannen. Selichman und er erfuhren durch sie, wo im Umkreis Vieh zum Kauf stand oder auch gesucht wurde. Sie ersparten sich manch unnötige Fahrt und konnten ein viel größeres Gebiet bearbeiten. Sein umgängliches Wesen machte sie bald zum ausschließlichen Lieferanten des jüdischen

Metzgers. Selichman war mit dieser Entwicklung sehr zufrieden und sparte nicht an Lob.

Ganz konnte Chajjim jedoch seine Leidenschaft für das Studium der Bücher nicht verdrängen. Er knüpfte Kontakt zum Rabbi der Gemeinde. Er disputierte mit ihm in seiner Freizeit und lieh sich dessen Schriften aus. Gern überließ ihm Selichman beim Sabbatfest die Segnung über den Wein zu sprechen. Natürlich verging kein Fest mehr ohne den prächtigen Familienteller. Chajjim sorgte auch dafür, dass in ihrer Hausgemeinschaft Morgen- und Abendgebet abgehalten und die Speisegesetze beachtet wurden.

Der achtjährige Levy zeigte sich Chajjim sinnesverwandt und suchte oft dessen Nähe. Levy fragte viel – warum, wozu, weshalb. Er war begierig, in den *Midrasch*, den Unterricht, zu gehen. Er haderte mit dem Schicksal der Juden und wollte sich nicht ducken. »Warum müssen wir ein Leben führen, wie wir es nicht wollen, immer gegängelt von der christlichen Obrigkeit? Sind wir doch nicht das auserwählte Volk?«, fragte er Chajjim verzweifelt.

Chajjim konnte ihn nur auf später vertrösten: »Das ist wohl unser Schicksal auf Erden. Adonaj prüft sein Volk in besonderem Maße. Das wird sich erst ändern, wenn der Messias kommt und uns erlöst.«

Levy versuchte, alles aus den Schriften zu erfahren und in ihnen Trost zu finden. Chajjim wurde ihm dabei mehr zum Vater und Vertrauten als sein leiblicher Vater Selichman.

Chajjim hielt bei den geschäftlichen Rundreisen die Ohren auf, um ja alles zu erfahren, was sich in Köln tat. Er hoffte immer noch, dass den Juden mit Hilfe des Erzbischofs Schadenersatz für das erlittene Unrecht zuteilwürde. Der neue Erzbischof, Wilhelm von Gennep, enttäuschte ihn. Dem ging es nur darum, sich selbst möglichst viele der Güter anzuzeigen, welche die ermordeten oder geflohenen Juden zurückgelassen hatten. Den verwaisten Besitz beanspruchte neben ihm auch der Kölner Rat. Es sollte bis Ende 1351 dauern, bevor sich von Gennep mit der Stadt auf einen Schiedsspruch einigte: »Alles gehört dem Erzbischof! Der teilt sein Eigen hälftig mit der Stadt.«

»Juden sind wie Geizhälse«, merkte ein Mitglied des Rates spöttisch an, »sie erfreuen ihre Mitmenschen erst mit ihrem Tod durch ihren Nachlass.«

Chajjim und Golde blieben also mittellos auf ihrer Hände Arbeit angewiesen sowie auf die Nächstenliebe ihrer Siegburger Verwandten. Ein schlimmer Vorfall in der näheren Umgebung warf Goldes seelische Genesung schwer zurück. Das kleine Johänneken von Troisdorf wurde auf dem Weg zur Schule in Seligenthal auf schreckliche Weise ermordet. Schnell war der Täter gefunden: Ein Jude wurde der Tat bezichtigt und in aufwallender Volkswut brutal erschlagen. Als sich später herausstellte, dass der wahre Mörder ein Christ gewesen war, verheimlichte man dies und blieb bei der Beschuldigung des Juden. *Dies ist die Reliquie des heiligen Märtyrers Johannes, Knabe von Troisdorf, der wegen seines Glaubens von den Juden getötet wurde*, schrieb man zur Erinnerung auf den Grabstein. Es gab selbst hier in den Dörfern also keinen Frieden für die Juden.

Abwechslung brachte *Rosch ha-Schana*, das jüdische Neujahrsfest. Da begannen die zehn Tage, die mit dem Versöhnungsfest *Jom Kippur* endeten. Die kleine Gemeinde feierte gemeinsam. *Jom Kippur* war ein Tag der Buße, des Insichgehens. Das Buch des Lebens wurde aufgeschlagen. Um dort als guter Mensch eingetragen zu werden, bat man um Vergebung für alle schlechten und unbedachten Taten, die man das Jahr über begangen hatte. Ein mächtiges Widderhorn wurde geblasen. Und der Zug der Gläubigen setzte sich zu den Ufern der Sieg in Bewegung. An dem fließenden Gewässer leerten die Gläubigen ihre Taschen, um sich der Sünden zu entledigen. Hinterher kehrten die Familien in ihre Häuser zurück und speisten ausgiebig. Zum Fest servierte Mede den obligatorischen Fisch aus der Sieg. Fischköpfe standen für Fruchtbarkeit, Fülle und Vermehrung im neuen Jahr. In Scheiben geschnittene Mohrrüben, Zimes, wurden dazu gereicht. In ihrer runden, goldfarbenen Form ähnelten sie Münzen und galten als Symbol des Wohlstands. Besonders die Kinder freuten sich über die in Honig getunkten Äpfel, die es zum Ausklang des Festes für sie gab und die ihnen das kommende Jahr versüßen sollten.

Chajjim und die Seinen verlebten in Siegburg einige friedliche Jahre.

Die jüdische Gemeinde vermied jegliche Auffälligkeit gegenüber ihren christlichen Nachbarn. Mit Schutzgeld erkaufte sie sich immer wieder die Gunst des Siegburger Abtes. Der hielt dann auch seine Hand über das Häuflein Menschen, und Verfolgungen blieben aus.

Die Kinder wuchsen heran und entwickelten sich zu eigenständigen Persönlichkeiten. Levy ging nicht nur bei Chajjim in die Schule, sondern auch beim Rabbi. Bald war er schriftkundig und in der Lage, selbst in der Judenschule zu lehren. Israel fand bei Mutter und Tante beste Ausbildung in der Lehre der Kräuter. Diese Kenntnisse wurden Grundlage für seine Anstellung als Gehilfe des jüdischen Arztes. Schnell war der junge Mann für ihn unentbehrlich. Das Geschick seiner Vorväter lag ihm im Blut und versetzte ihn schon nach wenigen Jahren in die Lage, selbst zu praktizieren.

Schmul fand an Selichmans kaufmännischer Tätigkeit Gefallen. Er liebte den Kontakt zu Menschen, das Handeln um profitable Preise, das Umherreisen genauso wie die vielen Stunden an frischer Luft.

Schüttle alles ab, was dich in deiner Entwicklung hemmt, und wenn's auch ein Mensch wäre, der dich liebt!

(Friedrich Hebbel)

Man schrieb das Jahr 1371. Am 16. November lud der Erzbischof mit einem neuen zehnjährigen Schutzbrief auswärtige Juden ein, wieder nach Köln zu ziehen. Der Kirchenfürst gelobte sie vor Unrecht und Bedrängnis jeder Art zu bewahren. Im Frühjahr 1372 billigte der Rat das Abkommen. Die jüngeren Juden im ländlichen Umfeld der Domstadt zeigten sofort Interesse an dieser Einladung. Zu ihnen zählten auch Smul und Israel.

Golde und Chajjim verfolgten ihr Vorhaben mit gemischten Gefühlen. Ihnen waren Verfolgung und Ermordung ihrer Glaubensbrüder noch zu sehr in Erinnerung. Bald gaben aber die Eltern unter dem Druck der Argumente ihren Widerstand auf.»In den Adern unserer Kinder fließt eben doch städtisches Blut«, befand Chajjim. Er beschloss mit den jungen Leuten in die Stadt zu fahren, um die Situation zu erkunden. Golde war nicht zu bewegen mitzukommen. Schließlich hatte sie dort den größten Teil ihrer Familie verloren. Noch in Siegburg brachte Chajjim alles in Erfahrung, was es von Umsiedlerfamilien zu hören gab, denn einige hatten bereits das Ansiedlungsprivileg des Erzbischofs in Anspruch genommen. So war der Pfandleiher Simon schon ein Jahr zuvor mit seiner Frau Hanna aufgebrochen, um in Köln Kreditgeschäfte zu betreiben. Wie Chajjim von dessen Verwandten erfuhr, musste Simon als Einstand ein Aufnahmegeld von zweihundertfünfzig Florin bezahlen und fürderhin einen jährlichen Zins von fünfzig Florin. Neben Geldverleihern, die Stadt war immer noch in chronischer Finanznot, waren besonders jüdische Ärzte in der Reichsstadt willkommen. Ärzte wurden sogar ermuntert, sich anzusiedeln, indem man ihnen die Aufnahmegebühr erließ. Die von den Kindern für den Einstand benötigte Geldsumme konnte nur aus den Ersparnissen beider Familien aufgebracht werden. Selbst dann kam man nur hin, weil Israel als Arzt mit seiner Frau ohne Aufnahmegebühr auskam. Die zurückbleibenden Eltern und Geschwister waren ohne Zögern bereit, ihr Scherflein beizusteuern.

Es dauerte eine Woche, bis die Umzugswilligen ihren Hausstand aufgelöst und alles für die Umsiedelung vorbereitet hatten. Selichman stellte den Wagen zur Verfügung, mit dem er sonst Vieh transportierte. Der erwies sich als groß genug, die Habe aller aufzunehmen. Die Reisewilligen selbst mussten sich allerdings auf einen Fußmarsch einrichten.

Der letzte Abend kam heran. Man verbrachte ihn gemeinsam auf dem Hof von Mede und Selichman, wo die Zeit ihres Zusammenlebens auch begonnen hatte. Die Stimmung war gedrückt. Die Alten, die zurückblieben, hegten Zukunftsängste für ihre Kinder und trauerten der gewohnten Nähe nach, die nun verlustig ging.

»Adonaj sei Dank, unsere Kinder bleiben wenigstens hier. Sie werden uns bald wieder junges Leben ins Haus bescheren«, meinte Selichman und blinzelte ihnen liebevoll zu. Den Scheidenden wurde die Tragweite ihres Entschlusses erst jetzt richtig bewusst. Neben freudiger Erwartung wuchs ein gehöriges Maß an Traurigkeit in ihren Herzen. Erinnerungen an früher wurden erzählt, und die Vergangenheit verklärte sich unter den Worten. Für die Zukunft versprachen sie, oft zu Besuch zu kommen. Chajjim und Golde beschlossen, ihren Kindern den Hawdalateller mitzugeben. Er sollte wieder dorthin zurück, wo er gefertigt worden war. Der Teller ging in die Familie Israels. Sein Urahn Salomon hatte schließlich den Teller aus seinen ersten Einkünften als Arzt in Auftrag gegeben. Der Arzt Israel sollte nun dessen Tradition fortführen. »Wir werden den Sabbat oft mit den anderen zusammen feiern«, dankten Israel und Rosa den Alten gerührt. Man ließ den letzten gemeinsamen Abend nicht zu lange währen, denn am Morgen musste früh aufgebrochen werden.

Es war noch jung im Jahr und recht kalt, als der kleine Menschenzug aufbrach. Es hatte die ganze Nacht vom Himmel heruntergeschüttet. Die Wege waren morastig und schwer befahrbar. Der Regen hatte zwar aufgehört, durchdringende Kälte und Nässe machten die Abreise aber wenig verlockend. Abschied nahm man beklommen und still. Mit innigen Umarmungen drückte man sich und zeigte sich, wie sehr man sich mochte. Dann brach der kleine Trupp traurig auf. Matsch schmatzte unter Wagenrädern und Schuhen. Es wirkte fast so, als wolle er die Scheidenden zurückhalten.

Am frühen Nachmittag näherten sie sich Deutz. Die Zufahrtsstraße war unter silbergrauem Schlamm versteckt. Pferde, das Fuhrwerk und die Kleidung waren von oben bis unten verschmutzt. An der Anlegestelle der Fähre hielt ihr Gefährt an. Die Pferde waren froh über den unverhofften Halt. Sie traten mit den klatschenden Hufen auf der Stelle, als wollten sie sich von dem klebrigen Schlamm darunter befreien. Von einer nahen Taverne wehte verlockender Duft herüber. Es roch nach Fisch und Zwiebeln. Alle merkten erst jetzt, wie hungrig sie waren. »Lasst uns hinübergehen und unseren Hunger stillen«, forderte Schmul die anderen auf. Alle waren gern dazu bereit, doch Chajjim äußerte Bedenken: »Es riecht wirklich gut, aber wir sollten uns noch so lange in Geduld üben, bis wir bei unseren Freunden sind. Dort können wir G'tt gefällige, koschere Nahrung zu uns nehmen.«

Schmul war über die Worte seines Vaters zerknirscht, aber er wusste, dass Chajjim Recht hatte.

Sie waren für die ersten Nächte ins Haus von Simon dem Pfandleiher eingeladen. Dort würde alles nach guter jüdischer Sitte gekocht und aufgetischt. Chajjim wollte die letzten Zweifel vertreiben und fuhr fort: »Lasst uns bei eurem Neubeginn in Köln alles vermeiden, was Adonaj verärgern könnte. Lasst uns mit dem Essen warten.« Sie hielten Ausschau nach der Fähre. Die jungen Leute, die Köln noch nicht gesehen hatten, waren beeindruckt von der Stadtkulisse. Immer wieder schweiften ihre Blicke auf die vielen Kirchtürme, die wehrhafte Stadtmauer und die zahlreichen vor Anker liegenden Schiffe. In Chajjims Herz stieg indessen Angst auf. Erinnerungen an einen heißen Tag im Hochsommer kamen zurück. Chajjim vermeinte sogar den Geruch von Rauch und Feuer in der Nase zu verspüren. Mannhaft versuchte er, die aufsteigenden Tränen zu unterdrücken.

Seine Zunge klebte am Gaumen fest. Seine Lippen öffneten sich, ohne die Worte herauszubringen, die sich hinter ihnen stauten. So blieb allen anderen verborgen, was in Chajjim vorging.

Als sie das Stadttor erreichten und Einlass begehrten, hatte die Sonne sich schon tief hinter die hastig fliegenden Wolken verzogen und versank hinterm Horizont. Dämmerung lagerte sich über die Stadt, als sie das Haus von Simon erreichten. Es war ein größeres Mietshaus, dort erbaut, wo einst das Judenviertel gestanden hatte. Das ganze Areal war wieder bebaut. Nur der Platz, an dem die Synagoge gestanden hatte, war noch leer.

Sie wurden von Simons Familie mit großer Gastfreundschaft aufgenommen, beköstigt und versorgt. Trotz ihrer Erschöpfung mussten sie noch viele Fragen beantworten.

Als sie endlich in ihre Schlafkammern kamen, schlief keiner von ihnen sofort ein. Die Jungen waren zu aufgeregt und fieberten dem Morgen mit großer Neugier entgegen. Sie rätselten darüber, was der nächste Tag ihnen bringen würde. Chajjim hingegen quälten immer noch die Bilder des grausamen Pogroms.

Endlich drangen fahle Streifen des Morgenlichts durch die Ritzen der Fensterläden. Lautes Geschimpfe der Spatzen kündigte den neuen Tag an. Das Haus erwachte. An diesem Tag waren viele Besorgungsgänge zu tätigen. Gern überließ es die Familie Schmul, Verhandlungen mit dem Rat über ihr Aufnahmegeld zu führen. Schmul zeigte sich geschickt und schlau wie ein Fuchs. Das Handeln und Lamentieren bereitete ihm sichtlich Spaß, und er war erfolgreich.

Ihm war zu verdanken, dass Israel wirklich ohne Zins in der Stadt aufgenommen wurde. Auch die Gebühren für die anderen blieben erträglich. »Alles ist eben Verhandlungssache«, sagte er verschmitzt und selbstzufrieden, als alles beschieden war.

Am späten Nachmittag ging die Familie gemeinsam zum Severinstor, um auf dem jüdischen Friedhof die Gräber der Vorfahren zu besuchen. Chajjim erschrak darüber, was sie dort antrafen. Nichts war mehr so wie früher. Die alten Gräber und Grabsteine waren verschwunden. Ein älterer Glaubensbruder, der gerade seine Gebete verrichtete, erklärte ihnen mit großer Bitterkeit: »Viele der alten Grabsteine wurden von den Christen im Rathaus verbaut. Vielleicht findet ihr dort Erinnerungsstücke an eure Vorfahren.«

So war es wirklich. Einige Grabsteine fanden sie im Mauerwerk des Ratssaals eingepasst. Man hatte nicht einmal die Aufschriften entfernt!

Wer die Jugend hat, hat die Zukunft.
(Franz Herzog von Reichstadt)

Chajjim konnte sich vor seiner Abreise davon überzeugen, dass den Kindern in Köln ein vielversprechender Neubeginn gelang. Simon war ihnen dabei eine große Hilfe: Er verschaffte ihnen Wohnraum in einem Mietshaus ganz in der Nähe. Die meisten Juden wohnten derweilen in gemieteten Räumen und nicht, wie früher, in Eigentum. Der mächtige Moses von Bacharach wurde Schmuls Dienstherr. Mit einem Kredit von über fünfzigtausend Mark in Silber war er der größte Finanzier des Kölner Rates. Israels medizinische Fertigkeiten sprachen sich schnell herum. Er hatte bald mehr christliche als jüdische Patienten und genug zu tun.

Vor seiner Rückkehr nach Siegburg feierte Chajjim noch einmal Sabbat mit ihnen. Es wurde ein sehr bewegendes Fest. Die Jungen stellten ihr Versprechen unter Beweis, gemeinsam zu feiern. Sie wohnten auch unter einem Dach. Der Hawdalateller kam im Beisein aller zu neuen Ehren. Israel überließ es seinem Vater respektvoll, den *Kiddusch* zu sprechen. Der übernahm diese Aufgabe voll Wehmut, denn sie würde ihm mit ihnen zusammen wohl für lange Zeit zum letzten Mal vergönnt sein. Inzwischen sah man ihm sein Alter an. Sein Haar war schlohweiß geworden und auch sein Vollbart war mit weißen Flecken gesprenkelt. Tiefe Magenfalten links und rechts vom Mund erinnerten an die bitteren Stunden, die er überstehen musste. Eine Vielzahl tiefer Fältchen hatte sein Gesicht erobert und die glatte Haut der Jugend zerfurcht. Aber die Segenssprüche sang er noch in fast jugendlicher Begeisterung.

Nach vielen guten Wünschen verließ er am folgenden Tag die Stadt. Die Freude auf sein Wiedersehen mit Golde hielt den Abschiedsschmerz in Grenzen.

Wunder kommen nur zu denen, die daran glauben.
(Aus Frankreich)

Der Zuzug der Juden ließ sich für Köln gut an. Schon Anfang Oktober 1373 belief sich die Zahl der steuerzahlenden Familienoberhäupter auf sechzehn. Fünf weitere Familien waren, so wie Israels, ohne Steuer aufgenommen worden.

Ein Naturereignis bremste die Wiederansiedlung schon ein Jahr später. Der Rhein, der die Schlagader von Kölns Reichtum war, versetzte die Stadt auf einen Schlag in arge Not. Mächtig angeschwollen, wälzte er gewaltige Wassermassen an der Stadt vorbei. Bis zum Heumarkt und Altermarkt hin stand alles unter Wasser. Der Hafen war völlig überschwemmt. Kein Schiff landete mehr Ware an. Die Hafenarbeiter waren ohne Lohn und Brot. Die Kräne an den Lagerhäusern knarrten nicht mehr unter den Gütern.

Zur Fastnacht verspürte kaum jemand Neigung, sich dem Mummenschanz hinzugeben. Erste Stimmen wurden laut: »Das sind die Juden schuld! Die haben wieder Gottes Zorn über uns heraufbeschworen. Sie sind schuld, dass Mensch und Vieh ertrinken!«

Die Bevölkerung ging in die Kirchen, um Gottes Hilfe anzurufen. Und auch von den Kanzeln wetterte man gegen das Volk Israels. Die Gläubigen unternahmen Bittprozessionen nach Sankt Severin. Dabei wurden sie wieder von Geißlern und Scharfmachern aufgestachelt.

Ein älterer Steinhauer vom Dom, Jupp war sein Name, verhinderte ein weiteres Pogrom. Er besann sich auf den heiligen Nikolaus, den Schutzpatron aller Schiffer. Der Heilige besaß große Macht über die Wasser. Er musste helfen. Jupps Lamentieren kam dem Kölner Rat zu Ohren. Ratsherr von der Linden erinnerte sich daran, dass in der Abtei Brauweiler ein Finger des heiligen Nikolaus verwahrt wurde. Ein berittener Bote wurde auf den Weg geschickt. Mit der Bitte um Hilfe wandte er sich an den Prior der Abtei. Der Kirchenmann ließ sich nicht lange bitten und brachte das in Kristall gefasste Kleinod persönlich nach Köln. Mit beschwörenden Gebeten hielt er es den Wassermassen entgegen. Das half jedoch nicht. Schließlich fiel das Auge des Geistlichen auf ein elfjähriges blondes Mädchen. Die Kleine hieß Elze, und dem Abt wurde durch eine Eingebung klar, nur dieses unschuldige Mädchen konnte die Stadt retten! Er gab dem Kind die Reliquie. Die Kleine nahm sie voller Gläubigkeit und schritt an der Spitze anderer Kinder dem Wasser entgegen. Mit glockenheller Stimme rief sie in die Fluten: »Kyr Leis, Kyr Leis!« Bald stimmte das ganze Volk in ihr Rufen ein. Der Finger des Heiligen bewirkte das Wunder. Die Wassermassen gingen zurück und noch einmal auch der Zorn und der Hass gegen die Juden.

Jedem steht sein Tag bevor.
(Publius Vergilius Maro, deutsch gewöhnlich Vergil)

Ab 1375 veränderte der Schöffenkrieg die Stimmung gegenüber den Juden dramatisch. Der dreiundzwanzig Jahre junge Erzbischof Friedrich ging mit den Schöffen eine Koalition gegen den Kölner Rat ein. Gewichtige jüdische Bürger wurden Leidtragende der neuen Gegebenheiten. Friedrich zwang den Greven Rembolt Scherffgin, die beiden Juden Simon von Siegburg und David, Sohn des Vivus von Xanten, gefangen zu nehmen. Er ließ sie beschuldigen, sich an der Verschleppung von Glaubensbrüdern versündigt zu haben. Der Rat der Stadt wehrte sich dagegen. Jüdische Mitbürger durften nur nach einem städtischen Gerichtsurteil verhaftet werden.

Diese Meinungsverschiedenheit war das Fanal für einen zweijährigen Krieg zwischen Stadt und Kurfürst. Erst im Februar 1377 beendete ein Sühnevertrag den Disput. Die Stadt erkannte die vom Erzbischof gegen Simon und David vorgebrachten Beschuldigungen an. Deren Haftzeit fand ein schreckliches Ende. Die Arrestanten wurden unter der Folter verhört, bis sie gestanden. Das Hochgericht trat zusammen. Vor dem Richtspruch wandte sich der Greve an die Schöffen, die in ihren dunklen Roben in hohen Armsesseln um den Verhandlungstisch saßen. Er schaute sich fragend im Kreise um und sagte zufrieden: »Nun denn, wir haben endlich gehört, auf was wir schon so lange warteten. Wir haben nur eine Wahl: Die Angeklagten müssen sterben!«

Die Schöffen nickten, und ihr Beschluss erfolgte einstimmig. Das Urteil wurde nach altem Brauch am nächsten Tag dem Volk auf dem Domhof verkündet. Es sollte noch am gleichen Tag vollstreckt werden. Nachdem gerade erst Frieden eingekehrt war, wollte Friedrich mit der Hinrichtung nicht allzu viel Aufsehen erregen. Die Urteilsverkündung wurde deshalb auf die frühen Morgenstunden angesetzt. Die Neuigkeit verbreitete sich trotzdem wie ein Lauffeuer, und so fanden sich im dämmrigen Morgenlicht viele Schaulustige ein, die sich die Hinrichtungen nicht entgehen lassen wollten. Auch Schmul und Israel hatten sich unter die Zuschauer gemischt. Ihre Anteilnahme am schrecklichen Schicksal der Freunde war groß.

Die beiden Delinquenten wurden vom Henker und seinen Knechten auf den Platz vor der Kathedrale getrieben. Sie sahen geschunden und mitleiderregend aus. Meister Hans, der Henker, hatte ihnen schweren Wein eingeflößt, um sie ruhigzustellen. Sie ließen die Urteilsverkündung teilnahmslos über sich ergehen. Der Greve richtete sein Wort an zwei der Schöffen und fragte sie: »Ist nun Richtzeit?« Die beiden Schöffen antworteten deutlich mit: »Ja.« Da erhob der Greve den Stab über seinen Kopf und in der Totenstille des Augenblicks zerbrach er ihn.

Das Urteil war gesprochen. Der Henker packte die Todgeweihten und schleppte sie zu dem flachen blauen Stein, der in eine Säule eingelassen war. Er stieß die Männer dreimal mit dem Rücken dagegen und rief aus: *»Ich stoße Euch an den blauen Stein. Ihr kommt zu Vater und Mutter nimmer heim.«* Dann wurden David und Simon auf den Henkerskarren geladen, und der setzte sich zur Richtstätte in Bewegung. Der Gaul des Henkers hatte ein breites Joch. Sein Rücken war glänzend gebürstet. Kleine silberne Glöckchen klingelten an seinem breiten Hals. Die Hufe schlugen laut und eilig auf die Straßensteine, als könnten sie ihr Ziel nicht schnell genug erreichen.

Schmul war fassungslos. Wie konnte man das ihren Glaubensbrüdern antun? Seine Hände waren in den Taschen vergraben, unsichtbar für die anderen als Zeichen seiner Wut zu Fäusten geballt. Wann würde sein Volk endlich Frieden finden und nicht für andere den Sündenbock spielen müssen? Adonaj hatte die Welt in nur sieben Tagen geschaffen, aber die dumme Menschheit brauchte scheinbar Jahrtausende, um endlich in Frieden miteinander zu leben.

Israel war genauso erschüttert, er wagte aber nicht einmal, den Herrn um Hilfe anzurufen. Zu hoch, zu weit entfernt schien der ihm. Was geschah, geschieht von ihm gewollt. Adonaj will sein auserwähltes Volk erneut prüfen. Da hilft nur erdulden und in tiefer Trauer mit Hoffnung auf späteren Lohn warten, sinnierte er vor sich hin. Voll Mitleid sah er in Simons bleiches Gesicht. Dessen kohlschwarze Augen lagen tief in den Höhlen und guckten schon wie tot. Sie fanden Israels Blick nicht. Seine Lippen waren unter dem schwarzen Bart versteckt. Nur wenn sich sein Mund unter dem Schmerz der Bewegung zu einem unhörbaren Stöhnen öffnete, konnte man sie als dünne Striche erahnen. Dicke blaue Adern wuchsen an seinem dünnen, fahlen Hals empor. In ihnen sammelte sich der Druck der nicht geschrienen Schmerzensschreie. Erst an der Richtstätte vergaß sich der Geschundene für einen Moment. Sein Körper streckte sich, und ein grauenhafter Schrei entfuhr seinem Mund, als wollte er noch einmal allen Kummer und alle Verbitterung über sein Schicksal herauslassen. Schließlich sackte er in sich zusammen und verstummte für immer. In ihm trat Ruhe ein. Er fühlte G'ttes Gnade in seinem Herzen. Dann hörten die Umstehenden den dumpfen Schlag des Schwertes. Simon hörte nichts mehr, es war vorbei. Auch David starb auf gleich stolze Weise. Das Volk war unzufrieden und zerstreute sich bald. Meister Hans hatte ihnen kein gutes Schauspiel geboten. Alles war viel zu schnell gegangen. Dafür hatte sich das frühe Aufstehen nicht gelohnt!

Als Schmul und Israel nach Hause kamen, standen ihre Frauen am Herd. Sie versorgten das Feuer und rührten mit hölzernen Löffeln in den Töpfen.

»Es ist geschehen«, sagte Schmul traurig.

»Wann werden wir endlich in Frieden leben?«, fragte sein Weib bekümmert zurück.

»Es wird lange dauern«, weissagte Israel wie ein böses Echo. Er besah sein Weib liebevoll und ein Gefühl von Trost stieg in ihm auf. Sie ging im fünften Monat schwanger. Ihr Leib war geschwollen, und das Kind regte sich bereits. Neues Leben würde bald verflossenes ersetzen.

Die kleine Rechlin erblickte zum Pessachfest das Licht der Welt. Es war ein garstiger Apriltag, an dem es keinen nach draußen drängte. Rosas Leib war zuvor so schwer und unbeweglich geworden, dass sie nicht mehr beim Frühjahrsputz hatte helfen können. Nur den Hawdalateller wienerte sie, bis er glänzte und blinkte. Dieses Ritual vollzog sich jedes Jahr aufs Neue vor dem Fest.

Die gesamte Kölner Familie saß mit Freunden und Bekannten an Rechlins Geburtstag beisammen und machte ihn, trotz des hässlichen Aprilwetters, zu etwas Besonderem. Man erzählte sich Geschichten, aß Köstlichkeiten, sang und lachte gemeinsam bis in den frühen Morgen. Die kleine Rechlin schlief friedlich und ließ sich vom Lärm und der Lebensfreude nicht stören. Simons Witwe Hanna verkehrte in den nächsten Monaten oft in den Familien von Schmul und Israel. Alle kümmerten sich rührend um sie. So manches Sabbatfest feierten sie gemeinsam, und Israel ließ den Wein reichlich auf den Hawdalateller fließen, um für Hanna in ihrer schlimmen Lage eine gehörige Portion Masel tov zu erbitten. Doch lange hielt die streitbare Frau dieses geschützte Leben nicht aus. Sie kam mit dem Kölner Rat überquer, als sie von ihm das Darlehen ihres hingerichteten Mannes einforderte. Vor den einsetzenden Nachstellungen der Obrigkeit musste sie bis nach Dortmund fliehen. Selbst dort griff der mächtige Arm der Staatsgewalt nach ihr und brachte sie vor das Kölner Hochgericht. Ihrer Verurteilung und Hinrichtung entging sie im allerletzten Moment durch die Annahme der christlichen Taufe. Danach brach sie den Kontakt zu den alten Freunden gänzlich ab. Völlig vereinsamt und gebrochen verstarb sie kurz darauf. Nun konnten die Verwaltungsbeamten den leidigen Fall endlich zum Abschluss bringen.

An einem heißen Tag im August 1377 trafen sich Rembolt Scherffgin, der Judenmeister des Rates, und von Hemberger, der Kämmerer des Erzbischofs, zu einer harten Unterredung. Am Ende des Vormittages einigten sie sich. Das Vermögen der hingerichteten Juden wurde gleichmäßig unter Stadt und Erzbischof aufgeteilt. Beide Seiten versprachen, sich zu helfen, sollten weitere Ansprüche an dieses Vermögen gestellt werden. Die letzten Spuren der hingerichteten Finanzjuden waren damit ausgelöscht, genau wie die Schulden der Obrigkeit bei ihnen.

Wer sich heute freuen kann, s
oll nicht bis morgen warten.

(Sprichwort)

Im Juni 1387 herrschte ein äußerst trockener Frühsommer. Der Rhein führte Niedrigwasser. Bei Köln konnte man den Strom sogar durchwaten. Das brachte Schmul und Israel auf die Idee, mit ihren Familien die Angehörigen in Siegburg zu besuchen. Die Bündel wurden gepackt. Dazu gehörte auch der Hawdalateller.

Natürlich wollte man mit dem Familienstück gemeinsam Sabbat feiern. Es machte den Kindern riesige Freude, mit bloßen Füßen durch das warme Flusswasser zu waten.

Der lange Weitermarsch bis Siegburg, in großer Hitze, wurde dagegen nicht so gnädig aufgenommen. Am frühen Abend erreichten sie das Ziel. Die Erleichterung war groß und erst recht die Freude des Wiedersehens. Aber wie waren die Eltern alt geworden! Golde sah aus wie ein kleiner verhutzelter Winterapfel. Chajjim hatte seine aufrechte Haltung verloren. Sein Rücken war unter der vielen Arbeit krumm geworden. Mit Selichman und Mede sah es nicht besser aus. Die Alten schienen aber zufrieden mit ihrem kärglichen Leben. Die Freude des unverhofften Zusammenseins überdeckte zudem so manche Wunde.

Von oben herab muss reformiert werden, wenn nicht von unten herauf revolutioniert werden soll.
(Karl Julius Weber)

Inzwischen schrieb man das Jahr 1396. In der Stadt brodelte es. Die Bürger strebten immer mehr zur Macht.

Mit dem Verbundbrief wurde eine neue Stadtverfassung geschaffen, die einen Stadtrat von neunundvierzig Mitgliedern und zwei Bürgermeister festschrieb. Diese straffe Ordnung stärkte den Rat in der politischen Auseinandersetzung mit dem Erzbischof. Zu den Streitpunkten mit ihm gehörte natürlich auch die Verteilung der jüdischen Abgaben.

Abgabepflichtig war, wer seinen Lebensunterhalt selbstständig bestritt. In den jüdischen Familien wurde es deshalb üblich, die Selbstständigkeit der Nachkömmlinge künstlich hinauszuschieben. Die städtischen Judenmeister kamen dieser Steuerverschleierung auf die Schliche und reagierten hart. An einem regnerischen Herbstmorgen umstellten noch vor dem Wecken über dreißig Beamte die Judenhäuser, um Steuersünder aufzuspüren. Protest und Schreck waren groß, aber die Aktion wurde ein Erfolg für den Stadtsäckel. Durch die Visitation wuchs die Zahl der zu besteuernden Familien auf dreißig an. Dreißig Haushalte bedeuteten immerhin zweihundertzwanzig Personen. Die Siegburger gehörten auch zu den Leidtragenden. Mendel galt mit seinen über zwanzig Jahren, entgegen der bisherigen Meldung, schon als alt genug für eigene Abgaben.

Die Familie traf noch im gleichen Jahr ein schlimmeres Leid. Chajim verstarb in Siegburg. Im selben Jahr noch gestalteten die christlichen Bürger den Rathausplatz Kölns für sich als Versammlungsplatz um. Nun störte sie plötzlich der Blick der Juden auf Rathaus und Platz. Eine neue Verordnung zwang die, aus den Häusern zu ziehen oder alle Lauben, Türen und Fenster in den Erdgeschossen zuzumauern. Die Vermieter der

Häuser zeigten sich hart im Durchsetzen der Bestimmung. Ihre Mieter mussten sogar für die Kosten der Sichtblenden aufkommen. So verloren die Nachkommen Chajjims wieder alle finanziellen Reserven, die sie gerade als Notgroschen angesammelt hatten.

Schmul wurde zudem vor schwere berufliche Probleme gestellt. Die Herzogin von Berg hatte bei seinem Dienstherrn zwei Jahre zuvor ihre Krone für eine große Summe als Pfand gegeben. Nun befand sie sich im Verzug mit den Raten. Schmul musste ihr mit der Versteigerung der Krone drohen. Das gefiel der Edelfrau gar nicht. Sie intervenierte beim Rat und drohte mit einer Fehde gegen die Stadt. Die Stadt verwarnte ihrerseits den Pfandleiher. Der musste zähneknirschend stillhalten. Sein Kredit war damit aufs Höchste gefährdet. »Man soll mit den hohen Herren nicht Kirschen essen. Sie bewerfen einen nur mit den Stielen. Und wenn der Wolf es so will, dann ist das Lamm im Unrecht«, klagte Schmul voll Bitterkeit.

Mendel entschied sich nach alter Familientradition, Arzt zu werden. Ab 1398 studierte er für zwei Jahre in Bonn bei einem jüdischen Heilkundigen. Als er zurückkam, hatte er sich ein breites Grundwissen erworben und war bereit, beim Vater weiterzulernen und ihm zu assistieren.

Rechlin war während seiner Abwesenheit eine bildschöne junge Frau geworden. Sie heiratete als Erste der beiden Geschwister direkt nach seiner Rückkehr. Wie waren die Eltern erleichtert, als ihre Tochter mit Hilfe der Heiratsvermittlerin im eigenen Viertel den richtigen Gemahl fand und damit in der Nähe blieb. Rechlins Ehemann hieß Nathan und war der *Sofer*, der Gemeindeschreiber mit gesichertem Auskommen.

Die erstarkten Zünfte sorgten für weitere Einschränkungen im jüdischen Leben. Bis 1400 durften jüdische Metzger ihr Fleisch auch christlichen Käufern anbieten. Dieses Privileg wurde nun gestrichen. Metzger Jakob, bei dem auch die Siegburger kauften, verstieß gegen das neue Gesetz und wurde zu verschärfter Turmhaft verurteilt. Die gesamte Judengemeinde stand für einen zinslosen Kredit von tausend Florin an die Stadt ein und konnte die Stadtväter beschwichtigen und Jakob freikaufen.

1404 führte auch Mendel ein Weib unter den Hochzeitsbaldachin.

Vifelin hatte er als Helferin des Apothekers Josef kennen und lieben gelernt. Nun half die tüchtige Frau Vater und Sohn bei der täglichen Arbeit. Großmama Golde verstarb in ihrem Siegburger Exil, ohne Köln wiedergesehen zu haben.

Das Jahr brachte auch sonst nicht viel Erfreuliches. Der Rat saß über Wochen zusammen und verabschiedete Verordnungen, die jüdische Mitbürger immer mehr zu Menschen zweiter Klasse werden ließen. Die Kölner brauchten zwar das jüdische Geld, brachten aber deutlich zum Ausdruck, dass Juden nur geduldet und nicht willkommen waren. Die neue Judenordnung enthielt vierundzwanzig schlimme Vorschriften: Juden und Jüdinnen, die in Köln wohnten oder auch als Fremde herkamen, mussten an ihrer Kleidung zu erkennen sein.

Die Männer hatten Kapuzen zu tragen. An ihren Übermänteln waren Fransen angeordnet, die mindestens bis zur Wade reichten. Prächtiges Schuhwerk, etwa aus Seide, war verboten. Den Frauen wurde jede Art von Luxus untersagt. Sie durften kein Haarband tragen, das mehr als sechs Gulden kostete, genauso wenig Ringe von mehr als drei Gulden Wert. An jeder Hand wurde nur noch ein Ring gestattet. Das traf besonders die erfolgreichen jüdischen Bankiers. Nur allzu gern hatten sie ihren Reichtum an den Händen ihrer Frauen zur Schau gestellt. In dieser Zeit wäre es unmöglich gewesen, einen so prächtigen Hawdalateller anfertigen zu lassen wie seinerzeit Salomon. Strikte Regeln für christliche Sonn- und Feiertage wurden eingeführt. An diesen Tagen durften die jüdischen Pfandleiher keine Pfänder mehr vor ihren Haustüren auslegen. In der Karwoche und an den Ostertagen mussten alle Juden in ihren Häusern bleiben. Diese Vorschrift war allerdings auch zu ihrem Schutz gedacht. Denn gerade an diesen Festtagen äußerte sich immer wieder unbändiger Hass auf die Mörder Jesu und brachte die Andersgläubigen in Lebensgefahr. Im Bereich des Rathauses durften Juden während der Ratssitzungen nicht mehr in Erscheinung treten. Es machte keine Freude mehr, im heiligen Köln zu leben. Aber es gab auch keine Alternative dazu. Die Zustände waren anderenorts ähnlich.

Gegenüber den jüdischen Mitbürgern zeigte sich der Rat ein letztes

Mal großzügig und verlängerte 1414 sein Schutzversprechen um weitere zehn Jahre.

Bei den Siegburgern trug man derweilen Trauer: Israel und Rosa ertranken gemeinsam während einer Schifffahrt auf dem Rhein. Das Boot kenterte auf dem Weg nach Bonn, wo Israel einen medizinischen Vortrag halten wollte. Beide konnten nicht schwimmen. Einige der Passagiere wurden zwar gerettet, aber für zwei Juden riskierte kein Mitreisender sein Leben. Israel und Rosa traf ein gemeinsamer Tod. Er kam jedoch nicht, wie bei Philemon und Baucis, auf flehentlichen Wunsch und im hohen Alter. Auch blieb den beiden verwehrt, im Tode zusammenzubleiben. Die Strömung ergriff ihre Körper und riss sie in unterschiedliche Richtungen fort. Nirgendwo standen für sie, wie in der Sage, eine Eiche und eine Linde zur Erinnerung. Ihre Leiber blieben unauffindbar und konnten später nicht einmal in geweihte Erde gebettet werden.

Durch diesen Schicksalsschlag wurde Mendel unverhofft zum Familienoberhaupt. Er übernahm auch die Verantwortung für den Hawdalateller. Zehn Jahre dauerte es, bis Mendel und seine Frau das tragische Ereignis annähernd überwunden hatten. Erst dann waren Vifelin und er bereit, eine eigene Familie zu gründen.

Nachdem ihr Entschluss gefallen war, kamen mit Aaron, Anselm und Ryka drei Kinder zur Welt.

An einem trüben Herbsttag kam Vifelin mit dem ersten Sohn am späten Nachmittag nieder. Es war ein kleines, runzeliges Kerlchen. Seine Haut war blass, sein Gesichtchen krebsrot und der kleine Kopf mit nassem schwarzem Haar bedeckt. Seine ersten Schreie waren anhaltend und durchdringend. Sie übertönten den monotonen Singsang der zehn lernenden Knaben in der nah gelegenen *Cheder*. Seine kräftigen Lebenszeichen erfüllten Mendels Herz mit Freude. Er wusste in seinem Arbeitszimmer sofort, dass er Vater geworden war, beendete seine Studien und eilte ans Bett seiner Frau.

Er erlebte einen wohligen Schauer, als er den Kleinen, frisch gewaschen und sauber in Tücher gewickelt, auf dem Arm hielt. »Aaron soll er heißen«, sagte er mit Glück in der Stimme und zärtlichem Blick auf sein Weib.

Eine Bewegung seines Mundes war bei diesen Worten gar nicht zu erkennen. Der blieb völlig verborgen unter seinem kräftigen schwarzen Vollbart. Vifelin nickte als Antwort nur. Sie war noch zu schwach, um zu sprechen, aber teilte das Glücksgefühl ihres Mannes von ganzem Herzen.

Zum Abschiednehmen just das rechte Wetter: Grau wie der Himmel steht vor mir die Welt.

(Joseph Victor von Scheffel)

Als im Frühjahr 1423 der Stadtrat beschloss, den Schutzbrief der Juden über den 30. September des nächsten Jahres hinaus nicht mehr zu verlängern, lebten von der Familie nur noch Mendel, seine Frau und deren drei Kinder sowie Rechlin, Nathan und deren zwei Söhne in Köln. Die Älteren mussten nicht mehr miterleben, dass ihr Volk wieder einmal aus der Stadt vertrieben werden sollte. Fadenscheinige Argumente hielten dafür her. Man beschuldigte die Juden erneut als Brunnenvergifter. Alte Gerüchte über rituelle Kindsmorde lebten auf. In der Passionswoche zeigten Scharfmacher in den Straßen Passionsbilder. Die verhöhnten und verspotteten Juden als Christusmörder. So wurden die Massen immer mehr gegen sie aufgewiegelt.

Mendel rief den Familienrat ein. Die Familienzweige fassten unterschiedliche Beschlüsse. Nathan und Rechlin wollten mit ihren Kindern gen Osten ziehen. Dort war nach dem Hörensagen das Leben zwar kärglich, aber sicher. Mendel wollte sich mit den Seinen unter den Schutz des Erzbischofs nach Deutz begeben. Er ging davon aus, dass die Kölner den Judendoktor auch weiterhin brauchten, und sollte damit Recht behalten. Der Abschied voneinander fiel schwer. Den Geschwistern wurde bewusst, wie sehr sie durch ihre unterschiedlichen Reiseziele als Gemeinschaft geschwächt wurden. Als bekannt wurde, dass auch schon in Polen die ersten Judenvertreibungen um sich griffen, versuchte Mendel, Nathan und Rechlin noch mal umzustimmen. Aber die blieben bei der getroffenen Entscheidung. Bald begann der jüdische Exodus aus Köln. Die meisten Vertriebenen hielten es wie Mendels Familie und zogen nur bis Deutz, Siegburg oder Mülheim. Im Herbst 1424 war das gesamte jüdische Getto aufgelöst. Kein Wein floss mehr über den Rand eines Hawdalatellers.

1426 verschwand mit der Synagoge eines der letzten sichtbaren Zeichen jüdischen Lebens in Köln.

Der Rat baute sie zur Staatskapelle um und gab ihr zum Spott der Ausgestoßenen den beziehungsreichen Namen »Sankt Maria in Jerusalem«. Auch fand man schnell eine »honorige« Rechtfertigung für die Judenvertreibung.

Gerhard von Berg, der Probst der Kölner Kirchen, legte sie urkundlich nieder:

Die ehrsamen und weisen Bürgermeister und Räte der Stadt Köln haben dem allmächtigen Gott und seiner lieben Mutter Maria zu Ehren und aus vielen anderen ehrlichen Gründen sich der Juden entledigt und sie aus der heiligen Stadt Köln vertrieben.

Diese Juden, die unseren lieben Herrn Jesus Christus nicht als wahren Gott und Menschen bekennen wollten, hatten viele Jahre dem Kölner Rathaus gegenüber eine Schule, in der sie eine Lehre verkündeten, die gute Christen in einer heiligen Stadt nicht dulden können.

Zur Wiedergutmachung für diese gottwidrige jüdische Lehre haben uns die Bürgermeister und Räte mitgeteilt, dass sie zu Ehren der Heiligendreifaltigkeit und aller Heiligen diese Schule zu einer christlichen Kapelle umbauen lassen.

Leben heißt kämpfen.
(Lucius Annaeus Seneca der Jüngere)

Mendel und seine Angehörigen erlebten diese Entwicklung schon von der anderen Rheinseite aus. Noch im selben Jahr erbaute ihre kleine Gemeinde dort eine neue Synagoge. Die lag sehr dicht am Ufer des Rheins. »Der Tempel wird wieder gebaut, die Stadt Zion wieder bevölkert sein, dort singen wir dann ein neues Lied und ziehen mit Jauchzen hinauf«, betete der Rabbi bei der Einweihung.

Bald entwickelte sich rund um die Deutzer Vochergasse ein lebendiges Judenviertel. Als der greise Mendel eines Nachmittags aus der kalten Wintersonne von einem kleinen Spaziergang am Rheinufer zurück in die engen Gassen des Viertels kam, schien es ihm, als würde es plötzlich schon dämmern. Die Häuser hatten nach oben überhängende Giebel, welche in der Straßenmitte beinahe zusammentrafen und das helle Tageslicht aussperrten.

In Deutz baute man wie in Köln auf engstem Raum. Als er das Haus betrat, das er zusammen mit der Familie des Schusters Ascher bewohnte, bedrückte ihn, wie beengt die Wohnverhältnisse in seinem Heim waren. Er bewohnte mit seiner Familie nur drei Räume. Jeder davon hatte mehrere Funktionen. Das *Beit hahoref*, das Zimmer, in dem der Herd stand, diente den meisten Zwecken, weil es das wärmste war. Hier wurde gekocht, schliefen nachts die Eltern in Klappbetten, die tagsüber weggeklappt wurden, und an den freien Wänden waren Mendels medizinische und geistliche Bücher aufgestapelt. Der Raum war zugleich der allgemeine Aufenthaltsplatz in der kalten Jahreszeit. Vifelin beklagte sich des Öfteren, wie viel Platz Mendels Bücher einnahmen. Doch der antwortete ihr begütigend: »Ich brauche diese vielen Werke, meine Liebe. Wäre selbst der ganze Himmel voll Pergament und alle Wälder wären aus Federn, wäre es unmöglich, alle Geheimnisse der Thora festzuhalten. Also ist meine Zahl der Bücher noch wenig.« Zwei weitere im Winter ungeheizte Kammern befanden sich im Obergeschoss. Hier schlief der Rest der Familie, wurden in Truhen Kleidung und Hausrat gelagert und, wenn es das Wetter zuließ, gestrickt, genäht und gewerkelt. Der kleinere Raum von beiden war in der warmen Zeit auch Studier- und Gebetszimmer. Dort wurde das Gerät für die Sabbatzeremonie verwahrt, natürlich auch der Hawdalateller. Der Ofen zum Backen von Brotlaiben für den Sabbat und für die Zubereitung des *Tscholent*, des Eintopfgerichts, welches man über Nacht für den Sabbat kochen ließ, ging zum Hof raus und wurde mit den Nachbarn geteilt. Genauso hielt man es mit dem kleinen Backofen, in dem die *Mazzot* für das Pessachfest gebacken wurden. Das Haus gehörte einem Nichtjuden, der mit stetig steigendem Mietzins bei Laune gehalten werden musste. Abgesehen davon, dass in Mendels Familie kein Geld vorhanden war, um eigenen Grundbesitz zu erwerben, war den Juden der Kauf von Häusern auch in Deutz untersagt.

Vifelin blieb tagsüber wie die meisten Frauen im Viertel, wenn nicht gar im Haus. Draußen befürchtete sie nur Bosheiten von christlichen Eiferern und verbohrtem Lumpengesindel. Die Frauen waren allesamt froh, wenn ihre Männer von ihren Geschäftsgängen wohlbehalten zurückkehrten. Deren Kontakt mit Christen spielte sich meist auf den Märkten und Plätzen und in den Wirtshäusern ab. Die dienten als Geschäftsräume und Informationsbörse. Wie habe ich es doch gut, sinnierte Mendel. Mich schützt mein Arztberuf. Ich habe mein Auskommen, lebe recht sicher, wenn auch bescheiden.

Ich muss nicht wie die Hausierer täglich eine unsichere Rundreise unternehmen, um Waren zu verkaufen, oder gar wie die Kleinhändler auf entfernte Messen ziehen, um nach brauchbaren Gütern für die Kundschaft zu suchen. Solche Gefahren muss ich nicht bestehen.

Früh am Morgen, spätnachmittags und am frühen Abend kamen die Männer, wenn sie zu Hause waren, in der Synagoge zusammen, um zu beten, zu lernen und sich auszutauschen. Das waren für Mendel die schönsten Stunden des Tages.

Die jüdische Gemeinde bewies sich trotz aller Beschränkungen und Demütigungen als Katze mit neun Leben. Schon bald lebten vier Handwerker, drei Metzger, fünf Kaufleute, ein Uhrmacher, ein Krämer, zwei Wirtshausgeiger, zwei Hausierer, ein Vorsänger, ein Schulmeister, ein Rabbi und ein Arzt mit ihren Familien im Viertel. Wenn auch die Stadt Köln keine Juden mehr in ihren Mauern wohnen ließ, so blieb sie auf diese Weise weiter mit ihnen konfrontiert.

Der Katzen Scherz ist der Mäuse Tod.
(Sprichwort)

Wie im Flug wurde Mendel fünfundsiebzig. Er blieb rüstig und praktizierte noch bis ins hohe Alter. Mendels Tochter Ryka war inzwischen mit dem Deutzer Uhrmacher verheiratet und bereits zweifache Mutter.

Anselm, Mendels jüngerer Sohn, war als Kaufmann viel unterwegs und ledig geblieben. Ihn führten seine Reisen bis auf die Messen in Frankfurt und Leipzig. Aaron, der Älteste, hatte wie sein Vater in Bonn eine medizinische Ausbildung abgeschlossen und arbeitete nun zusammen mit ihm. Er heiratete Rike, die Tochter des Rabbi Victor, der später noch für viel Unruhe in der Familie sorgen sollte. Sie gebar ihm den zarten Menchin als ältesten Sohn und später Neser, einen pummeligen kleinen Eigenbrötler. Im Jahr 1446 schenkte sie Aaron kurz vor den Karnevalstagen noch eine gesunde Tochter. Sie wurde Elisa genannt.

Es ergab sich, dass Kölns Stadtväter gerade in diesen Tagen nach den Diensten der beiden Deutzer Judenärzte verlangten. Rike war sehr besorgt, als sich die Männer auf den Weg über den Rhein machten. War es sonst schon für Juden nicht ungefährlich, die Reichsstadt zu betreten, so warteten dort in der Fastnachtszeit erst recht Gefahren auf sie. Der Rat hatte Mummenschanz, Verkleidung und schamlose Umzüge zwar an den närrischen Tagen verboten, aber so ganz getraute er sich nicht, die beliebten Vergnügungen zu untersagen. Er setzte am Karnevalssamstag sogar selbst als Ersatz ein Turnier mit Hau- und Stechspielen an. Rund um den Altermarkt wurden Häuser für die geladenen Reichen und Mächtigen angemietet. Das einfache Volk sicherte sich schon früh am Morgen Plätze am Rande des Turnierfeldes. Nach dem Sturz des Patriziats fielen adelige Kämpfer für das Turnier aus. Der bürgerliche Rat musste eigens Söldner dafür verpflichten. Einige der mächtigen Gaffeln ergriffen die Gelegenheit und ließen Streiter in ihren Farben gegeneinander antreten. Die Akteure erhielten als Anreiz für spannende Kämpfe die Zusicherung, dass man nach Tod oder Unfall für alle Schäden aufkäme. Das war den Kämpen jedoch nicht genug. Sie verlangten auch gute ärztliche Versorgung, und so waren Mendel und Aaron ins Spiel gekommen.

Es war kühl, aber der Tag blieb windstill und trocken. Das Volk befand sich in ausgelassener Stimmung und voller Erwartung. Zwölf Söldnerpaare sollten gegeneinander antreten. Bier und Wein flossen in Strömen und einige Wartende waren schon selig im Vollrausch eingeschlummert, als die Trommler den Reiterzug der Matadore ankündigten. Hoch zu Ross in ihrem bunten Rüstzeug boten sie ein prächtiges Bild.

Schnell mussten die armen Blinden weichen, die bis dahin für Kurzweil gesorgt hatten. Man hatte sie mit einer fetten Sau in einen Pferch gesperrt, ihnen Knüppel in die Hände gedrückt und sie aufgestachelt, das Tier zu erlegen. Das Fleisch der Sau wurde ihnen als Lohn versprochen. Mit viel Eifer hatten sie in ihrer Blindheit zugeschlagen und sich, anstatt das Schwein zu töten, immer wieder selbst gegenseitig verletzt. Die Zuschauer empfanden Schadenfreude und Vergnügen bei diesem grausamen Schauspiel! Der weichherzige Aaron versorgte die gröbsten Wunden der armen Krüppel. Er erhielt dafür keinen Heller. Solche Dienste gingen natürlich nicht zu Lasten der Stadtkasse. Er half diesen armen Christen als »Jud« für Gotteslohn! Von den Umstehenden wurde ihm für sein Mitleid nur Spott zuteil: »Ich würde lieber verrecken, als mich von einem Juden anpacken zu lassen«, meinte einer der Spötter Beifall heischend. »Willst wohl die Blinden zu deinem Teufelsglauben bekehren. Die armen Kerle sehen ja nicht, was du vorhast«, giftete ein Zweiter.

Schließlich begann das Hauen und Stechen der Söldner. Die ersten fünf Lanzenspiele verliefen unblutig und an den Fensterplätzen der Reichen kam schon Langeweile auf. Auch danach geschah kein Unfall. Für die beiden jüdischen Ärzte brachte der Tag also nur einen unnötigen Besuch in der gefährlichen Stadt mit sich …

Die Zeit weilt, eilt, teilt und heilt.

(Sprichwort)

Unser Leben währet siebzig Jahre, und wenn es hoch kommt, so sind es achtzig Jahre ... Der neunzigste Psalm bewahrheitete sich in Mendels Leben. Der Arzt wurde schwächer und schwächer. Zum Ende hin wurde sein Geist bewölkt, und der Greis bedurfte in allen Lebenslagen der Hilfe seiner Lieben. Doch er erreichte das Alter von achtzig und verstarb 1451 ganz friedlich in einer lauen Sommernacht. Vifelin, die wie immer neben ihm lag, bemerkte nichts davon. Da Deutz noch keinen Judenfriedhof hatte und Köln den seinen unter Verschluss hielt, beerdigte die Familie Mendel in Bonn. Beim Abschiednehmen legte jeder einige kleine Steinchen auf den Grabstein. Diese Sitte entstand in der Zeit, als das Volk Israel durch die Wüste zog und die Gräber der Verstorbenen zum Schutz gegen den Wüstenwind über dem Sand mit Steinen bedeckte.

Vifelin starb zwei Jahre darauf und kam neben ihrem Mann zur Ruhe.

1482 sorgte Rabbi Victor für große Aufregung in der gesamten jüdischen Gemeinde. Schon seit Langem wurde darüber getuschelt, dass er engen Kontakt zum Kölner Dominikanerorden unterhielt. Mit Bruder Konrad Collin traf er sich mehrmals die Woche.

Die meisten seiner Glaubensbrüder sahen darin zunächst den Versuch, zu den Christen ein besseres Verhältnis aufzubauen, denn gerade die Dominikaner galten als besondere Judenfeinde. Einige Gemeindemitglieder befürchteten allerdings sofort eine ungebührliche Annäherung ihres Lehrers ans Christentum. Sie sollten Recht behalten. In seinem fünfzigsten Lebensjahr ließ sich der Rabbi ohne Vorankündigung taufen und sagte sich von seinem alten Glauben los. Seine Tochter Rike zögerte keinen Moment und stand treu zu ihrem Mann und dessen Familie. Sie blieb in ihrem angestammten Glauben verhaftet. Ihren Kummer über die Entscheidung des Vaters ertrug sie still. Sie wendete sich aber gänzlich von ihm ab. »Er ist ein Abtrünniger. Wir werden ihn behandeln wie einen Fingernagel, den man abgeschnitten hat. Er gehört nicht mehr zu uns«, bestärkte Aaron sein Weib darin.

Ganz ohne Folgen blieb das Werben der Dominikaner um die Juden jedoch nicht. Einige von ihnen fielen gleichermaßen vom Glauben ab.

»Man kann erkennen, wenn es damit losgeht«, stellte Aaron in Bitterkeit fest. »Erst wird im Haus an Sabbat gekocht. Dann werden die Gerätschaften nicht mehr koscher gehalten. Und schließlich wird mit der Frau auch an ihren unreinen Tagen verkehrt.«

»Lasst euch von den Mönchen nicht verführen«, mahnte er Kinder und Enkel. »Sie versprechen euch fälschlicherweise den Himmel auf Erden.«

»Im Talmud steht geschrieben: Wenn du in einen Gewürzladen gehst, so umgeben dich angenehme Düfte. Wenn du in eine Gerberei gehst, dann kommst du stinkend aus ihr heraus. Geht nicht diesen vordergründigen Reizen auf den Leim. Wie nützlich ist ein tüchtiger Gerber«, wusste sein Sohn Menchin hinzuzufügen. Menchin war inzwischen sehr belesen, hatte in der Familie längst das Zelebrieren der Gebete an den Festtagen übernommen und hütete den Familienteller. Als Lehrer an der Knabenschule hatte er nur ein bescheidenes Auskommen, dafür aber viel Zeit für das Studium der Heiligen Schrift. Am liebsten erzählte er den Knaben im Unterricht von Eretz Israels Glanzzeiten: »Da trug der Hohepriester noch einen goldenen Brustschild, geschmückt mit zwölf riesigen Edelsteinen, die die zwölf Stämme Israel gestiftet hatten.

Goldene Posaunen haben das Volk zusammengerufen und auch das Weihwasserbecken im Tempel war aus getriebenem Gold.« …

1464 heiratete er die genügsame Myngin. Die gebar ihm in den folgenden Jahren die Kinder Menachem, Vivus und Ruth.

1483 heiratete Menachem Reyne von Siegburg. Er war, wie so viele in der Familie, Arzt geworden. Als seine Frau Reyne einen Knaben zur Welt brachte, ermunterte Menchin, der Familienpatron, das glückliche Paar, den kleinen Sonnenschein Victor zu nennen: »Wir wollen einen Victor im Familienstammbaum haben, der Adonaj treu ergeben ist und unseren Glauben fortträgt in die kommenden Jahre.«

Victor, der verstoßene Konvertit, sorgte hingegen immer wieder dafür, dass er in böser Erinnerung blieb. Bald ließ er sich zum Priester weihen und trat in die Kölner Fakultät der Universität ein. Er praktizierte den Glaubenswechsel nicht nur still für sich, sondern predigte blinden Hass gegen seine ehemaligen Glaubensbrüder. Die aufkommende Kölner Buchdruckerkunst und die finanzielle Hilfe der Dominikaner unterstützten ihn dabei. Er geißelte zum Dank die jüdische Glaubenshaltung als törichten Starrsinn, Aberglauben und Bosheit. Er selbst verschrieb sich dem Marienglauben und der Bekenntnis der unbefleckten Empfängnis und widmete der Jungfrau Maria mehrere Traktate in deutscher Sprache, die auch ins Lateinische übersetzt wurden. Seine Aktivitäten begründeten den Anfang neuerlicher Judenanfeindungen in der Stadt.

1487 gebar Reyne mit Gottschalk ihren zweiten Sohn, dem als letztes Kind die Tochter Golde folgte. Sie wurden in eine schlimme Zeit hineingeboren, in der selbst gelehrte Männer dem Irrwahn des Hexenglaubens verfielen. In diesem Jahr veröffentlichte der Dominikaner Heinrich Institoris das berüchtigte Werk »Hexenhammer« und bescherte Bürgern aller Glaubensrichtungen die nackte Angst vor Hexenprozessen und Hexenbrennen.

Ebbe folgt nicht auf Ebbe. Dazwischen ist die Flut.
(Aus dem Sudan)

Man schrieb das Frühjahr 1497. Es war wieder einmal kalt und nass im Kölner Becken. Die Menschen hatten eine geruhsamere Gangart eingelegt und bewegten sich draußen, wenn überhaupt, gemächlich wie Kaltblüter. Doch schon bald beendeten die Unbilden der Natur dieses beschauliche Leben. Der Rhein führte mächtige Massen Schmelzwasser mit sich und trat, immer weiter anschwellend, über seine Ufer. Sein Pegel stieg und stieg. Die Kölner mussten die »Beinkleider hochkrempeln«, um in großer Eile und mit vielen Mühen ihre Habe zu retten.

Auf der Deutzer Seite sah es nicht anders aus. Als eines der ersten Gebäude erfasste dort das Wasser die kleine Synagoge. Der Gottesdienst musste in die Privathäuser verlegt werden. Fast eine Woche hielt der gesegnete Bau den saugenden und leckenden Kräften stand. Dann war der Lehm aufgeweicht. Er löste sich, und das Mauerwerk wurde weggespült. Die Synagoge brach mit einem Seufzer in sich zusammen und verschwand in den Wassermassen. Das war der Anfang des Schreckens.

Bald stand das gesamte Judenviertel unter Wasser, und die Bewohner mussten auf die Dächer fliehen und dort tagelang ausharren. Für Menchin und Myngin wurde das in ihrem Alter zu einer Tortur, die sie nur noch kurz überlebten. Der Aufenthalt im Freien, in Kälte und Nässe, ließ beide an einer Lungenentzündung erkranken. Menachem konnte sie nicht kurieren.

Die beiden Alten verbrachten mit ihren Kindern und den Enkeln ihr letztes Sabbatwochenende unter weinendem Himmel auf einem schrägen, rutschigen Hausdach. Für einen Gottesdienst kam das erforderliche Quorum von zehn Männern nicht zusammen. Das Dach war zu schwach, um so viele Menschen zu tragen. »Adonaj wird nicht mit uns sein«, klagte der alte, kranke Menchin während der Zeremonie, die sie trotzdem abhielten. Menachem zelebrierte trotz der schlimmen Lage die Lobpreisungen. Der Sabbatwein vermischte sich mit dem strömenden Regen und quoll über auf den Hawdalateller. Vielleicht war es das Übermaß überschwappenden Weines, das die Wasserfluten endlich sinken ließ.

Für Menchin und Myngin kam das Ende des Hochwassers zu spät. *Malach ha-Mavet*, der Todesengel, schwebte längst über ihnen. Sie verstarben in der Nacht auf den Sonntag.

Das Begräbnis musste, gegen den Brauch, mehr als eine Woche warten. Die Wege zum Friedhof waren überschwemmt und nicht begehbar.

Auch Köln hatte mit den Folgen des Hochwassers zu kämpfen. Natürlich suchte man wieder nach Schuldigen für den Schicksalsschlag. So manches scheele Auge blickte voll Wut auf das Deutzer Judenviertel, und mancher Fluch wurde gegen die »Christusmörder« ausgestoßen.

Die Euch Hass predigen, erlösen Euch nicht.
(Marie von Ebner-Eschenbach)

Nach einem abenteuerlich anmutenden Wanderleben kam der Jude Johannes Pfefferkorn um 1500 von Mähren nach Köln. Hier suchte er für sich und seine Familie ein berufliches Überleben. Wie Rabbi Victor kam er schnell unter den Einfluss der Kölner Dominikaner und wurde der besondere Schützling von Bruder Konrad, der mit allen Mitteln auf seine Bekehrung drängte. Noch im gleichen Jahr ließ sich Johannes mit Frau und Kindern taufen und trat zum Christentum über. Er fand in der Nähe von Sankt Christoph ein neues Zuhause. Mit Hilfe der Mönche wurde er Hospitalmeister im Krankenhaus Sankt Michael. Zu seinen Aufgaben gehörten Buchführung, Einkäufe auf dem Markt, Einziehen der Renten, Anlage der Überschüsse, Aufnahme und Verzeichnen der Kranken und die Armenverwaltung.

Daneben begann seine Rolle als Werkzeug der Dominikaner im Kampf gegen seine früheren Glaubensbrüder. Pfefferkorn schrieb Pamphlete und Flugblätter, besonders spöttische Abhandlungen über jüdische Gebräuche an Festtagen. Johannes veralberte die Zeremonien an *Tischri*, den zehn Bußtagen in den Herbstmonaten oder auch um das Pessachfest. Geschickt ließ er seine Flugblätter zu Zeiten der Buchmesse in Frankfurt erscheinen und erregte mit ihnen so weit über den Kölner Raum hinaus Aufmerksamkeit.

Bruder Konrad rief den Konvertiten ständig auf, den Kampf gegen seine früheren Brüder zu verschärfen. Das tat Johannes auch. Mit einem Empfehlungsschreiben der Kaiserschwester Kunigunde ausgerüstet erwirkte er 1509 einen Befehl Kaiser Maximilians, der alle Juden zwang, sämtliche religiösen Bücher auszuliefern. Nur die Heilige Schrift durften sie behalten. Trotz all dieser Anfeindungen wurde Menachem von den hohen

Herren, die zum Reichstag in Köln weilten, als Arzt zur Visite gerufen. Das schwere Essen und so mancher Schluck Wein zu viel führten bei ihnen zu schmerzhaften Gichtanfällen. Außerdem grassierte unter den Edlen die Angst vor Krankheiten, denn man war schließlich von Trier nach Köln geflohen, weil dort allerlei Seuchen wüteten. Die medizinische Wissenschaft an der Kölner Universität lag zu jener Zeit brach. Der medizinische Lehrstuhl war nicht einmal besetzt. In Notlagen sind wir den Christen noch immer gut genug, dachte Menachem und machte sich ein über das andere Mal auf den Weg nach Köln.

Schon 1510 hatte der Rat beschlossen, Juden nur noch dann das Betreten des Stadtgebietes zu erlauben, wenn sie auf ihrer Kleidung einen gelben Ring als Kennzeichen trugen. Solch diskriminierendes Habit versetzte den erfolgreichen Arzt in Rage.

Auch die Juden in Deutz hatten es in diesen Jahren nicht leicht. Arbeit war knapp. Der Verdienst war kärglich und die Abgaben wuchsen ständig. Es galt sich zu ducken und unauffällig zu bleiben, schon um ungeschoren über Pestepidemien und Seuchen hinwegzukommen. Die Christen brauchten wieder für alles Übel Sündenböcke!

Überall war Schmalhans Küchenmeister. Fleisch gab es höchstens einmal in der Woche. »Damals in Siegburg hatten unsere Verwandten noch Schabbesgänse, die zum Schächten getrieben wurden«, erzählte Menchin voll Wehmut. Das Wasser lief ihm im Mund zusammen.

Victor war inzwischen zu einem stattlichen Mannsbild herangewachsen. Mit seinen fünfundzwanzig Jahren erfüllte er die Erwartungen, die ihm sein Großvater in die Wiege gelegt hatte, vollends. Er war bereits über Deutz hinaus zu einem anerkannten Schriftgelehrten geworden und hatte sich, trotz aller behördlichen Verbote, von der Frankfurter Messe einen Neudruck der Thora besorgt. Die Schrift war im Getto Venedigs neu verlegt worden. Der Schriftgelehrte fand darin Erbauung und Frieden während seiner Studien.

Die Zuständigkeit für den Hawdalateller hatte ihm sein Vater schon länger abgetreten. Nun wartete die Familie mit wachsender Unruhe darauf, dass er sich endlich ein Weib nahm und den Familienfaden fortspann.

Er war spät dran! Aber auch insoweit erwies er sich als gefügiger Sohn. Im nächsten Jahr ehelichte er Guda, die zierliche Tochter des Bonner Rabbi. Die beiden waren mit der Fruchtbarkeit ihrer Vorfahren gesegnet. 1513 kam Noah auf die Welt, danach die Tochter Guetlin und zuletzt der zweite Sohn Levy.

Im wahren Glauben verhaftet sorgte Victor mit seiner Überzeugungskraft dafür, dass die Mehrzahl der Deutzer Gemeindemitglieder der angestammten Glaubenslehre treu blieb.

Sollen die Werke gut sein, so muss zuvor der Mann gut und fromm sein, der sie tut; denn wo nichts Gutes inne ist, kommt nichts Gutes raus.

(Martin Luther)

Der streitbare Mönch Martin Luther hatte mit seinen fünfundneunzig Thesen bereits 1515 über die deutschen Reichsgrenzen hinaus für Aufruhr gesorgt. Seine Reformationsbewegung breitete sich rasant in ganz Europa aus. Mit großem Interesse verfolgte der junge Victor die zunächst positive Einstellung Luthers zur Judenfrage. Er versprach sich davon sogar im katholischen Rheinland eine Verbesserung der Lebensumstände für sich und seine Glaubensbrüder. Luther verwies darauf, dass Jesus ein geborener Jude war. Das bisher unbotmäßige Verhalten der Juden entschuldigte er damit, dass sie von der römischen Kirche wie räudige Hunde behandelt worden waren. Und wenn ich ein Jude gewesen wäre, so wäre ich eher eine Sau geworden als ein Christ, schrieb er seinen Glaubensbrüdern ins Stammbuch. Victors Hoffnung auf Besserung erwies sich jedoch als Trugschluss. Als Luther erkannte, dass das güldene Licht seiner reformierten Glaubenslehre die Juden nicht bewegte, zum reformierten Glauben überzuwechseln, fiel er zurück in den wilden Hass althergebrachter Tradition. Er wetterte gegen die Juden, nannte sie, wie andere zuvor, Christusmörder und Marienleugner. 1546 widmete er sogar eine Predigt der hartnäckigen Ungläubigkeit der Juden und forderte dazu auf, alle zu vertreiben, wenn nicht gar zu töten.

Victor war inzwischen der Familienälteste. Seine Schwester Golde hatte in die Niederlande geheiratet. Jekel, ihren Ehemann, hatte Onkel Vivus auf einer Handelsreise nach Amsterdam kennen gelernt. Die Zusammenführung des Paares wurde zu einer komplizierten Angelegenheit.

Zunächst trafen aus Amsterdam mehrere warnende Briefe ein. Freunde glaubten mitteilen zu müssen, dass der Bräutigam viele Fehler habe. Doch als der junge Mann selbst nach Deutz kam, um die Braut kennen zu lernen, war es Liebe auf den ersten Blick. Durch Zugeständnisse beider Familienseiten wurden die Schwierigkeiten aus der Welt geschafft, und die Verlobungsfeier fand statt.

Beim ersten gemeinsamen Sabbatfest ließ Victor den Wein großzügig auf den Hawdalateller strömen und rief frohen Herzens »*Masel tov!*«. Das sollte für die beiden ein gutes Omen werden. Alle Befürchtungen, die Ehe könne nur vor dem Rabbinergericht enden, erwiesen sich als falsch. Die jungen Menschen sorgten mit vier prächtigen Kindern für die Fortsetzung des Stammbaums, wenn auch weit weg von Goldes angestammter Heimat.

Auch Victors Bruder Gottschalk hatte Deutz verlassen. Als Kleinkrämer suchte er sein Auskommen hinter den kriegerischen Truppen, die überall durch die Lande zogen. Er kaufte und verkaufte. Oft erwarb er Sachen gefallener Söldner und verkaufte sie an ihre noch lebenden Kumpanen, immer bemüht, genügend Abstand vom Kampfgeschehen zu halten.

Es war schon ein bunter Haufen, der da im Gefolge der Soldaten seinen Lebensunterhalt suchte. Huren, Glücksspieler, Schausteller, Kleinkrämer und ärztliche Scharlatane folgten als Tross.

Im Getto von Frankfurt fand Gottschalk mit Bela ein Weib und war inzwischen für eine Familie von vier Personen verantwortlich. Er bekam sie selten zu sehen, zu oft war er auf Reisen. So waren nur noch Victors Kinder Noah, Guetlin und Levy mit ihren Eltern in Deutz zu Hause und pflegten die wöchentliche Gemeinsamkeit um den Hawdalateller.

Levy, der Benjamin, lebte noch im Elternhaus und war der *Mohel*, der offizielle Beschneider, der Gemeinde. Guetlin, die Mittlere, war zum Leidwesen der Eltern unverheiratet geblieben, was sich bei ihren zweiunddreißig Lenzen auch nicht mehr ändern sollte. Sie war von klein auf sehr selbstständig gewesen und arbeitete nun als Hebamme. Victor mahnte sie immer wieder, im Umgang mit christlichen Nachbarn vorsichtig zu sein: »Lass dir sagen, mein Kind, bleibe mit deiner Hilfe den christlichen Frauen fern. Wenn dir irgendetwas misslingt, werden sie dich als Hexe verschreien, und du wirst brennen. Geht alles gut, so wirst du dir die Missgunst der christlichen Kolleginnen zuziehen. Sie werden einen Weg suchen, dich zu verteufeln und der Inquisition ans Messer zu liefern.«

»Ja, Vater«, antwortete Guetlin artig, aber insgeheim war sie sich im Klaren, dass sie letztlich überall helfen würde, wo Hilfe nottat.

Besondere Freude bereitete Noah, der Älteste, seinen Eltern. Er setzte das medizinische Erbe fort und gründete mit der groß gewachsenen Ruth, die mit ihrer Familie aus Neuss zugezogen war, bald eine eigene Familie. Ihr Sohn Neser kam 1547 auf die Welt. Victor und Guda überlebten dieses freudige Ereignis nur noch wenige Jahre und erkoren Noah zum Familienpatron.

*Der Besitz macht uns nicht halb so glücklich,
wie uns der Verlust unglücklich macht.*

(Jean Paul)

Erzbischof Gebhard Truchsess von Waldburg sorgte in der Domstadt für Turbulenzen. Ende 1582 trat er öffentlich zur protestantischen Kirche über. Er wollte Kurköln in ein weltliches Fürstentum verwandeln und proklamierte die Gleichberechtigung der Konfessionen. Obendrauf wollte er noch die Stiftsdame Agnes von Mansfeld ehelichen. Damit fand sich das Domkapitel aber gar nicht ab. Im Februar 1583 wurde er abgesetzt und von Papst Gregor XIII. exkommuniziert. Der abgestrafte Kurfürst war jedoch nicht bereit, kampflos aufzugeben.

Am 10. August 1583 stand Noah früh auf. Er war in großer Sorge um seine Lieben. Die Belagerung der Stadt Deutz durch von Truchsess' Truppen dauerte nun schon lange an. Täglich musste für die Eingeschlossenen mit einem bitteren Ende gerechnet werden. Die Versorgung mit Nahrungsmitteln war nahezu zusammengebrochen. Zu dicht hielt der Ring der Belagerer. Straßen und Gassen waren verwaist. Den gewohnten Trubel der Wagen, Karren und das Gewimmel der Fußgänger auf den Straßen gab es schon lange nicht mehr. Der Dauerbeschuss der Stadt ließ jeden, der es sich erlauben konnte, im Schutz seines Heimes bleiben. Die meisten Pferde waren dem Metzgermesser zum Opfer gefallen. Nur noch wenige Tiere befanden sich im Einsatz, um Vorräte und Waffen auf die Verteidigungsanlagen zu bringen. Bei diesen Fahrten verfolgten die hungrigen Augen der Eingeschlossenen, die Tiere und die Soldaten mussten sie wie ihre Augäpfel hüten. Noah ging in aller Frühe aus dem Haus, runter zu den Rheinauen. Unter seinem rechten Arm hielt er ein Bündel geklemmt, das er am Vorabend sorgsam verschnürt hatte. Er rechnete mit der baldigen Einnahme der Stadt. Dann hieß es, sich wieder vor den Siegern ducken und nicht auffallen. Selbst die schäbigen Häuser des Judenviertels würden vor der Rache der Söldner nicht sicher sein. Noah hatte deshalb beschlossen, das Wertvollste, das seine Familie besaß, dem Zugriff marodierender Soldaten zu entziehen. Für den Hawdalateller hatte er ein sicheres Versteck aufgespürt.

Die Sonne strahlte an jenem Morgen noch nicht mit ganzer Kraft. Sie verlieh dem träge dahinfließenden Wasser des Rheins einen rötlichen Schimmer. Noah eilte über die taufeuchten Wiesen zielstrebig auf ein größeres Buschwerk zu. Immer wieder schaute er sich um, aber er war allein. Niemand folgte ihm. Der Arzt wusste, dass sich zwischen den Büschen ein eingefallener Brunnenschacht befand. Dort wollte er den Teller verbergen, bis das Schlimmste vorüber war. Als er endlich ungesehen in die Büsche eintauchte, fühlte er sich besser. Er drückte sich durch das Strauchwerk bis zum verfallenen Schacht hin. Dort legte er sein Bündel vorsichtig ab und ging in die Knie. Bedächtig suchte er einige große Steine der verrotteten Brunneneinfassung zusammen und legte sie zurecht. Mit ihnen wollte er den Teller bedecken. Es dauerte fast eine halbe Stunde, bis er mit seiner Arbeit zufrieden war. Er umrundete noch einmal das Versteck und prüfte, ob der Teller auch wirklich von keiner Seite zu sehen war. Erst dann machte er sich auf den Heimweg.

Noah hatte keinen Tag zu früh gehandelt. Schon am nächsten Morgen stürmten Gebhards Truppen die Stadt. Die Abtei Sankt Heribert und die Pfarrkirche Sankt Urban gingen in Flammen auf. Dem Judenviertel blieb die Zerstörungswut der Angreifer erspart, da sich unter den Soldaten schnell herumsprach, dass es in den hässlichen Häusern nichts zu holen gab. So blieben auch die Einwohner an Leib und Leben verschont. Nur den *Parnas*, den Gemeindevorsteher, erwischte es. Eine herumirrende Kugel traf ihn mitten ins Herz und beendete sein Leben. War es wirklich nur ein verirrtes Geschoss gewesen, oder hatte ein christlicher Eiferer bewusst auf den armen Kerl gezielt, der mit gelbem Punkt auf dem langen Gewand und Judenhut auch von Weitem als Jude ausgemacht werden konnte?

Die einkehrende Ruhe war trügerisch. Schon bald zwang das veränderte Kriegsglück Gebhard und seine Truppen zum Abzug. Die katholischen Truppen rückten nach und zeigten keinerlei Dank dafür, dass sich die Stadt wochenlang gegen die alten Besatzer gewehrt hatte. Mit seinen neuen Verbündeten ging der Kölner Rat gegen Deutz vor. Er war der Stadt noch nie wohlgesinnt gewesen. Immer hatte sie ihm zu kurkölnisch gedacht. Nun wollte man partout vermeiden, dass sich in unmittelbarer Nachbarschaft der Reichsstadt noch einmal feindliche Söldner einnisteten. Deshalb wurde fast alles, was Gebhards Sturm überstanden hatte, niedergerissen und zerstört. Hierbei kam das Judenviertel noch recht glimpflich weg. Schlussendlich wurden aber wieder die Abgaben erhöht. Der jahrelange Krieg hatte die Stadtkasse Kölns geleert und der Rat brauchte Nachschub an barer Münze.

Schon wieder Krieg. Der Kluge hört's nicht gern.
(Johann Wolfgang von Goethe)

Noah war alt und müde geworden. Die vielen kriegerischen Ereignisse und die damit verbundenen Sorgen und Nöte beeinträchtigten ihn in seinen medizinischen Studien, die doch sein Lebenselixier waren. Selbst Ruth konnte mit ihrer zärtlichen Liebe seine Lebensmüdigkeit nicht schmälern. Dabei hatte Noahs Familie bei allen Unbilden noch Glück gehabt. Niemand war an Leib und Seele versehrt worden. Sie hatten, anders als viele, immer noch ein schützendes Dach über dem Kopf. Ihrem Sohn Neser bot die Gemeinde den Posten des *Parnas* an, der durch den Tod des alten Gemeindevorstehers Moshe vakant geworden war. Damit hatte er nicht nur ein respektables Amt und genügendes Auskommen, er blieb auch am Ort und musste sich nicht, wie die meisten seiner Altersgenossen, den Unterhalt als Hausierer auf den unsicheren Straßen verdienen. Trotz dieser guten Fügungen fühlte sich Noah ausgebrannt und sehnte sich danach zu sterben. Er erklärte Neser eines Abends zum neuen Familienoberhaupt und weihte ihn in das Versteck des Hawdalatellers ein. Wegen der immer noch unruhigen Zeiten beschlossen die beiden Männer, den Teller verborgen zu halten.

Wie weise dieser Entschluss war, zeigte sich bereits 1591, als französische Soldaten Deutz besetzten und von dort aus Köln bedrohten. Die Söldner betätigten sich als »Freibeuter« und drangsalierten die verängstigte Bevölkerung. Noah verstarb unter den vielen Aufregungen an Herzversagen, als die marodierenden Landsknechte auch sein Haus auf den Kopf stellten. Der Familienteller aber war gerettet! Ruth ließ der Gram um ihren Mann ebenfalls schon ein Jahr später von dieser ungastlichen Welt Abschied nehmen.

Der Teller blieb weiter verborgen, denn es kehrte in der Region kein

Friede ein. Mit dem Aussterben des Herzoghauses Jülich-Kleve-Berg setzte zwischen 1609 und 1614 erneut ein grausamer Waffengang ein. Das spanische Heer unter dem Feldherrn Ambrosius Spinola verwüstete auf Anordnung des Kaisers Mathias die Deutzer Rheinseite und zerstörte die Befestigungswerke von Mülheim.

Neser fühlte sich ausgelaugt und verspürte, dass für ihn die Zeit gekommen war, das Geheimnis des Hawdalatellers weiterzugeben. Seine Knochen bogen sich schmerzhaft, der Rücken wurde immer krummer. Das Wasserlassen bereitete ihm Schmerzen und gelang nur noch tröpfchenweise. Alles zieht mich mit Macht zum Boden hinab, in dem ich bald ruhen werde, dachte er. Da er kinderlos geblieben war und der Familienstamm nach ihm endete, gab er die Verantwortung über den Teller an seinen Ziehsohn Mendel weiter. Um ihn hatte er sich wie ein Vater gekümmert, als der als Einziger seiner Familie den Kriegswirren entkommen war und Hilfe bedurfte. Neser nahm ihn im hohen Alter an Sohnes statt an. Nun fühlte sich Neser bereit, von der Welt zu scheiden, und starb anno 1614.

In den Kriegsjahren gab es auch für Juden durchaus Möglichkeiten, sich mit den Umständen zu arrangieren und dabei zu bescheidenem Wohlstand zu kommen. Mendel hatte 1604 Mira, die einzige Tochter des Hausierers Nathan, geheiratet und führte dessen Geschäfte fort. Während des Krieges gingen mehrere alteingesessene Handelsunternehmen bankrott. Juden wurden statt ihrer Finanziers der Kriegsparteien. Hofjuden genannt, waren sie verhasst, aber bedeutsam in allen Territorialstaaten. So taten sich Moses Löb in Frankfurt hervor, Isaak Kann in Mainz sowie Joseph Jakob von Geldern in Düsseldorf. Das Haus Leffmann Behrens beschäftigte Agenten in Amsterdam, Brüssel, Wien, Frankfurt und Köln. Für sein Münzgeschäft ließ es von unzähligen Hausierern gebrochenes und altes Silber zum Einschmelzen sammeln. Leffmann Behrens zahlte nur einen Spottpreis dafür, wohingegen sie mit den daraus geprägten Münzen einen enormen Reibach machten. Mendel hatte sich schon sehr früh bei Leffmann als Agent verdingt. Aus seinem ersten Verdienst finanzierte er eine lukrative Geschäftsidee. Keinem im weiten Umkreis gelang es wie ihm, Erlöse fast ohne Kosten für Materialeinsatz zu erzielen. Alte Kleider aus den Häusern der geflüchteten Bevölkerung und Uniformen gefallener Soldaten sammelte er, ohne dafür zahlen zu müssen. Aus diesen Lumpen, Stoffresten und Sackstücken erarbeitete er sich bald ein kleines Vermögen. Er ließ sie in Fasern zerlegen und daraus neue Uniformstoffe weben, die er an die Krieg führenden Armeen verkaufte. Diese Grundlage seines Reichtums hütete er als Geheimnis. Sie bescherte Mira, ihm und den hinzukommenden Kindern Samuel, Moshe und Golde ein gesichertes Leben.

Die Kriegswirren wollten jedoch nicht aufhören. 1618 begann der Dreißigjährige Krieg. Schwedische Soldateska hauste in den Dörfern und Städten und nahm sich alles, was nicht niet- und nagelfest war. Die kaiserlichen Truppen trieben es nicht besser. Wo immer sie Fuß fassten, bestraften sie die Bevölkerung dafür, dass sie zuvor unter den Schweden stillgehalten hatte.

Irgendwie hatte sich das Volk an die Unbilden des Lebens gewöhnt und suchte Trost in kleinen Freuden. Als im Winter 1620/21 die Kälte allzu garstig wurde und der Rhein metertief zufror, richtete man auf der festen Eisdecke des Flusses sogar ein Volksfest aus. Auch Samuel, Moshe und Golde tobten ausgelassen auf dem blanken Eis und durften sich an einem heißen Becher Punsch erwärmen. 1632 griff der von Siegburg kommende schwedische General Baudissin Deutz an. Von heftigem Artilleriefeuer wurde die Deutzer Pfarrkirche Sankt Urban getroffen, in welcher die Schweden ihre Pulvervorräte aufbewahrten. Sie flog in die Luft und wurde gänzlich zerstört. 300 Menschen starben bei dem Unglück. Mendels Familie wurde verschont. Es zahlte sich aus, dass die Juden abgeschottet in ihren Gassen lebten.

Als im Jahr darauf die Katholischen in Deutz wieder die Oberhand gewannen, beschloss der Kölner Rat, Deutz zur Festung auszubauen, und bewilligte dafür hundertdreißigtausend Kölner Gulden.

Schlechter Frieden ist noch allemal besser als guter Streit.

(Aus Russland)

Als 1648 endlich nach mehreren vergeblichen Bemühungen ein Friedensschluss zustande kam, zeigte der inzwischen neunundsiebzigjährige Mendel seinem Sohn Samuel das Versteck des Hawdalatellers. Samuel war inzwischen sein Kompagnon geworden.

Die beiden Männer machten sich morgens früh auf den Weg. Der Nebel waberte tief über den Flussauen und kündigte den Winter an. Als sie sich den Büschen näherten, waren die von frühmorgendlichem Raureif wie Zuckergebäck weiß bezogen. Bäume und Sträucher hatten längst begonnen, ihre toten Blätter abzuwerfen.

Das niedergefallene Laub raschelte unter ihren Füßen, als sie sich in das Dickicht schlugen. Mendel fiel das Gehen schwer. Aber beharrlich strebte er auf das Versteck zu. Er wies Samuel an, die Steine zur Seite zu räumen und den Teller freizulegen. Der hatte die lange Zeit im Verborgenen unversehrt überstanden!

Als sie den Rückweg antraten, begann es zu regnen. Sie waren durchnässt und es fröstelte sie. Aber Vater und Sohn waren glücklich, das ehrwürdige Stück in Sicherheit zu wissen. Nach einer rituellen Reinigung in der *Mikwe* wurde der Teller wieder zum Schmuckstück ihrer Sabbatfeiern.

Das erste Friedensjahr brachte den ersten Familienstreit um den Teller. Unter den europäischen Juden hatte sich zu dieser Zeit eine messianische Zukunftshoffnung ausgebreitet. Die war mit einem Rabbi namens Sabbetai Zbi verbunden. Der lebte in Palästina und gab sich als Messias aus. Sabbetai Zbi verkündete das Jahr 1666 als das Erlösungsjahr für das Volk Israels. Für viele Gläubige wurde seine Botschaft Anreiz, aus dem ungastlichen Europa zu fliehen und im verheißenen Land Glück und Erlösung zu suchen. Mendels zweiter Sohn Moshe fasste diesen Entschluss ebenfalls. Nachdem seine Mutter erkannte, dass sie ihrem Jungen diesen Plan nicht ausreden konnte, drängte sie Samuel, seinem Bruder den Hawdalateller als Schutz und Glücksbringer mitzugeben. »Es ist bestimmt in Adonajs Sinn, dass unser Familienstück dem Erlöser nahe kommt«, versuchte sie ihren Ältesten zu überzeugen. Doch in Samuel floss zu viel Kaufmannsblut. Er stimmte nicht zu. Er wog ab, was seine Mutter von ihm verlangte, kalkulierte und bedachte alles sorgsam. Dann blieb er bei dem Entschluss, ihr den Wunsch abzuschlagen: »Der Teller steht für das Wohl unserer ganzen Familie. Er wurde in der Diaspora gefertigt und soll uns hier helfen, das harte Leben zu ertragen. Wer die Familie verlassen will, mag mit all unseren Segenswünschen von dannen gehen. Aber das Symbol unserer Familie muss zurückbleiben.«

Ruth wollte sich damit nicht zufriedengeben. Sie bettelte Mendel an, seinem Ältesten gut zuzureden. Doch der alte Mann tat ihr den Gefallen nicht: »Was du von mir forderst, ist nicht recht, Weib. Samuel ist nach unserem erklärten Willen das Haupt der Familie. Sein Entscheid ist durchdacht und wohlbegründet. Daran darf ich nicht deuteln und rütteln.«

Ruth schmollte für viele Monate und zwischen den beiden Alten, die sich immer so zugetan waren, herrschte grimmige Sprachlosigkeit.

Das Familiendrama erreichte den Höhepunkt, als Gewissheit bestand, dass Moshes Schiff auf der Reise verschollen war. »Mit dem Teller würde der Junge noch leben«, klagte Ruth immer wieder in Gram und Verzweiflung.

»Moshe hat die Reise gewollt. Hättest du deinen Willen bekommen, dann wäre auch der Teller verloren«, antwortete ihr Mendel viele Male und verbarg die beißende Trauer um den verlorenen Sohn tief in seinem Herzen.

Nicht einmal Samuels späte Heirat mit der Kaufmannstochter Bela aus Frankfurt versöhnte die beiden Alten. Sie starben nur wenige Wochen hintereinander voll Grimm.

Samuels Ehe entsprangen zwei Jungen. David, der Ältere, war gesund und kräftig. Elia, der ein Jahr später das Licht der Welt erblickte, war von

Geburt an schwächlich und kränkelte oft. Da war es fast ein Geschenk, dass Samuels Schwester Golde unverheiratet mit im Hause des Bruders lebte und helfen konnte. Sie blühte bei der aufopfernden Pflege des kleinen Elia auf. Und Bela, die sich in ihrer Familie viel Wissen über die Kaufmannschaft angeeignet hatte, blieb Zeit genug, ihrem Mann bei Buchhaltung und manch anderem Schriftkram zur Hand zu gehen. Dies tat auch not, denn Samuel musste sich nach neuen Geschäftsfeldern umsehen. Der Handel mit Uniformstoffen lief in den Friedenszeiten nicht mehr. Auch das Einsammeln von Altsilber hatte viel von seinem finanziellen Reiz verloren. Zu viele Agenten teilten sich inzwischen den Kuchen.

Samuel beschloss nach reiflicher Überlegung, mit exquisiten Waren wie Tabak, Kaffee, Weihrauch und Edelsteinen Handel zu treiben. Sein kleines Vermögen erlaubte ihm, solche Güter anzukaufen. Für diese Waren gab es noch keine Zünfte, die den Vertrieb für sich beanspruchten. Trotzdem war das Geschäft nicht leicht. Samuel musste viel reisen, auf Messen und Märkte ziehen. Deutschland zeigte sich dabei anno 1648, nach dem Westfälischen Frieden, als Flickenteppich aus über hundert Kleinstaaten. Wollte man den Rhein hinunter, so galt es, zweiunddreißig Zollschranken zu passieren und genauso viele Durchreisegenehmigungen zu erkaufen. Überall gab es unterschiedliche Währungseinheiten und auch Maße und Gewichte waren in den Herrschaftsgebieten nicht dieselben. Allerdings erschloss diese spezielle Situation den Kindern Israels überhaupt erst die Möglichkeit, sich mit einzelnen kleineren Herrschern zu arrangieren und für sich Schutz- und Bleiberechte zu erwirken.

Wenn Samuel von seinen Reisen zurückkam, wartete eine aufgeregte Ehefrau auf ihn, die sich an seinen Abenteuern gar nicht satthören konnte. Nur allzu gern tat er ihr den Gefallen und schmückte seine Erlebnisse blumig aus. »Es ist schon was Besonderes, wenn sich zu Jubilate nach Ostern viele hundert Handelswagen in Leipzig vor den Stadttoren drängen und Einlass begehren. Du siehst Männer aller Herren Länder. Mohren und Türken sind darunter. Es gibt nichts, was du nicht kaufen kannst. Gewürze, Farbstoffe, französische Galanteriewaren, Seide, fremde Hölzer, aber auch mathematische und chirurgische Instrumente. Die Stadt strotzt vor pulsierendem Leben! Zauberer, Guckkastenmänner, Schlangenmenschen, Wahrsagerinnen, Feuerfresser und viele Gaukler versuchen, ein Teil des umlaufenden Geldes für sich zu ergattern. Man muss höllisch aufpassen, nicht übervorteilt zu werden. Dem Kurfürsten und dem Leipziger Rat sind wir ›Messejuden‹, Adonaj sei gedankt, willkommen. Die örtliche Kaufmannschaft hingegen fürchtet unsere Konkurrenz und bekämpft uns mit allen Mitteln. So bleibt uns so manche Schikane nicht erspart. Beim Betreten des Leipziger Tors müssen wir einen Leibzoll entrichten, viel höher als den der Christenleute. Den gelben Judenring müssen wir mit uns tragen, den Ratsdienern und Stadtknechten vorzeigen und für alle Waren, die wir zur Messe einführen, Zölle entrichten, ein Vielfaches von dem, was christlichen Kaufleute abverlangt wird. Ist die Messe vorbei, heißt es schleunigst verschwinden. Ein Aufenthalt in der Stadt außerhalb der Messezeit ist uns aufs Strengste verboten!«

*Aber sterben! Gehn, wer weiß wohin, daliegen,
kalt und regungslos, und faulen!*

(Friedrich von Schiller)

Das von Sabbetai Zbi verkündete Erlösungsjahr verging, ohne dass etwas Weltumwerfendes geschah. Der Messias kam jedenfalls nicht auf die Welt! Samuel und Bela bereiteten sich aufs Altenteil vor. Ihr Sohn David zeigte sich anstellig und übernahm immer mehr Pflichten im Familiengeschäft. 1667, mitten im heißen Sommer, tobte wieder einmal die Pest über das Land. Sie raffte über ein Viertel der Bevölkerung dahin. Dieses Mal blieb Samuels Familie nicht verschont. Es traf mit Elia die Jüngste.

Die Symptome wurden schnell sichtbar. Am Nachmittag bekam Elia hohes Fieber, welches drei Tage und Nächte hindurch anhielt. Sie war dem Tode nahe. Schließlich wuchsen Beulen im Nacken und hinter den Ohren, die wie Feuer brannten. Elia jammerte fürchterlich.

Die Beule hinter dem rechten Ohr brach zuerst auf, und fauliger Eiter strömte aus. Die Familie fürchtete sich sehr und beriet völlig aufgelöst, was zu tun war. Die Obrigkeit hatte angeordnet, dass jeder Haushalt, in dem ein Seuchenfall auftrat, sofort die Stadt verlassen müsse. Das bedeutete aber den sicheren Tod. Auf offener Straße gab es kein Überleben. Deshalb beschloss Samuel, Elias Erkrankung zu verheimlichen. Sie wurde in die Dachstube geschafft und vom Rest der Familie isoliert. Unterm Dach litt sie nicht nur an der schrecklichen Krankheit, sondern auch unter der unerträglichen Sommerhitze, die ihre Fieberschauer und wirren Träume noch verstärkte. Bela kümmerte sich um sie und pflegte sie aufopfernd. Sie stach die Beulen auf, wusch sie aus und verband sie. Sie fütterte Elia und versorgte die Fiebernde mit viel Flüssigkeit. Die Tür zur Kammer wurde immer sorgsam geschlossen. Kein anderes Familienmitglied durfte das Zimmer betreten. So hoffte Bela, die Pest vom Rest der

Familie fernzuhalten. Auf diese Weise gelang es ihr, Elia über die entscheidenden ersten zwei Wochen am Leben zu halten, und niemand steckte sich bei ihr an. Langsam ging es wieder aufwärts mit der Kranken. Doch nun sorgten die Nachbarn für Aufregung. Sie hatten die Abwesenheit des Mädchens bemerkt. Zuerst wurde nur getuschelt, sie habe wohl die Pest und würde verborgen. Bald hörte man diese Mutmaßung auch laut in der Gasse. Samuel besann sich auf eine Finte. Elia musste sich trotz ihres Zustands ankleiden. Um den wunden Hals bekam sie ein buntes Tuch, und so musste sie sich vor der Tür zeigen. Ihr Vater ließ sie sogar leichte Arbeiten verrichten. Elia war sich des Ernstes der Lage bewusst und tat, mit zusammengebissenen Zähnen, wie ihr geheißen.

Das Schauspiel hatte den gewünschten Erfolg, aber am Ende ihres Auftritts schaffte es Elia nur noch mit letzter Kraft ins Haus zurück. Direkt hinter der Tür brach sie zusammen und bekam einen schlimmen Rückfall. Ohne die aufopfernde Pflege ihrer Mutter, die Tag und Nacht an ihrem Bett saß, hätte sie den nicht überlebt.

Nach Elias Genesung feierte die Familie mit großer Freude das Sabbatfest. Der Wein lief während der Abschiedszeremonie reichlich auf den Hawdalateller.

Erst im Spätsommer 1668 ebbte die Pestepidemie wieder ab. Von der Stadtverwaltung wurden den Überlebenden Gesundheitspässe ausgestellt. David konnte endlich seine Reisetätigkeit wiederaufnehmen ...

Das Wunderbare und das Erstaunliche halten nicht länger als eine Woche in Aufregung.
(Aus Abessinien)

Erst im fünfundzwanzigsten Lebensjahr ehelichte David die acht Jahre jüngere Judith von Neuss. In den nächsten Jahren wurden ihnen Schmul, Jekel und Rosa geboren, und Samuel, der Senior der Familie, starb.

Im gleichen Jahr wurde die Familie Zeuge eines großen Schauspiels der Natur. Mehrere Fischer hatten zwischen Köln und der kurfürstlichen Residenzstadt Bonn einen riesigen Fisch im Rhein gesichtet. Von einem Rheinmonster wurde gesprochen, es war ein Wal. Das Untier sollte stark sein wie ein Pferd und immer wieder mit Tosen und Gebrüll aus den Fluten auftauchen. Man maß ihm sieben Meter Länge zu.

Bald waren Tausende von Schaulustigen unterwegs zu den Rheinauen, um das Tier mit eigenen Augen zu sehen. Auch David und Judith machten sich mit den Kindern auf den Weg. Es war ein Sabbatsamstag, und das Ereignis regte dazu an, den Kindern am heutigen Tag die biblische Geschichte von Jona und dem Wal näherzubringen.

Viele Bürger benutzten die »fliegende Brücke«, das große Fährschiff über den Fluss für eine Fahrt auf die linke Rheinseite. Dort versprach man sich bessere Sicht auf das Untier. Die Fähre war noch recht neu. Markgraf Hermann von Baden hatte sie den Deutzer Fährherren veräußert, und nun pendelte sie tagsüber im Viertelstundentakt zwischen Köln und Deutz. David hatte seinen Kindern eine Fährfahrt versprochen. Sie wollten sich auf die andere Seite begeben. »Wir müssen uns sputen, wenn wir noch einen guten Platz ergattern wollen«, sagte er. Die Fahrt verging viel zu schnell, und bald hatten sie das andere Ufer erreicht. Von dort aus starrten sie erwartungsvoll auf den dahinströmenden Rhein. »Das Untier soll stromaufwärts schwimmen«, erklärte

David den Kindern. Die guckten gebannt auf die Strömung und warteten auf das Auftauchen des Wals.

Es verging über eine Dreiviertelstunde, ohne dass etwas geschah. Langsam ließ die Spannung nach und Langeweile machte sich breit. Rosa, die Jüngste, begann als Erste zu maulen. David überlegte, wie er sie bei Laune halten konnte. Zunächst zeigte er den Kindern einige Kölner Stadtsoldaten, die sich in voller Montur unter die Bummelanten gemischt hatten. Der Rat der Stadt hatte sie 1660 als stehende Truppe eingestellt, als die Unsicherheit in Kölns Straßen überhandgenommen und das Verbrechen erträgliche Ausmaße überstiegen hatte. Diese Berufssoldaten trugen das Stadtwappen mit den elf Flammen auf der Brust und wurden deshalb vom Volk schon bald spöttisch Funken genannt. Die beliebte Tabakpfeife im Mundwinkel, warteten auch sie auf das Monster im Fluss und machten dabei keinen allzu gefährlichen Eindruck. Schließlich versprach David den Kindern, abends die Geschichte von Jona und dem Walfisch zu erzählen, wenn sie sich weiter fügen würden. Kaum hatte er dieses Versprechen gegeben, teilte sich die Wasseroberfläche und der Riese der Meere schnellte in die Höhe, um kurz darauf mit großem Getöse auf das Wasser zurückzuklatschen. Wassertropfen flogen wie ein Sprühregen über den Fluss und wurden von lauten »Ahs« und »Ohs« begleitet. Das Spektakel wiederholte sich noch dreimal. Als Krönung trompetete das Tier beim letzten Mal wie ein Elefant und stieß eine fast vier Meter hohe Fontäne aus. Tief beeindruckt fuhr die Familie nach Hause zurück. Das Schauspiel bot genügend Gesprächsstoff für den gesamten Rückweg. Am Abend, nach der Verabschiedung des Sabbats, löste David sein Versprechen ein und las die Geschichte des Propheten Jona vor:

»Und der Herr forderte Jona auf, gegen Ninive zu ziehen und gegen die Bosheit zu predigen. Doch Jona ergriff große Angst und er floh vor dem Herrn mit dem Schiff gen Tharsis. Da ließ Adonaj einen gewaltigen Sturm aufkommen und die Schiffsleute befürchteten, das Schiff würde zerbrechen. Sie beschlossen zu losen, um zu erfahren, warum es ihnen so übel erging. Es traf Jona. Jona sprach zu ihnen: »Ich weiß, dass das Unglück meinetwillen über Euch kommt. Nehmt mich und werft mich ins Meer, so wird es sich

beruhigen und still werden.« Sie folgten seinem Geheiß, und das Gebraus des Wassers verstummte. Und der Herr schickte einen großen Walfisch, der Jona verschlang. Drei Tage blieb der Prophet im Leib des Tieres und betete zu Adonaj. Der Herr ließ Milde walten und befahl dem Fisch, Jona wieder auszuspucken. So kehrte Jona unversehrt aufs Land zurück und erfüllte hinfort Adonajs Auftrag.

Ihr mögt daran erkennen, wie groß die Gnade unseres Herrn ist.«

Aufgewühlt von dem ungewöhnlichen Schauspiel und der spannenden Geschichte gingen alle zu Bett und grübelten noch lange über das Tagesgeschehen nach.

*Es ist dafür gesorgt,
dass die Bäume nicht in den Himmel wachsen.*
(Sprichwort)

1695 ereilte die jüdische Gemeinde ein neues Unglück. Im Reich wurde ein Zinsedikt eingeführt, welches den Bann gegen das Wucherverbot aufhob. Die Geldverleihe als jüdisches Gewerbe ging dramatisch zurück. Der Kölner Rat schloss zudem den alten Judenfriedhof vor dem Severinstor. Für die Gemeindemitglieder war es damit nicht mehr möglich, die Grabstätten der Vorfahren zu besuchen. Das Klagen und Wehgeschrei war groß.

Für die Juden war der Friedhof nicht nur heiliger Boden, sondern »Haus des Lebens, Haus für die Ewigkeit«. Er durfte nach ihrem Glauben niemals aufgehoben oder anders genutzt werden. Nur die natürliche Vergänglichkeit der Grabsteine und der Grabstätten war erlaubt, sie symbolisierte die Vergänglichkeit der Menschen selbst. So wie die Menschen zu Staub zerfielen, war es auch den Gräbern gestattet. Das Lamentieren nutzte nichts. Selbst der Rabbi wusste schließlich keinen Rat. Der weise Mann richtete den Blick nach vorn und erwirkte von Erzbischof Clemens Joseph von Bayern die Erlaubnis, wenigstens in Deutz einen neuen Friedhof zu errichten.

»Hier werden auch wir einst unseren letzten Ruheplatz haben«, sagte David eines Abends zu Judith.

»Das hat noch Zeit«, beschwichtigte ihn sein Weib.

David war erst sechsundvierzig Jahre alt und auf dem Höhepunkt seiner Kraft. Großmutter Bela war es, die dort im Jahr darauf getrennt von ihrem Mann die letzte Ruhe fand.

Davids und Judiths Kinder waren herangewachsen. Schmul wollte beruflich in die Fußstapfen seines Vaters treten und ging bei ihm mit großem Eifer in die Kaufmannslehre. So manches Mal erschreckte den

Vater der ausgeprägte Ehrgeiz seines ältesten Sohnes. Jekel, der Zweite, war zarter geraten, und die Eltern fanden für ihn eine geruhsamere Anstellung. Er erlernte bei Ibrahim Mendelson das sanfte Handwerk des Uhrmachers und zeigte sich dabei sehr anstellig.

Seine zarten Finger erwiesen sich als besonders geeignet, an den zierlichen Federn und Schrauben der Uhrwerke zu arbeiten. Rosa spielte mit Billigung der Eltern ausgiebig die Rolle des Nesthäkchens. Sie ging der Mutter zwar ohne Murren zur Hand, übernahm aber keine größeren Pflichten. »Lass sie die Zeit genießen, bis sie für ihre eigene Familie da sein muss«, sagte David so manches Mal, wenn Judith darauf drängte, Rosa etwas mehr an die Kandare zu nehmen.

Inzwischen herrschte in Frankreich der Sonnenkönig und führte zahlreiche Kriege um die Vorherrschaft in Europa. Sein besonderes Augenmerk lag auf der gesamten linken Rheinseite, die das französische Einflussgebiet bestens abgrenzen konnte. Es plünderten und brandschatzten aber auch französische Truppen auf der rechten Rheinseite, ganz in der Nähe von Deutz. Sie verwüsteten Dörfer im Siebengebirge und in dessen Umgebung. Für die Deutzer Judengemeinde hieß es wieder sich ducken, um möglichst ungeschoren durch diese nahen Kriegswirren zu kommen.

Ein unnütz Leben ist ein früher Tod.
(Johann Wolfgang von Goethe)

1700 machte sich Schmul zum ersten Mal allein auf den Weg zur Leipziger Messe.

Viele gute Ratschläge und warnende Worte des Vaters begleiteten ihn ebenso wie die liebende Fürsorge seiner Mutter. Schmul hatte sein gesamtes kaufmännisches Wissen vom Vater erworben, war nirgendwo anders in die Lehre gegangen. Buchhaltung, Abrechnung, Kalkulation und Verkauf der von den Reisen mitgebrachten Güter waren ihm genauso geläufig wie die Vorbereitung der Reisen selbst. Nur auf einer Messe war er noch nie ohne den Vater gewesen. Dem fieberte er nun mit großer Ungeduld entgegen. Das Kapital, welches er mit sich führen sollte, hatte er in seinen Gedanken schon mehrfach in kostbare Güter umgesetzt. Er sah vor seinem inneren Auge, wie er mit den erstandenen Waren einen Schnitt machen würde, der alles übertraf, was der Vater je erreicht hatte. Nach seiner Abreise begannen für seine Eltern mehrere Monate des bangen Wartens. Wohlergehen und Erfolg wurden bei jedem Gebet der Zuhausegebliebenen für Schmul heiß und innig erbeten. Jedes Mal, wenn zum Ende des Sabbatfestes der Wein auf den Familienteller lief, ließ David noch ein bisschen mehr überlaufen und widmete das Übermaß seinem Sohn in der Ferne.

Endlich kam Schmul zurück. Er erfüllte die Erwartungen von David vollends, jedoch nicht die eigenen. Seine Käufe erbrachten einen ansehnlichen Reibach, übertrafen aber nicht den seines Vaters. Das aber war Schmuls Anspruch an sich selbst!

Der junge Mann hatte sich an die Vorgaben Davids gehalten und musste nun erkennen, dass bei so viel Vorsicht die Bäume nicht in den Himmel wuchsen. Er hatte in Leipzig ganz zufällig Glaubensbrüder kennen gelernt, die aus Wien, Prag, Hamburg, Frankfurt und anderen großen Städten zusammengetroffen waren. Sie verband größere Risikobereitschaft. Sie schwärmten von ganz anderen Renditen. Sie nannten sich *Chawrusse*, Genossen. Schon auf der Anreise waren sie bemüht, nicht wie Juden auszusehen. Sie scherten ihre Bärte und Haarlocken, trugen Perücken und christliche Kleidung. Sie gaben sich christliche Namen und grüßten sich und andere im Namen Christi. So konnten sie sich freier bewegen, sparten Schutzgelder und fanden Hilfsbereitschaft bei der christlichen Bevölkerung.

Die *Chawrusse* schreckten nicht vor unkoscherem Essen zurück und aßen mit sichtlichem Genuss Schweinefleisch. Worin ihr eigentlicher Geschäftserfolg bestand, blieb für Außenstehende ein Geheimnis. Gemunkelt wurde viel darüber. Raub und Diebstahl sollten eine Rolle spielen. Schmul war fest entschlossen, beim nächsten Mal etwas tiefer nachzuhaken und sie näher kennen zu lernen. Von nichts kam schließlich nichts!

Als Schmul im folgenden Jahr wieder in Leipzig war, bemühte er sich sofort, die Genossen zu finden. Im Jahr zuvor hatten sie täglich im Brauhaus zum Goldenen Hammel gehockt und gezecht. Dort suchte er sie als Erstes.

Das klobige Fachwerkhaus war zur Abendstunde durch mehrere Laternen beleuchtet. Das Messingschild mit dem goldenen Hammel bewegte sich leicht wiegend im Wind. Auf dem Innenhof drehte ein mächtiger schwarzer Hund ein Holzrad im Kreise und beförderte damit das Bier aus dem Keller hinauf in die Schankräume. Der Geruch von jungem Bier lag in der Luft. Als Schmul näher kam, tönten ihm aus den geöffneten Fenstern das Gelächter und die Lieder vieler fröhlicher Zecher entgegen. Bierkrüge klirrten und Zinnkrüge schepperten.

Schmul betrat die Gaststätte. Noch lauterer Lärm, Essensdüfte, Tabakrauch und der Geruch von abgestandenem Alkohol umfingen ihn. Er brauchte einen Moment, um durch die graue Wolke der Rauchschwaden Einzelheiten zu erkennen. Er ging durch die Reihen der vielen gut besetzten Holztische. Plötzlich verharrte er. Dort vorn saß Josef Heigel alias Aaron Herzl mit einigen Kumpanen. Aaron hatte er im letzten Jahr flüchtig kennen gelernt. Er gehörte zu den Genossen. Schmul legte seine Hand auf Aarons Schulter und sagte mit freudiger Stimme: »Hallo Aaron.« Als der Mann ihm sein Gesicht zuwandte, stutzte Schmul. Über seinen rechten Wangenknochen lief eine große schwulstige Narbe. Sie gab dem Gesicht ein gefährliches, fremdes Aussehen. Aber Schmul war sich sicher: Das war, trotz der frischen Narbe, Aaron Herzl! Der Mann reagierte äußerst unwirsch. Er zog seine Augen zu gefährlichen Schlitzen zusammen, sah Schmul bedrohlich von unten nach oben an und zischte giftig: »Ich bin Josef, Josef Heigel, und kein anderer!« Schmul fuhr erschrocken zusammen. Er war sich seines Fehlers sofort bewusst. »Oh ja, Freund Heigel, gewiss, wie konnte ich mich nur so vertun?«, antwortete er schnell. Heigel behielt seine abweisende Miene bei, doch er fragte etwas versöhnlicher: »Was wollt ihr von mir?« »Mit Euch reden, möglichst ungestört«, erwiderte Schmul. Heigel rückte seinen Schemel etwas von den anderen fort an den äußersten Tischrand, zog von der Wand einen leeren Hocker neben sich und forderte Schmul auf, sich zu setzen. »Trocken spricht sich schlecht«, sagte er dabei. »Zwei Glas Bier auf mich!«, rief Schmul eilfertig einem vorbeieilenden Kellner hinterher. »Nun?«, forderte ihn Heigel wortkarg auf, zu reden. Schmul legte los wie ein Wasserfall: »Wir haben uns im vorigen Jahr kennen gelernt. Mit Bewunderung habe ich miterlebt, wie erfolgreich ihr Geschäfte machtet. Ich möchte zu Euch gehören. Für gutes Geld bin ich mir für nichts zu schade.« Heigel ließ den Redeschwall etwas sacken, dann fragte er: »Arbeitest du allein?« Schmul bestätigte das. »Von wo kommst du?«, wollte Heigel als Nächstes wissen. »Von Deutz bei Köln.« »Das würde passen«, murmelte Heigel. »Dort ist unser Vertriebssystem verwaist, wir könnten einen guten Mann gebrauchen«, setzte er hinzu. »Weißt du überhaupt, was du machen musst?«, fragte er lauernd. »Ich hörte nur, dass nicht alles astrein ist.« Schmul griente ihn an und setzte hinzu: »Wie gesagt, für gutes Geld mache ich alles.« »Also, wir beschaffen uns Diebesgut. Vor allem aus den Kirchen. Ein Konvertit, der hier in Leipzig wohnt, gehört zu uns und berät uns. Dann heißt es, den besten Zeitpunkt bestimmen, den risikolosesten Weg suchen und zuschlagen. Das ist nicht ungefährlich«, erklärte ihm Heigel leise und strich mit dem Daumen sanft über seine

Narbe. »Wenn man erwischt wird, ist man ein toter Mann.« »Dann darf man sich eben nicht erwischen lassen«, antwortete Schmul nassforsch. Irgendwie gefällt mir der Kerl, dachte Heigel für sich und sagte laut zu Schmul: »Wenn die anderen zustimmen, könntest du beim nächsten Mal Schmiere stehen. Da fällt zwar nicht allzu viel ab, aber für mehr musst du dich erst bewähren. Und wie ein Jude darfst du natürlich auch nicht aussehen. Sei morgen um die gleiche Zeit hier, dann werde ich dich den anderen vorstellen, und wir werden weitersehen.« Mit einer Geste, die keinen Widerspruch duldete, beendete er das Gespräch. Schmul trank nicht einmal sein Bier aus, sondern nickte nur und machte sich grußlos von dannen. »Auf Morgen«, murmelte er.

In der kommenden Nacht konnte er vor Aufregung kaum schlafen. Am nächsten Tag wollte die Zeit gar nicht vergehen. Schmul machte sich viel zu früh auf den Weg zum Goldenen Hammel. Die Genossen saßen getrennt an drei Tischen, um nicht als größere Gruppe aufzufallen.

Heigel schickte Schmul unauffällig von Tisch zu Tisch. Die Männer löcherten den Fremden mit Fragen und belauerten ihn. Schließlich entschieden sie sich dafür, ihn in den Kreis aufzunehmen. Nur einer von ihnen stimmte dagegen, ein Hagerer aus Frankfurt, dem war Schmul zu forsch. Schmul gab mit mehreren Runden seinen Einstand und erfuhr en passant, dass schon in zwei Tagen der nächste Coup anstand. Er sollte vor der Nikolaikirche Schmiere stehen. Dort wollte man eine wertvolle Monstranz mit viel Gold, Silber und Edelsteinen entwenden. »Merk dir eins«, dozierte Heigel wichtig, »nichts bleibt, wie es ist, wenn wir die Chose haben. Die Steine werden herausgebrochen und das Metall eingeschmolzen. Wenn einer von uns erwischt wird, muss der Anteil in seinen Händen völlig unerkennbar sein.« Das leuchtete Schmul ein, und er staunte bewundernd über so viel Weitsicht.

Schon am nächsten Tag ließ er sich von einem der Genossen Bart und Haare scheren und schlüpfte in christliche Kleidung. Heigel gab ihm den Namen Wilhelm Stein. Deutz blieb sein Heimatort, denn da kannte er sich am besten aus. Aus seiner alten Unterkunft zog er aus und suchte sich als Christ in einem christlichen Haus eine neue. Das war nicht ganz leicht, denn während der Messezeit waren freie Zimmer rar. Schließlich fand er etwas Geeignetes.

Der Raub ging zwei Tage danach über die Bühne. Alles lief ab wie am Schnürchen. Als die Räuber die Kirchtür aufbrachen, blieb es still. Nur ein Wirbel grauer Tauben hob sich kurz in den abendlichen Himmel, ließ sich aber bald wieder beruhigt nieder, als nichts weiter geschah. Die Genossen raubten die Monstranz, ohne dass Blut floss. Schmul brauchte seine Kumpanen nicht zu warnen.

Nach dem Raubzug trafen sie sich in kleinen Gruppen im Goldenen Hammel. Sie benahmen sich, als sei nichts Besonderes geschehen, und feierten ihren Erfolg sehr still, ohne irgendwelches Aufsehen zu erregen. Als Devise galt: Ja nicht auffallen!

In der folgenden Nacht konnte Schmul wieder nicht schlafen. Die Ereignisse des Vortages wühlten ihn immer noch auf. Die Methode der Genossen war wirklich genial. Die benötigten Fachleute für die Raubzüge kamen von überall her. Niemand konnte später die Bande als Einheit verpfeifen. Der Goldschmied, der das Diebesgut zerlegte, war aus Prag. Der Schlosser für die Tür und die Schrankschlösser kam aus Frankfurt. Zwei Gesellen fürs Grobe, sollte es doch einmal ernst werden, kamen aus Hamburg und Wien. Simon, der Konvertit, spähte die günstigen Gelegenheiten aus und war der Einzige aus Leipzig. Aaron koordinierte alles. Er sorgte auch dafür, dass die ausgeschlachteten Beutestücke schnellstens in alle vier Himmelsrichtungen verschwanden. Wie unbedeutend war da Schmuls Mitwirken als Schmierensteher! Das muss schnell anders werden, dachte er. Mit diesen Gedanken schlief er endlich ein.

Am Tag darauf war die Beute zerlegt und Schmul wurde für seine Dienste mit einem mittelgroßen, tiefroten Rubin belohnt. Mit dem wertvollen Stein würde er bei seinen Messegeschäften endlich eine Rendite erwirtschaften, die alles übertraf, was sein Vater bisher erreicht hatte!

Am nächsten Morgen machte er sich auf den Rückweg nach Deutz. Er reiste als Christ und war begeistert, wie einfach vieles ging. Er bekam stets ein ordentliches Quartier und manch zuvorkommender Rat begleitete ihn auf dem Weg. Bald gingen ihm Aussprüche wie »Gott zum Gruß«

oder »Im Namen unseres lieben Herrn Jesus« problemlos über die Lippen. Selbst bei dem verbotenen Schweinebraten griff er kräftig zu, der schmeckte ihm vorzüglich. Erst eine Tagesfahrt vor Deutz beschloss er, sich vom Christen Heinrich wieder in den Juden Schmul zurückzuverwandeln. Er schlug sich in einen dichten Brombeerhag und legte seine jüdische Kleidung an. Seine viel zu kurzen Schläfenlocken drehte er, so gut es ging, zu festen kleinen Hörnern. Die christlichen Kleidungsstücke verbuddelte er im Erdreich.

Wie froh waren die Seinen, als er gesund und munter über die Schwelle trat. Doch sein Vater wurde trotz aller Freude schnell misstrauisch. Wie sah sein Sohn aus? Wo waren sein langes Haar und die langen gerollten Schläfenlocken geblieben? Schmul lachte nur und erzählte freimütig, dass er als Christ gereist sei und welche großen Vorteile ihm das gebracht habe. Der Vater war entsetzt und jammerte: »Junge, noch keiner in unserer Familie hat, des schnöden Mammons wegen, den wahren Glauben verleugnet. Du sollst dich schämen. Ruf dir den Spruch aus dem Talmud in Erinnerung: *Je mehr Besitz, desto mehr Angst!*«

Schmul war überhaupt nicht einsichtig. Ihn fuchste höllisch, dass sein großer Erfolg vom Vater durch solche Nichtigkeiten kleingeredet wurde. »Dem werde ich es im nächsten Jahr erst recht zeigen«, dachte er trotzig. David merkte, wie sehr Schmul sich ihm entfremdet hatte. In ihm stiegen erste Zweifel auf, ob sein Ältester der Richtige war, die Familientraditionen würdig fortzusetzen.

Schmul setzte sein Lotterleben gegen alle Mahnungen des Vaters noch fünf Jahre fort und kam zu Wohlstand. Dann bewahrheitete sich das Sprichwort: *Der Krug geht so lange zum Brunnen, bis er bricht!* Nach einem neuerlichen Raubzug in der Halle'schen Vorstadt von Leipzig wurde Schmul vor dem Hospiz geschnappt. Die Genossen hatten in diesem Vorort eine Kirche ausgeraubt, in der viele private Wertsachen deponiert waren. Der findige Schmied hatte das schwere Schloss des Portals völlig lautlos nur mit einem Nagel geöffnet. Alles war glatt gelaufen. Aber Schmul hielt sich nicht an den ehernen Grundsatz der Bande, alle Beutestücke auszuschlachten und zur Unkenntlichkeit zu zerlegen. In seiner maßlosen

Gier hatte er einige wertvolle Herrenringe unverändert weggesteckt. Die bewiesen, als man ihn anhielt und kontrollierte, seine Beteiligung am Raub. Die Schergen prügelten seinen wahren Namen und seine jüdische Identität aus ihm heraus. Er wurde als Jude Schmul von Deutz in das Verbrecherverzeichnis eingetragen. Die Namen mehrerer seiner Kumpane verriet er ebenfalls. Die waren allerdings längst geflohen, als man nach ihnen zu suchen begann.

Auf Kirchenraub stand der Tod. Geschunden und abgemagert bis auf die Knochen empfand Schmul nach einigen Wochen Kerker und Verhör unter der Folter diese Strafe als Erlösung. Er wurde anonym verscharrt. Seine Familie ahnte nach einem Jahr ohne Nachricht, dass etwas Schreckliches passiert sein musste.

In seinen späten Jahren war David in der Notlage, sich noch mal selbst beruflich ins Zeug zu legen. Er vermied jedoch fürs Erste Reisen nach Leipzig.

Nach zwei Jahren erlangte er Gewissheit über Schmuls Schicksal. Ein Geschäftsfreund hatte für ihn in Leipzig Nachforschungen angestellt und berichtete bei seiner Rückkehr die schreckliche Wahrheit. David schämte sich zutiefst über die Schande, die sein Ältester über die Familie gebracht hatte.

Judith verzehrte sich vor Gram über den Tod des Sohnes und verlor jede Lust am Leben. Sie starb an gebrochenem Herzen.

Das Leben besteht in der Bewegung.
(Aristoteles)

Das jüdische Leben öffnete sich. Die Rabbiner hoben Verbote von Theater- und Opernbesuchen auf. Sie forderten in ihren Gemeinden neben Jiddisch generell das Lernen der Landessprache, und zwar von Frauen und Männern gleichermaßen. Josef Juspa Kossmann, der Landesrabbiner von Deutz, hielt den Besuch von Messen durch jüdische Kaufleute für so wichtig, dass er sie sogar an den Feiertagen, wie *Pessach* und *Sukkot*, erlaubte. Verbotsvorschriften wurden zurückgedrängt.

Rosa, die noch unverheiratet zu Hause wohnte, wurde zur Stütze ihres verwitweten Vaters. Sie vergalt ihm seine Liebe um ein Vielfaches. Sie hatte im kaufmännischen Betrieb lesen, schreiben und rechnen gelernt und führte David neben dem gesamten Haushalt die Bücher und die Lagerbestände.

Die Anwendung des neu erfundenen Buchdrucks stärkte die religiöse Stellung der jüdischen Frauen ungemein. Rosa nahm daran Anteil. Persönliche Gebete, *Tchines* genannt, erschienen auf Jiddisch und machten die religiöse Lehre auch den Frauen zugänglich. Sie hatten, anders als ihre männlichen Gefährten, keine gründliche Ausbildung in der Judenschule genossen und entsprechenden Nachholbedarf. Während sich das Leben der gläubigen Männer weiter mit Gottesdienst und Studium der Schriften beschäftigte, begann die neue Religiosität der Jüdinnen nun im familiären Bereich. Ihre Bittgebete rankten sich um häusliche Pflichten wie Entzünden der Sabbatkerzen, Backen der *Challot* und das Bereiten der Kugel und der Festmahlzeiten. *Tchines* begleiteten Notlagen, den Menstruationszyklus genauso wie das Wunder der Geburt. Rosa fand darin in ihrer spärlichen Freizeit große Erfüllung.

Bald beschäftigte sie sich auch mit dem jiddischen Kommentar des wöchentlichen Thoraabschnitts und studierte das Maassebuch, in dem Geschichten und Lehren aus dem Talmud verständlich dargelegt wurden.

Sie spielte eine wichtige Rolle unter den Frauen der Deutzer Judengemeinde.

Esau, der Sohn des Oberrabbiners, wurde auf sie aufmerksam, und die beiden kamen sich näher.

Schuldgefühle stiegen in David auf, der Zukunft seiner Tochter durch seine Hilfsbedürftigkeit im Wege zu stehen. Alte Männer sollten ihre Frauen nicht überleben, dachte er bitter. Er verspürte keine große Freude mehr am Leben und machte sich fortwährend Gedanken über das Wohl und Wehe seiner Kinder. Er fragte sich dabei insgeheim, ob seiner agilen Tochter nicht viel eher die Verantwortung über die Familientradition gebührte als dem stillen Jekel. Sein Junge führte zwar als Uhrmacher ein tadelloses Leben, ließ aber die geistige Beweglichkeit seiner Schwester vermissen.

An einem kalten Winterabend saß er am bollernden Ofen und offenbarte Rosa seine Gedanken. Er traf damit bei ihr auf vehementen Widerspruch. »Vater, was denkst du dir nur zusammen! Du stehst meinem Schicksal nicht im Weg. Jekel und ich lieben dich. Wenn Adonaj es vorsieht, werde ich mit Esau schon zusammenkommen. Aber auch Jekel hat ein braves Weib im Auge. Er ist der Ältere von uns beiden, stets ruhig und besonnen. Ihm steht nach dir der Familienvorsitz zu. Doch noch hast du ihn inne und bist gesund und rüstig.« Rosa duldete keine Widerrede, und so ließ ihr Vater zunächst alles auf sich beruhen.

Noch im gleichen Jahr heiratete Jekel die Deutzer Händlerstochter Lea, die schon ein Jahr darauf Golde und nach zwei Jahren Levi gebar.

Rosa fand ebenfalls ihr Glück mit Esau. 1710 trat sie mit ihm unter den Traubaldachin. 1711 wurde sie mit Juspa eine sehr alte Mutter. David erlebte diese Ereignisse mit frohem Herzen und voll Erleichterung. Er fand seinen Frieden und schloss schließlich 1715 in einer drückenden Sommernacht seine Augen für immer. Der altehrwürdige Familienteller ging auf Jekel über.

In den folgenden Jahren beschränkte Rosa ihre geschäftliche Tätigkeit darauf, Geschäftsfreunden Geldbeträge auszuleihen, auf die sie gegen Provision rentierliche Käufe und Verkäufe vornahmen. Auf diese Weise steuerte sie ein beachtliches Zubrot zu den Familieneinkünften bei. Dies war auch notwendig, denn die Belastungen der Juden durch die Obrigkeit wurden immer drückender: Sonderabgaben aller Art, Schutzgelder und Leibzoll für Menschen, Vieh und Handelsgüter waren zu zahlen. Juden mussten für das Recht, ihren Beruf auszuüben, für Heiratserlaubnisse und für Aufenthaltsgenehmigungen Abgaben hinnehmen. Auch die jüdischen Gemeinden selbst wurden mit Steuern belastet. Ein Großteil der Glaubensbrüder lebte in materieller Not.

1750 erkannte Rosa eine Möglichkeit, mit ihrem Bruder Jekel zusammenzuarbeiten: Der Rat der Stadt Köln hatte das Glücksspiel innerhalb seiner Stadtmauern verboten. Das hielt die Kölner Bürger jedoch nicht von ihrer Spielleidenschaft ab. Die Spielhäuser wurden nach Deutz verlegt. Es verging fast kein Abend, an dem Kölner nicht dort würfelten oder Roulette spielten. In den »Spielhöllen« erschienen sie mit Gesichtsmasken, um von Spitzeln nicht erkannt zu werden.

Wenn die Pechsträhne einmal zu lange währte und die Spielsüchtigen frisches Geld brauchten, wurde so manche goldene Uhr versetzt. Für den Ankauf hatte Rosa das Kapital und für die Wertbestimmung Jekel den Sachverstand. Für beide tat sich ein lukratives Nebengeschäft auf. Schnell wuchs es sich zum Hauptgeschäft aus. Jekel belieh mit Augenmaß. Er verkaufte die Schmuckstücke mit hohem Aufschlag zurück, wenn einer seiner Kunden wieder Spielglück gehabt hatte. Ansonsten griffen andere, denen mehr Glück im Spiel beschieden war, bei der immer noch günstigen Ware zu.

Dass sich in Jekels Laden größere Bestände an Gold und Schmuck befanden, sprach sich bald bei lichtscheuem Diebespack herum. Eine Diebesbande entschloss sich, bei Jekel einzusteigen. Der Bruch gelang so leise, dass der Uhrmacher und seine Familie nicht einmal aus dem Schlaf erwachten. Erst am nächsten Morgen, als Jekel seine Werkstatt betrat, erkannte er das Ausmaß des Schadens. Acht massive goldene Taschenuhren waren aus der Auslage verschwunden und auf dem Sims fehlte der Haw-

dalateller! Wie sollte er das seiner Familie beibringen? Ihr bescheidener Reichtum hatte sich über Nacht verflüchtigt. Durch den Verlust des Tellers traf ihn zudem als Familienoberhaupt unendliche Schande!
  Völlig aufgelöst offenbarte er sich zunächst Rosa. Sie blieb ruhig und wusste Rat. Rosa bat ihren Mann, bei seinem Vater um Hilfe nachzusuchen. Schließlich hatte der als Rabbi den größten Einfluss in der Familie.
  Nach bedächtigem Überlegen entschied der Oberrabbiner: »Hier hilft nur rasches Handeln. Auch unter unseren Glaubensbrüdern gibt es schwarze Schafe. Itzig Rechenich und dessen Bruder Salmchen haben sich als Hehler einen Namen gemacht. Vielleicht können die helfen, den Teller zurückzubekommen. Ich weiß, mein Wort hat auch bei ihnen Gewicht.« Und wirklich beugten sich Itzig und Salmchen dem Druck des Rabbiners und taten alles, um den Teller wieder herbeizuschaffen. Für eine fette Entschädigung hielt ihn Jekel bald wieder in den Händen. Nach einer rituellen Reinigung diente er wieder bei den Sabbatriten und glänzte in seinem althergebrachten güldenen Schimmer. Die anderen Schmuckgegenstände blieben leider verschwunden, was die Familie finanziell sehr zurückwarf, ihr aber durchaus ein Auskommen beließ.

Die nächste Generation entwickelte sich in guter Familientradition. Golde heiratete 1739 den Viehhändler Salomon aus Siegburg. Ihr Bruder Levi lernte beim Vater das Uhrmacherhandwerk und fand 1742 in Eva, der Tochter des Schlachters, eine tüchtige Frau.
  Rosas Sohn Juspa wuchs zu einem außergewöhnlichen Menschenkind heran. Sein Elternhaus forderte ihn aber auch geistig besonders. Angeleitet von seinem Vater, beschäftigte er sich mit den Glaubensfragen seines Volkes. Bald beschlichen ihn Zweifel, ob die damit einhergehende Absonderung von der übrigen Bevölkerung richtig war. Der Talmud sprach davon, dass die Engel Hebräisch sprächen. Deshalb verlangten viele Schriftgelehrte, die deutsche Zunge zu meiden. Viele Juden beherrschten deshalb gegen die staatlichen Vorschriften nach wie vor nur das »Jiddische« oder »Jüdisch-Deutsche«. Juspas Zweifel wuchsen. Auf Dauer konnte man keinen Frieden finden, wenn man den Gott seiner Gastnation abtat und

dessen Sohn missachtete. Wir lehnen ihren Wein ab, ihre Nahrung, meiden ihre Töchter und verdammen sie als unrein. So wird man uns nie willkommen heißen, dachte er bekümmert. Hochmut ist eine luziferische Sünde. Das ist schon in der Genesis zu lesen. Großen Zuspruch fand bei ihm ein neues Bild der Beziehung zwischen Judentum und Christentum, welches die Haskala, die jüdische Aufklärung, mit sich brachte.

Moses Mendelssohn war einer ihrer Väter. Er war überzeugt, dass es in beiden Religionen gute und böse Menschen gab. Leider gibt es im Christentum oft mehr Männer, die es verteidigen, um mit ihm Brot zu verdienen, als solche, die von ihm überzeugt sind, erkannte er. Ähnliches fand sich aber auch bei den Juden.

Juspa suchte Umgang mit christlichen Denkern wie Lessing. Er veröffentlichte Rechtfertigungen der jüdischen Religion in Deutsch und strebte nach christlicher Bildung. Medizin wollte er studieren, die einzige Wissenschaft an deutschen Universitäten, die Juden erlaubt war. Gleichzeitig wollte er über das obligatorische Studium in der Artistenfakultät Zugang zum Studium der Philosophie erlangen. Beziehungen des Landesrabbiners, den die Familie durch den Großvater und Oberrabbiner kannte, verhalfen ihm zu einem Studienplatz in Bonn.

Krieg und Liederlichkeit, die bleiben immer in Mode.
(William Shakespeare)

Die kommenden Jahre verliefen keineswegs friedlich. Zwischen 1740 und 1748 tobte der österreichische Erbfolgekrieg. 1740 war der deutsche Kaiser Karl VI. gestorben. Er hinterließ mit Maria Theresia nur eine Tochter. Die meisten deutschen Fürsten lehnten sie als Thronfolgerin ab und wählten den Kurfürsten Karl von Bayern zum neuen Kaiser. Bald kämpfte Österreich gegen Bayern, das sich mit den Franzosen und Preußen verbündete. Immer wieder wurde die Deutzer Region vom Durchzug gegnerischer Truppen drangsaliert.

Holländer, Deutsche, Franzosen, selbst Engländer wechselten sich ab.

1746, mitten in dieser unruhigen Zeit, fand Juspa eine Anstellung als Arzt bei dem berühmten Bonner Doktor Moses Wolf. Schon im nächsten Jahr heiratete er dessen Tochter Juedlin. In den beiden darauffolgenden Jahren vervollständigten die Kinder Samson und Lea ihre Familie. Zusammen mit seinem Lehrherrn erdiente sich Juspa in den Sechzigerjahren die Gunst des Erzbischofs Maximilian Friedrich von Königsegg, dessen diverse Krankheiten er erfolgreich behandelte. Maximilian war schließlich so überzeugt von der Heilkunst der beiden Ärzte, dass er sie sogar dem Papst anempfahl, der an einer fürchterlichen Augenkrankheit laborierte. Papst Clemens XIII. weigerte sich zunächst, der Empfehlung des Kurfürsten zu folgen. »Ich vertraue auf den Beistand des Herrn und brauche nicht die Hilfe eines liederlichen Menschen. Ein jüdischer Medikus könnte nicht besser einfältige Christen verspotten als dadurch, dass er sich rühmte, mir ein Medikament gegeben zu haben«, bekräftigte er seine Ablehnung. Als sein Leiden aber schier unerträglich wurde, stimmte er einer Behandlung doch zu.

Moses und Juspa durften ihn durch eine Glasscheibe untersuchen. Sie kamen trotz dieser Erschwernis zu einer richtigen Diagnose und heilten mit einem selbst bereiteten Mittel die Krankheit. Ihre Reputation wuchs enorm.

In der Familie war bald klar, dass Juspa die Rolle des Familienoberhaupts gebührte. Ein Jahr vor seinem Tode im Jahre 1763 übergab ihm Jekel mit leichtem Herzen den Hawdalateller.

1784 führte der Rhein Hochwasser. Schon im Januar war der Strom stark angeschwollen. Die eisige Kälte versiegelte den Fluss zunächst mit einer festen Eisdecke von mehr als fünfzehn Fuß. Im Februar setzte dann Tau- und Regenwetter ein. Die Eisdecke wurde täglich stärker angehoben und barst schließlich in große Stücke. Wahre Eisgebirge schoben sich übereinander und nahmen über der Strömung bedrohlich Fahrt auf. Einige holländische Schiffe, die im Eis festsaßen, wurden vor Köln hinweggerissen. Ihre Besatzung musste man ihrem Schicksal überlassen. Bald brachen auch die Schutzdämme auf der Deutzer Seite. Die Wassermassen und die Eistafeln ergossen sich in die Stadt. Von den Häusern des Judenviertels ragten nach kürzester Zeit nur noch die Dächer aus den Fluten. Die Synagoge, die besonders nah am Rheinufer stand, wurde durch Wasser und Treibeis ein weiteres Mal völlig zerstört. Die Deutzer Familienangehörigen blieben unversehrt und fanden mit ihrer wenigen Habe Unterschlupf bei Juspa in Bonn. Man lebte dort für einige Zeit auf engstem Raum zusammen, betete gemeinsam und feierte Sabbat mit dem Familienteller.

Als die Fluten zurückwichen, ging Juspa mit seiner Familie nach Deutz zurück, um sich dort als Arzt niederzulassen.

Wachen Auges verfolgte er Entwicklungen im Umfeld, die für sein Volk Besserung versprachen. 1781 durfte ein jüdischer Arzt nach seiner Taufe in Köln arbeiten, ein Umstand, der für Juspa nicht in Frage kam, aber trotzdem Zeichen setzte.

In Preußen schrieb der Journalist Christian Dohm das Traktat »Über die bürgerliche Verbesserung der Juden«. Er erklärte, der Jude sei mehr Mensch als Jude. Der Unterschied zum Christen resultiere von der jahrhundertelang erlittenen Unterdrückung. Dohm griff damit die von Luther anfänglich aufgestellten Thesen wieder auf.

Alle Revolutionen kommen aus dem Magen.
(Napoleon I.)

Juspas Sohn Samson wurde Arzt wie sein Vater. 1785 bereits heiratete er die Nachbarstochter Rike. Zwischen 1786 und 1788 wurden dem Paar die Kinder David und Neser geboren.

Der 6. Oktober 1794 läutete für die Reichsstadt Köln und Umgebung eine einschneidende Veränderung ein, die bis auf die rechte Rheinseite ausstrahlte.

Im nebeligen Königsdorfer Wald lagen französische Revolutionstruppen bereit zum Sturm auf die Stadt.

Immer wieder pfiffen Geschosssalven in Richtung der Verteidigungslinien am Rande Kölns. Die Montagsausgabe der Zeitung »Staats-Both« kündigte für den nächsten Tag eine Entscheidungsschlacht an. Die Redakteure lagen falsch mit dieser Mutmaßung. Noch am gleichen Tage begannen die österreichischen Soldaten mit dem Rückzug über den Rhein und gaben die Stadt frei. Die Stadtverwaltung, Schadenbegrenzung gewohnt, reagierte sofort. Sie schickte den Poststallmeister a. D. Elsen den Angreifern entgegen, um die bereitwillige Unterwerfung der Reichsstadt kundzutun.

Der französische General versprach faire Behandlung. *Krieg den Palästen. Frieden den Hütten und Häusern*, war schließlich eine Devise der Revolution. Er verlangte aber die sofortige Übergabe der Stadtschlüssel. Schon bald machte sich Bürgermeister von Klespe mit einer größeren Abordnung auf den Weg zu den Siegern. Auf der Aachener Straße traf man aufeinander. General Championet verlas den Stadtvertretern mit schneidender Stimme die Bedingungen zur Übergabe. Den Kölnern blieb nur die Möglichkeit einzuwilligen.

Gemeinsam zogen Sieger und Besiegte der Stadtgrenze entgegen. Am

Schlagbaum vor dem Hahnentor ging der Stadtschlüssel in die Hände der neuen Herren über.

Wie staunte die Bevölkerung, als über den ganzen Tag hin die Besatzungstruppen in die Stadt marschierten! Da war nichts zu sehen von der prächtigen Uniformierung der abgezogenen Kaiserlichen. Die französischen Soldaten sahen erbärmlich aus. In abgerissenen Kleidungsstücken, teils ohne Schuhe und Strümpfe trotteten sie durchs Stadttor und strebten dem Neumarkt entgegen. Für viele Bürger standen sie für *Freiheit, Gleichheit, Brüderlichkeit* und waren Hoffnungsträger.

Wenige Tage nach dem Einmarsch sorgte General Jourdan dafür, dass der Neumarkt Platz eines großen Spektakels wurde. Er ließ einen Freiheitsbaum aufstellen und ordnete ein Jubelfest an. Die vierundvierzig Vertreter der Gaffeln, zweiundzwanzig Vertreter der Zünfte im Rat und der Magistrat mussten am Fest teilnehmen. Der Festzug marschierte vom Rathaus unter militärischen Klängen zum Neumarkt. Viele Bürger säumten den Weg und stimmten zögerlich in den Ruf ein: »*Es lebe die Freiheit, es lebe die Republik!*« Den Stadtoberen fiel es nicht leicht, mit diesem Ruf auf den Lippen um den Baum herumzuschreiten. Doch der General forderte es ihnen ab. Der Baum war mit bunten Fahnen geschmückt und an seiner Spitze mit einer Jakobinermütze gekrönt.

Die Ereignisse nahmen mehr und mehr die Gestalt eines Volksfestes an. Tagelöhner und Bettler wurden kostenlos verköstigt, Musikzüge sorgten für Belustigung, und mit feinem Sinn für die Volksseele gestatteten die Franzosen der Bevölkerung, Zeichen der abgesetzten, ungeliebten Macht des Erzbischofs zu zerstören. Der blaue Stein am Domhof fiel dem Volkszorn genauso zum Opfer wie der Galgen auf Melaten.

Die Besatzer führten viele Neuerungen ein. In den Straßen und Gassen herrschte plötzlich Ordnung. Die Zeiten, in denen sich Kot und Abfall auf den Wegen auftürmten, waren vorbei. Die Verwaltung richtete eine Müllabfuhr ein. Die Bürger wurden bei Androhung saftiger Strafen verpflichtet, vor ihren Häusern zu kehren. Den Unrat holten Karren täglich ab. Bald bimmelten die Glocken der Müllfuhren überall im Stadtgebiet. Die Zeit unbeleuchteter Gehwege in der Nacht ging ebenfalls zu Ende. Bis dahin hatte es nur wenige Laternen gegeben, eine bei Unter Marspforten, eine zweite an Sankt Kunibert und eine dritte am Rheingassentor, in dessen Nähe der Senat seine Festlichkeiten abhielt. Bald leuchteten über neunhundert im Stadtgebiet, und das Bezahlen eines Leuchtemannes für nächtliche Wege wurde entbehrlich.

1795 scherte Preußen aus den Reihen der Gegner Frankreichs aus. Die Franzosen mussten jedoch noch weitere schwere Kämpfe mit den zurückweichenden Österreichern bestreiten, bis 1797 mit dem Frieden von Campo Formio eine kurze Atempause eintrat. Bis dahin wurden immer mehr Verwundete nach Köln transportiert. Die vorhandenen Krankenhäuser reichten nicht mehr aus. Klöster wurden als Hospitäler requiriert. Als erstes Kloster stattete man Unter den Dominikanern mit eintausend Krankenbetten aus. Ärzte wurden dringlich gesucht.

Samson fand mit Sondergenehmigung eine Anstellung als Hospitalarzt. Auch für Juden galt in Notsituationen:

Freiheit, Gleichheit, Brüderlichkeit. Den christlichen Gott hatte die Revolution in weite Ferne gerückt. Es hatte etwas Bewegendes an sich, dass der Doktor im ehemaligen Hause des Ordens arbeiten durfte, der wesentlich an der Vertreibung seines Volkes aus Köln mitgewirkt hatte. Samsons Vater erlebte diese Entwicklung noch mit großer Genugtuung, bevor er 1798 starb. Er segnete seinen Jungen und gab den Hawdalateller an ihn weiter. Großmutter Juedlin überlebte ihren Mann nur um drei Jahre.

Inzwischen erlaubte die französische Verwaltung Juden, sich sogar in Köln niederzulassen. Unter den Franzosen herrschte Religionsfreiheit.

Viele der verwundeten Soldaten hatten die Krätze. Samson machte mit medizinischen Neuerungen von sich reden. Er ersetzte die angeblichen Wundermittel einiger Kurpfuscher durch wirksame Naturheilmittel und bestand in seiner Abteilung darauf, dass verwundete Neuankömmlinge völlig ausgekleidet und gereinigt wurden. Frische Spitalhemden mussten her und ersetzten die verdreckten Uniformen.

Auf gründliche Reinigung und Lüftung der Krankenzimmer bestand der jüdische Doktor ebenfalls vehement. Der Heilerfolg gab ihm recht. Bald stand er unter dem Schutz höherer Offiziere, die ihm den Rücken freihielten, wenn Neider gegen ihn intrigierten. Dass er ein Jude war, spielte unter den vielen Gottlosen plötzlich keine Rolle mehr. Was war das für ein Gefühl von gewonnener Freiheit! Zum Ausklang des Sabbatfestes ließ man zu Hause den Wein nun allzu gern auf den Hawdalateller strömen und wünschte sich voll Zuversicht »*Masel tov!*«.

Mit der Niederlassungsfreiheit für Juden zogen Samson und seine Familie auf die linke Rheinseite nach Köln.

1799 tobte der zweite Koalitionskrieg zwischen Frankreich und Österreich, obwohl alle Länder, selbst Frankreich, sich inzwischen nach Frieden sehnten. Napoleon Bonaparte war der neue starke Mann an Frankreichs Spitze. *Nihil sub sole perpetuum.* Nichts unter der Sonne währet ewiglich. Der neue Herr drehte einige der frisch gewonnenen Rechte der Juden zurück. Sie mussten wieder jährlich einen Judeneid auf den Staat leisten und ihr Aufenthaltsrecht bestätigen lassen. Für Samson brachte das keine größere Beeinträchtigung. Er wurde als Arzt gebraucht.

1801 in Luneville nahm der Krieg zwischen Frankreich und Österreich ein vorläufiges Ende. Das deutsche Land links vom Rhein fiel vollständig an die Franzosen, das rechte Rheinufer mussten sie wieder räumen. Diese Regelung wurde auch vom Deutschen Reich anerkannt.

Noch im gleichen Jahr konstituierten achtzehn jüdische Familien die erste Kölner Gemeinde der Neuzeit.

Das prominenteste Gründungsmitglied war der Bankier Salomon Oppenheim, der später Mitglied der Handelskammer werden sollte. Samsons Sohn David trat 1802 in das Bankhaus Oppenheim als Lehrjunge ein und durchlief in den nächsten Jahren eine profunde kaufmännische Ausbildung.

Napoleons Gier nach der Macht über ganz Europa war noch nicht gestillt. 1805 brach er den dritten Koalitionskrieg vom Zaun: England, Russland, Österreich und Schweden standen gegen Frankreich. Das Kriegsglück ging hin und her. Bei der Seeschlacht von Trafalgar siegte England. Bei der Dreikaiserschlacht von Austerlitz besiegte Frankreich Russland und Österreich. Napoleon verhängte die Kontinentalsperre über England.

Am 12. Juli 1806 gründeten sechzehn deutsche Fürsten den Rheinbund

und erklärten Napoleon zu ihrem Schutzherrn. Die Zeit des Deutschen Reiches war vorbei. Franz II. legte die römisch-deutsche Kaiserwürde nieder. Napoleons Kriegslust hielt, vom Erfolg angespornt, unvermindert an. Bald griffen die französischen Herren auch empfindlich in das Leben der Kölner Bürger ein. Sie brauchten Nachschub an Soldaten für ihre unersättliche Kriegsmaschinerie. In der Stadt wurden Aushebungen angeordnet. Über zweihundert junge Soldaten wurden fürs Erste gezogen. Die Altersgrenze lag zwischen achtzehn und sechsundzwanzig. Die Männer mussten mindestens vier Fuß und neun Zoll messen.

Bei Eltern, Eheweibern und Kindern setzten Heulen und Wehklagen ein. Niemand wollte seine Söhne im Krieg verlieren. Samsons Familie gehörte zu den Unglücklichen, die es traf. Neser wurde von Werbern aufgegriffen und in die Kaserne verbracht. Er war gut gebaut und gesund und bestand die Prüfung leicht. Seine Proteste gegen die Behandlung blieben erfolglos, es gab kein Pardon. Ein Zug frischer Rekruten musste befehlsgemäß noch am gleichen Tag auf den Weg zur Front. In Mainz stand das sechste Linien-Infanterie-Regiment. Das sollten sie verstärken.

Nesers Familie wurde nicht einmal unterrichtet und bekam keine Möglichkeit, den Jungen freizukaufen. Sein Abschied von Köln erfolgte geräuschlos und schnell. Jeder geworbene Rekrut hatte vorzutreten und erhielt einen Tornister mit zwei Paar Hemden, Socken und Unterzeug. Es folgte eine Patronentasche, ein Säbel, Bajonett und Gewehr. Fünfzig Patronen sorgten für weiteres Gewicht. So hing die Patronentasche bald bleischwer an Lederriemen überm Kittel tief auf den Bauch hinab. Die Trommeln begannen zu schlagen. Rechtsum, vorwärts, marsch! Der Takt der Trommeln gab das Marschtempo vor. Die armen Kerle wurden bis zum Äußersten gefordert. Die Sergeanten zwangen sie mit wütendem Gebrüll zum ungewohnten Gleichschritt. Sie sollten den Eindruck erfahrener Soldaten machen.

Als Samson eine trockene amtliche Mitteilung erhielt, war sein Junge schon längst auf dem Weg ins Kriegsgebiet. Zum ersten Mal lernte die Familie die Eisenseite der Franzosen richtig kennen. Ihre Sympathie für die neuen Herren kühlte merklich ab.

Geld stinkt nicht.
(Flavius Titus Vespasianus, genannt Vespasian)

1809 führte eine französische Maßnahme im daniederliegenden Münzwesen zu mächtigem Aufruhr in der Bevölkerung. Die bergischen Blasserte, Münzen im Wert von drei Stübern, entsprachen schon lange nicht mehr ihrem wahren Wert. Es wurde beschlossen, sie auf zwei Stüber abzuwerten. Die entsprechende Anordnung wurde allen örtlichen Behörden verschlossen zugestellt, mit der strikten Maßgabe, sie erst zum 1. Januar 1810 zu öffnen und in Kraft zu setzen. Leider blieb der Erlass nicht bis zum geplanten Anwendungszeitpunkt geheim.

Ein Setzer der staatlichen Druckerei plauderte das Vorhaben aus. Bald gab es einige, die von ihrem vorzeitigen Wissen profitieren wollten. Dazu gehörte auch das Bankgeschäft Oppenheimer, welches über windige Gewährsleute den Tipp erhalten hatte.

David wurde dadurch zum ersten Mal in eine große Finanztransaktion einbezogen. Oppenheim übernahm von verschreckten Gläubigern mehr als einhunderttausend Blasserte zum Umrechnungskurs von zweieinhalb Stübern und verrechnete sie mit eigenen Verbindlichkeiten. Dabei kam noch der amtliche Wert von drei Stübern zur Anrechnung. Alles passierte buchmäßig und Oppenheims Gläubiger konnten sich nicht wehren, denn die Transaktion entsprach Recht und Gesetz. Erst der Tag der Abwertung brachte zu Tage: Die Letzten bissen die Hunde. Bankhaus Oppenheimer machte einen guten Schnitt.

Dem korrekt erzogenen David war gar nicht wohl dabei. *Wer den Rahm absahnt, soll auch die Milch saufen*, hatte er gelernt. Aber er schwieg in gebotener Loyalität gegenüber seinem Dienstherrn, und der ließ ihn ordentlich mitverdienen.

Schwer traf Köln die gegen England verhängte Kontinentalsperre. Es durften keine Waren mehr vom Inselreich eingeführt werden. Gleichzeitig wurden Kolonialwaren mit hohen Strafzöllen belegt. Dazu gehörten Tee, Reis, Kaffee und Baumwolle, Dinge, an die man sich im täglichen Leben gewöhnt hatte. Trotz Hausdurchsuchungen und drastischen Strafen ließen sich längst nicht alle Bürger davon abhalten, über dunkle Schleichwege immer noch an solche Ware zu gelangen.

Über allem herrschte die Willkür korrupter Beamter. Gegen ein gehöriges Schmiergeld ging vieles.

Bei solchen Aktionen mischte Oppenheimer im großen Stil mit. Dadurch erwies sich die Festlandsperre bald als löcheriger Käse. Ehrliche Bürger mussten leiden, skrupellose verdienten sich eine goldene Nase. Wenn abends in den Geschäftsstuben diese verbotenen Geschäfte besprochen und besiegelt wurden, kamen bei David immer wieder Bedenken auf. Er musste sich an die warnenden Worte seines Großvaters erinnern: *Für uns Juden genügt es nicht, das Böse zu meiden. Wir müssen schon den Anschein des Bösen meiden. Sonst trifft uns der alte Hass nur gar zu schnell aufs Neue.* In der Familie spielte David aber ob seines beruflichen Erfolgs, dessen windige Grundlage niemand ahnte, eine wichtige Rolle.

Es bringt die Zeit ein anderes Gesetz.
(Friedrich Schiller)

Für die eroberten deutschen Lande ließ Napoleon ein neues Gesetzbuch ausarbeiten. Nach ihm sollten bald alle Gerichte einheitlich Recht sprechen. Als Hauptsatz stand voran: *Vor dem Gesetz sind alle gleich!* Das war ein revolutionäres Verlangen! Als Code Napoleon blieb dieses Gesetzbuch bis 1900 in Kraft, erst dann folgte ihm das Bürgerliche Gesetzbuch nach.

David erlebte fast jeden Tag an seiner Arbeitsstelle, dass dieses Postulat Schall und Rauch blieb. Er beschloss für sich, dass sein Sohn, wenn es ihn denn einmal gäbe, Jurisprudenz studieren sollte, um dem Guten, wo immer möglich, zum Sieg zu verhelfen. Wie zur Bekräftigung führte er schon ein Jahr darauf Ruth, die Tochter eines Advokaten, unter den Traubaldachin. In den folgenden Jahren bekamen sie die beiden Söhne Isaak und Levi.

Die vielen Durchmärsche der französischen Truppen wurden für die Kölner zur Drangsal. Tausende Soldaten mussten einquartiert werden. Sie benötigten nicht nur ein Dach über dem Kopf, sondern auch Nahrung und Verpflegung für den Weitermarsch. Manchmal wurden Ausrüstungsgegenstände verlangt, Stoffballen für die Uniformen und Leder für Stiefel. Wer sein Hab und Gut nicht rechtzeitig versteckte, wurde durch Beschlagnahme über Nacht ein armer Mann. Die Sympathie für die neuen Herren schlug immer mehr in blanken Hass um. Ausschreitungen kamen vor.

Samsons Familie litt mit den anderen. In den Judenhäusern wurden zwar ungern Quartiere genommen. Zu unterschiedlich waren die Bräuche und Essgewohnheiten. Es fehlten Schweinebraten und guter Schinken. Jüdische Familien wurden dafür verschärft zu Geldzahlungen herangezogen. Auch jede Art Federvieh verschwand vor ihrer Tür. Samson und die Seinen waren von beidem betroffen. Gegen früher hatte sich also nur geändert, dass nun die christlichen Nachbarn genauso malträtiert wurden wie die Juden.

Der grause Scherge Tod verhaftet schleunig.
(*Friedrich Schiller*)

Neser schwamm auf dem Kriegsglück des Kaisers mit. Sein Bataillon marschierte immer nur vorwärts und siegte. Er wurde zum richtigen Soldaten. Bald hatte er das Einmaleins eines erfolgreichen Kriegers intus.

Gutes Essen und ein kräftiger Schluck Branntwein waren nicht zu verachten, genauso wenig wie eine warme Schlafstatt. In strammer Haltung nahm er am Ende einer Etappe Brot und den Quartierschein entgegen. Marketenderinnen wussten, wo es ein Glas Schnaps gab oder auch den Weg zu einer guten Unterkunft. Wichtig wurde ihm die Pflege der Ausrüstung. Vor dem Ofen getrocknete Kleidung, frisch gewichstes Schuhwerk, das mit warmer Holzkohle gefüllt austrocknete, damit das Leder nicht hart wurde, brachten Erleichterung beim Weitermarsch. In der Nacht galt es durchzuschlafen und möglichst spät und erholt aufzuwachen. Wenn der Trompeter zum Appell blies, hieß es sich sputen.

An den Heerstraßen, Brückenübergängen und anderen militärisch wichtigen Schnittpunkten hatte die französische Militärverwaltung Pappelalleen anpflanzen lassen. Bald sagte man: »Wo sich eine Pappelallee hinzieht, marschieren Napoleons Heere!« Diese Heerstraßen wurden zu Nesers Zuhause. Bei ihm, wie bei allen jüngeren Soldaten, setzte sich schnell das Gefühl durch, unverwundbar und unbesiegbar zu sein. *Vive l'empereur,* der macht das schon, dachten sie.

Nur die alten Haudegen warnten vor zu viel Übermut. Sie hatten schon genug Schreckliches erlebt. »*Ein Verhängnis zieht stets ein weiteres nach sich*«, sagten sie in böser Vorahnung.

Zum Verhängnis wurde Napoleons Entschluss, Russland anzugreifen. Auf diesem Feldzug verlor die »Große Armee« gegen die eisige Kälte. Die Russen steckten schließlich Moskau in Brand, um den Feind ohne Nahrungs- und Hilfsmittel jämmerlich erfrieren zu lassen. Neser verspürte zum ersten und letzten Male die Schrecknisse des Krieges am eigenen Leib. Ihn ereilte sein Schicksal beim Übersetzen über den Fluss Beresina. Der größte Teil der Brücke war zusammengeschossen und bot keinen sicheren Weg mehr. Bald wimmelte das eisige Wasser von Soldaten. Der junge Jude war mitten unter ihnen. Auch Gäule schwammen in den Fluten. Sie kämpften mit weit aufgerissenen Augen gegen die Strömung und schlugen mit ihren Beinen aus. Ein Huf traf Neser am Kopf. Ein kurzer ungläubiger Blick, seine Gedanken kreisten nochmals ganz schnell: Köln, die Familie, Adonaj, Schabbes und ... Dann wurde ihm schwarz vor Augen. Sein lebloser Körper kreiselte noch einige Male an der Wasseroberfläche, bevor er hinabgezogen wurde und versank.

Napoleons endgültige Niederlage bei der Schlacht von Leipzig und der Friede von Paris ein Jahr danach kamen für Neser zu spät. Für die Familie wurde sein Tod zur Gewissheit, als er nicht unter den Heimkehrern war. War es Kummer und Trauer um den Sohn, die in Samsons Körper eine böse Geschwulst anwachsen ließen? Nach einer schnellen, heftigen Krankenzeit verstarb er 1814 sechsundsechzigjährig. Seine Witwe Rike übergab den Teller an ihren Sohn David, der bis zu ihrem Tod rührend für sie sorgte.

Auf eine Revolution ist stets eine Reaktion gefolgt.
(Woodrow Wilson)

Als die Franzosen am 14. Januar 1814 aus Köln abrückten, wurde die Stadt wie die gesamte linksrheinische Seite unter preußische Zentralverwaltung gestellt. Der Wiener Kongress schlug das Rheinland zu Preußen. England hatte dabei maßgeblich die Hände im Spiel. Die Franzosen sollten durch einen starken Nachbarn auf Dauer im Zaum gehalten werden.

Die Kölner sahen diese Entwicklung mit wenig Begeisterung. Der Bankier Schaffhausen drückte die Gefühle der Finanzwelt drastisch aus: »Do hierode mir in en ärm Familich!« Selbst die Kinder spotteten auf Straßen und Gassen über die neuen Besatzer: »Rude Krage, nix em Mage. Joldene Tresse, nix ze fresse. Stinkpreuß!«, sangen sie marschierenden Kolonnen hinterher.

Klein Isaak kam eines Tages von draußen herein und sagte ganz unter dem Eindruck des gerade Erlebten zu seinem Vater: »Vater, die Kölner mögen die Preußen noch weniger als uns!«

Die neuen Herren begegneten den Kölnern ebenfalls mit Misstrauen und wenig Sympathie. Die Stadt war seit den Zeiten der Reformation stets eine Trutzburg des Katholizismus gewesen mit äußerst unfreundlicher Haltung gegenüber Protestanten. Das konnten die protestantischen Preußen nun, wo sie die Herren waren, nicht so leicht vergessen. Sie ließen Köln als größte Stadt des Rheinlands links liegen, als es galt, eine neue Verwaltungsstruktur aufzubauen. Das kleinere Koblenz wurde zum Beispiel Hauptsitz des preußischen Verteidigungswesens. Aber mit der jüdischen Bevölkerung ging es zunächst aufwärts.

*Mein Sohn, von deiner Jugend an eigne dir Bildung an,
und bis zum Greisenalter wirst du Weisheit erlangen!*
(Jesus Sirach)

Bereits 1808 hatte der Rheinländer Freiherr von Stein die preußische Städteordnung mit beschränkten Rechten für jüdische Mitbürger verkündet. Am 11. März 1812 unterzeichnete Friedrich Wilhelm III. das preußische Emanzipationsedikt, welches den Juden den Erwerb der Staatsbürgerschaft ermöglichte. Bedingung dafür war das Führen eines festen Familiennamens. Mit dem Wiener Kongress und in der neuen Verfassung des Deutschen Bundes wurden die Rechte der Juden in ganz Preußen wieder relativiert. In Wien führte der Rheinländer Metternich Regie. Der Meister des politischen Spiels war ein Feind der Aufklärung und propagierte den althergebrachten Ordnungs- und Obrigkeitsstaat.

Am 26. September 1815 kam es zur Heiligen Allianz der bedeutendsten Herrscher des Kontinents. Alexander I. von Russland, Franz I. von Österreich und Friedrich Wilhelm III. von Preußen erklärten, die Regierung in ihren Ländern allein nach den Geboten der heiligen Religion ausrichten zu wollen. England stimmte zu. Die Völker wollten eine christliche Nation bilden, in denen der wahre Souverän Gott sein sollte.

In einer solchen Welt war die Gleichstellung der Juden mit andersartiger Religion und fremden Bräuchen nicht mehr so angesagt.

Noch im gleichen Jahr wurden die rabbinischen Gerichte abgeschafft. Für Streitigkeiten unter Geschäftspartnern, Erbschafts- und Familienangelegenheiten waren nunmehr die staatlichen Gerichte zuständig. Die jüdischen Gemeindeinstitutionen verschwanden jedoch nicht in der Bedeutungslosigkeit. Sie leiteten Bruderschaften für das Thorastudium, die Krankenpflege und allgemeine Wohltätigkeit.

Viele Kölner Juden waren bemüht, sich an die neuen Gegebenheiten anzupassen. *Sei draußen ein preußischer Mann, zu Hause ein Jude! Deinem Landsmann ein Bruder, ein Knecht deinem König!*, wurde zum Motto.

Das Schulklopfen gehörte zu den Gebräuchen, die am schnellsten abgeschafft wurden.

Hatte der Synagogendiener früher jeden Werktagmorgen dreimal an jede Tür geklopft, um die Gläubigen zu den Bußgebeten zu holen, so sah man darin nun eine peinliche Sitte, die es zu vergessen galt. Einen weiteren Brauch lehnten gerade die jungen Juden ab. Sie weigerten sich, an hohen Feiertagen in der Synagoge das eigene Totenhemd, *Talit*, zu tragen.

Auch in Davids Familie passte man sich mehr und mehr der christlichen Umwelt an. Die Kinder bekamen, wenn es sich ergab, nichtkoschere Milch zu trinken. David rasierte sich und ging bartlos. Ihn scherte auch nicht, dass es verboten war, nichtjüdischen Wein zu trinken. Selbst bei der Hawdalazeremonie zur Beendigung des Sabbatfestes nahm er darauf keine Rücksicht. Es floss guter Rheinwein von christlichen Winzern gemacht auf den Tellern über! Der Sabbat wurde aber immer noch sehr ernsthaft begangen und auch der Familienteller blieb in Ehren.

David und Ruth entschlossen sich, ihre Kinder in die öffentliche Volksschule zu schicken. In den normalen Stunden lernten die Jungen Deutsch lesen und schreiben, Rechnen, Geografie, Geschichte sowie naturwissenschaftliche Fächer. In zusätzlichen Stunden beschäftigten sie sich mit Hebräisch-Schreiben, Übersetzen und Auslegen von hebräischen Sprichwörtern, Gebeten des Alten Testaments und dem Erlernen der hebräischen Grammatik. Auf die jüdische Erziehung entfiel nur noch ein Drittel der Wochenstunden. Fortgeschrittene talmudische Studien fanden nur noch an besonderen rabbinischen Seminarschulen statt. Eine solch profunde Ausbildung ging an Isaak und Levi vorbei. Es sollte noch längere Zeit dauern, bis sich das gemeinsame Erziehen von christlichen und jüdischen Kindern einspielte.

Immer wieder nahmen christliche Eltern ihre Kinder von der Schule, wenn Juden aufgenommen wurden. So mancher Pfarrer wetterte gegen die gemeinsame Erziehung von der Kanzel. Aber laut Gesetz herrschte Schulpflicht, und wer Schulgeld bezahlte, musste ausgebildet werden.

Durch alle möglichen Sonderregeln wurden christliche Kinder allerdings bevorzugt. Sie zahlten nur siebeneinhalb Kreuzer Schulgeld, weil ihnen ihre Kirchengemeinde einen Zuschuss gewährte. Für Judenkinder musste ein Gulden und sechsunddreißig Kreuzer bezahlt werden!

Jüdische Lehrer, die man für die ergänzende Ausbildung benötigte, hatten es nicht leicht. Sie wurden gegenüber ihren christlichen Kollegen benachteiligt, selbst wenn sie Ausbildung in den allgemeinen Fächern abgeschlossen hatten. Ihr Jahresgehalt betrug oft nicht mehr als dreißig bis fünfzig Taler bei freier Kost und Logis.

Manchmal ging David die Anpassung seiner Jungen zu weit. Isaak fragte einen Tag vor Ostern seine Mutter in freudiger Erwartung: »Gibt es zu Ostern Osterbrote und gehen wir in die Kirche, Mutter?« Das war David zu viel.

Mit leiser Stimme, aber sehr bestimmt sagte er: »Es heißt Synagoge und nicht Kirche, mein Sohn. Wir feiern *Pessach* und nicht Ostern, und bei uns gibt es *Mazze* und kein Osterbrot.«

Bald hatte Isaak unter seinen Mitschülern auch christliche Spielkameraden. Seine Eltern sahen das mit gemischten Gefühlen. Oft wurde solcher Umgang von christlichen Eltern als Mangel an Respekt angesehen. David und Ruth wollten ihren Sohn vor unschönen Reaktionen schützen und baten ihn von solchen Freundschaften Abstand zu nehmen.

Eines Tages hänselte ein christlicher Mitschüler den jungen Juden: »Judenstinker, Judenstinker!«, rief er hinter ihm her und bewarf ihn mit Steinchen. Isaak standen vor Entrüstung und Bestürzung Tränen in den Augen, aber er wusste sich nicht zu wehren. Auf dem Nachhauseweg erzählte er alles brühwarm seinem Freund Aaron. Doch da geriet er genau an den Richtigen: »Das geschieht dir ganz recht, wo du mit den *Gois* rumläufst!« In diesem Moment fiel Isaak der Spottruf gegen die preußischen Soldaten wieder ein, den sie gerufen hatten: »Stinkpreuß, Stinkpreuß!« Er musste laut lachen und sagte glucksend: »Dann sind wir wohl die Herren im Land.«

Seine Mutter hatte mit der Zeit ebenfalls Umgang mit der christlichen Nachbarschaft. Eine Christin lud sie manchmal am Samstagnachmittag zum Kaffee ein. Sie wusste, dass die Jüdin an diesem Tag keinen Kaffee kochen durfte und aufgewärmten nicht mochte. Deshalb erwies sie ihr den Freundschaftsdienst. Der blieb in der Beziehung zwischen den Religionen allerdings eine Besonderheit.

Übel kam es David auf, als ihm in einem christlichen Wirtshaus ein angetrunkener Zecher beim Eintreten zurief: *»Ein Jude und ein Schwein dürfen nicht herein!«*

Auch auf der Straße gab es hin und wieder besonders Forsche, die riefen: »*Jud mach Mores!*« Wenn dann der Jude seinen Hut nicht zog und sich nicht verbeugte, pöbelten sie mächtig weiter und spuckten aus.

David lernte mit der Zeit, über solchen Provokationen zu stehen. »Diese Menschen sind es nicht wert, dass man sich über sie ärgert«, sagte er.

1817 befiel das gesamte Rheinland eine große Hungersnot. Auch bei David und den Seinen war Schmalhans Küchenmeister. Schuld daran war eine enorme Trockenheit in den Frühlingsmonaten des Vorjahres. Nichts wuchs, und das Wenige, was zur Reife kam, wurde von einer schlimmen Mäuseplage aufgefressen. Die Bürger besannen sich in der Not wieder auf ihren Glauben. Kirchen und Synagogen waren gefüllt. Die Gläubigen hielten Gebete für eine gedeihliche Witterung. Wein floss bei den Hawdalagebeten reichlich auf den Teller über. Die Katholischen zogen unter großer Beteiligung auf Bittprozessionen bis nach Kevelaer.

Nicht für die Schule, sondern fürs Leben lernen wir.
(Seneca der Jüngere)

Nachdem Isaak sechs Jahre Volksschule hinter sich hatte, unterstützte David seinen ältesten Sohn kräftig darin, auf die höhere Schule zu gehen. Isaak benötigte erst einmal Nachhilfe in Latein und Griechisch, bevor man ihn aufnahm. Er fühlte sich recht unwohl auf dem Gymnasium. Die vielen christlichen Elemente in der Ausbildung waren fremdartig und lagen wie Zentner auf seinen Gefühlen. Wenn im Unterricht das Wort Jude fiel, starrten ihn alle Mitschüler an. Er kam sich dann wie aussätzig vor. Aber die Zeit heilt alle Wunden, und so sah er bald nur noch das Ziel vor Augen, einmal studieren zu können, und hielt durch.

Levi begann nach der Volksschule eine kaufmännische Ausbildung. Er war bald firm in der aus Italien gekommenen doppelten Buchführung, die im Kölner Geschäftsleben eingesetzt wurde.

Die Freizeitgestaltung in der jüdischen Gemeinde wurde freier und beschränkte sich weniger auf Heim und Familie. Eine neue Errungenschaft wurde der Tanzunterricht, besonders für die Jugendlichen.

Isaak tanzte gern und ließ fast keine Tanzveranstaltung aus. Erst recht nicht mehr, als er dort Risska kennen gelernt hatte. Das geschah am Festtage Simchat Thora, an dem die Gemeinde eine besonders schöne Tanzveranstaltung ausrichtete. Für die Eltern allzu früh entstand zwischen den zweien eine innige Bindung.

1819 setzte in vielen Städten eine Welle gewalttätiger antisemitischer Ausschreitungen ein. Sie ging von Handwerkern, Händlern und Studenten aus. Die fürchteten die emanzipierten Juden als Konkurrenten und wollten eigene Privilegien schützen.

Köln blieb aber von Demonstrationen und Zerstörungen jüdischer Geschäfte, Wohnungen oder gar Synagogen verschont.

1830 nahm Isaak an der Universität Bonn das Studium der Rechte auf. Er war einer der wenigen Juden, die vor dem Studium eine höhere Schulbildung genossen hatten. Seine meisten Glaubensbrüder bevölkerten die Universität ohne formalen Gymnasialabschluss.

Im Schwange seiner patriotischen Gefühle wurde er Mitglied einer schlagenden Verbindung. Mit glühendem Herzen sang er bei Kommersen die corpsstudentische Hymne:

»Wie standen sie prächtig auf der Mensur mit Löwenherzen!
Es fielen so grade, so ehrlich gemeint, die Quarten und die Terzen.
Sie fechten gut, sie trinken gut, und wenn sie die Hand dir reichen
zum Freundschaftsbündnis, dann weinen sie: sind sentimentale Eichen.«

Ab 1834 existierte eine Telegrafenlinie, die Koblenz neben Köln mit Berlin verband. Die Technik funktionierte mechanisch. Beamte saßen in Türmen, die in Masten mit hölzernen Armen endeten. Die Arme wurden nach einem streng geheimen Code bewegt und so die Nachrichten von Station zu Station übermittelt. Dieses Verfahren war noch recht langsam und wetterabhängig. Bei dichtem Nebel, Schnee oder Regen ging nichts mehr. David träumte als Bankkaufmann davon, dass auch Nachrichten über die Börsenentwicklungen übermittelt werden könnten. Aber die Linie war noch staatlichen Informationen vorbehalten. »Bespitzeln und weitermelden gehört zu Preußen. Alles wissen, alles verbieten ist leider immer noch ein »Staatsprinzip«, dachte er resigniert.

Er genoss aber mit seiner Frau den beruflichen Erfolg und den bescheidenen Wohlstand. Er hielt sich die Allgemeine Zeitung des Judentums, die seit 1837 in deutscher Sprache erschien, und ging mit Ruth ins Theater oder in die Oper. Große jüdische Künstler traten in diesen Jahren in Köln auf und wurden von der gesamten Bevölkerung gefeiert. 1838 führte Mendelssohn-Bartholdy im Gürzenich die Ouvertüre zu Beethovens Egmont auf. 1839 gastierte Offenbach im Kasino am Augustinerplatz. David und Ruth versäumten keines dieser Gastspiele.

In der jüdischen Gemeinde sah man mit Genugtuung, welche Rolle jüdische Künstler im Kölner Kulturleben spielten. Gerade in der Musik, im Denken, in Schriften und in der Wissenschaft vollzogen sich wichtige Änderungen. Doch es gab auch Rückschläge für die jüdische Sache. Schon um 1834 erschien ein Aufsatz von Professor Jakob Friedrich Fries aus Heidelberg. Die Juden korrumpierten den deutschen Charakter und die einzige Lösung des Problems sei ihre physische Vernichtung. Der Berliner Professor Christian Friedrich Rühs sah die größte Gefahr in den Juden, die sich anglichen, und forderte wieder deren Kennzeichnung.

    1841 heiratete Isaak als fertiger Jurist seine Risska. Das Paar war sich, gegen alle Unkenrufe, über die vielen Jahre treu geblieben. 1845 sowie ein Jahr später kamen Josef und Karl zur Welt.

Revolutionen bessern nichts, wohl aber Reformationen.
(Karl Julius Weber)

1847 lehnte Bismarck in einer Rede die Aufnahme von Juden in staatliche Ämter ab. Obrigkeitliche Aufgaben sollten Christen vorbehalten bleiben. Auf der anderen Seite wurde im gleichen Jahr ein erneuter Anlauf zur Verbesserung der staatsbürgerlichen Stellung der Juden unternommen. Ein neues Judengesetz brachte eine weitgehende Vereinheitlichung der unterschiedlichen Rechte in Preußen. Hinsichtlich öffentlicher Funktionen blieb es jedoch bei Bismarcks Forderung.

Nationale Wünsche, Freiheitsdrang und Wut über die vielen ungelösten Probleme der Zeit führten im Jahr darauf zur Revolution. Sie kam aus Frankreich. Ende Februar 1848 jagten die Franzosen ihren König davon. Schon am nächsten Tag war dies jenseits des Rheins bekannt und auch dort begannen die Unruhen. Überall demonstrierten die Untertanen gegen ihre Fürsten, und sie hatten Erfolg. In Köln sorgt die »Neue Rheinische Zeitung« von Karl Marx und Friedrich Engels für aufgeheizte Stimmung. Die Monarchen beugten sich den Forderungen in böser Erinnerung an die Guillotine der Französischen Revolution. Sie wollten ihre Haut retten. Der Bruder des preußischen Königs und spätere Kaiser Wilhelm I. offenbarte jedoch insgeheim seine wahre Meinung: »*Gegen Demokraten helfen nur Soldaten!*« In der neu gegründeten Frankfurter Nationalversammlung wurden »neue Grundrechte des deutschen Volkes« verabschiedet. Darin wurde auch Religionsfreiheit und soziale Gleichstellung der Juden verankert, für die der deutschpatriotische Jude Gabriel Riesser lange und vehement gekämpft hatte. Ein Jahr später schaffte man die meisten Berufsverbote für Juden in Preußen ab.

Verschlossen blieben ihnen jedoch alle Einrichtungen des Staates, die mit der Religionsausübung zu tun hatten, genauso wie Ämter, die einen Eid erforderten.

Josef und Karl traten in ein Leben, das ihnen längst noch nicht alle Freiheiten einräumte, und die Geschichte vollführte sogar noch eine Rolle rückwärts: Schon ein Jahr später wurde das Parlament wieder aufgelöst. Truppen gingen gegen die Revolutionäre vor, das alte System wurde wieder eingesetzt. David und seine Familie hatten zwar mit den Zielen der Revolution sympathisiert, aber sich ruhig verhalten. Sie trafen deshalb nach dem Umschwung keine Sanktionen. Ihr Unbehagen gegenüber der Obrigkeit hielt aber unvermindert an.

1860 verstarb David in einer Sommernacht. Die Familie wollte ihn neben den Angehörigen auf dem Deutzer Judenfriedhof bestatten, aber die preußische Militärbehörde genehmigte nur noch liegende Grabsteine. Der Friedhof lag genau in der Schusslinie des Forts und die durfte durch stehende Steine nicht behindert werden. Der Familienrat entschloss sich daraufhin, David auf dem Kölner Friedhof zu beerdigen. Sein Sohn Isaak hatte nunmehr den Vorstand der Familie inne und hütete den Hawdalateller.

1861 wurde die neue Synagoge in der Glockengasse eingeweiht. Weithin glänzte die goldene Kuppel. Ihr maurischer Stil, innen Ornamentschmuck in Blau, Rot, Golden war von exotischer Schönheit. Abraham Oppenheim, ein Sohn des Bankiers Salomon, hatte die Synagoge gestiftet. Für den Entwurf konnte der Kölner Dombaumeister Ernst Zwirner gewonnen werden. Am 29. August 1861 fand die Einweihung des prachtvollen Gotteshauses statt. Der Innenraum bot Platz für zweihundertsechsundzwanzig Männer und hundertvierzig Frauen. Isaak und seine gesamte Familie waren bei der festlichen Eröffnungszeremonie anwesend. Die jüdische Gemeinde war voll Stolz über die erste großstädtische Synagoge im linksrheinischen Köln. Zwischenzeitlich schien der religiös bestimmte Antijudaismus durch die stetig zunehmenden liberalen Strömungen überwunden. Den Juden ging es auch wirtschaftlich besser. Die Zahl der Bildungsjuden wuchs. Ihr Patriotismus unterschied sich nicht von dem christlicher Mitbürger.

Zwei Sperlinge auf einer Ähre: Nie Freundschaft!
(Aus Spanien)

Noch immer bestand Deutschland aus dem lose zusammengeschlossenen Deutschen Bund. Er hatte weder eine einheitliche Währung noch eine Hauptstadt. Ein Führungsstaat musste her. Es wurde immer klarer, dass die Entscheidung zwischen Preußen und Österreich fallen würde. Bismarck strebte für Preußen eine kleindeutsche Lösung an. Österreich sollte vor die Tür! 1866 brachen Streitigkeiten um das österreichische Holstein aus. Preußische Truppen marschierten ein. Der Deutsche Bund erklärte auf Antrag Österreichs Preußen den Krieg. Nun schossen Deutsche auf Deutsche. Preußens moderne Technik führt zum Sieg. Soldaten fuhren mit der Eisenbahn an die Front. Telegrafen ersetzten die Meldereiter. Das neue Zündnadelgewehr brachte es auf fünf Schuss in der Minute. Am 3.7.1866 fiel bei Königgrätz die Entscheidung. Preußen ging als Sieger vom Schlachtfeld, als die Armee des preußischen Kronprinzen in die rechte Flanke der Österreicher drang.

Karl und Josef wurden nicht eingezogen, obwohl sie im richtigen Alter waren. Beiden hatten inzwischen ihren Gymnasialabschluss. Karl studierte Medizin und Josef begann eine kaufmännische Ausbildung. Beide waren von glühendem Patriotismus beseelt. Heimlich lasen sie die verbotenen Sätze aus Heinrich Heines Vorwort zu »Deutschland. Ein Wintermärchen«. Dort schrieb der zum Christentum übergetretene Dichter:

Pflanzt die schwarz-rot-goldene Fahne auf die Höhe des deutschen Gedankens, macht sie zur Standarte des freien Menschentums, und ich will mein bestes Herzblut für sie hingeben!

Ihre Vornamen klangen bereits deutsch. Aber sie wollten auch einen deutschen Zunamen tragen, um ganz deutsch zu sein. Sie nahmen den Namen »Stein« an und liebäugelten mit dem Übertritt zum Christentum.

Ihrer Karriere hätte dies gutgetan. Nach langem Streitgespräch mit dem Vater vollzogen sie den Glaubenswechsel nicht. Der hitzige Josef erging sich allerdings in verletzende Äußerungen gegenüber dem Vater: »Du hast uns bei Christen gebräuchliche Vornamen gegeben. Wohl weil du uns nicht zugetraut hast, uns als Isaak oder Samuel im Leben zu behaupten.« Er ließ mit solchen Kränkungen einen bestürzten Vater zurück. Es war für den Vater auch fast unerträglich, dass Josef seiner Verlobten erlaubte, ohne traditionelle Kopfbedeckung nach draußen zu gehen. Isaak versuchte ihm abzuringen, dass sie zumindest eine Perücke tragen müsse. Josef blieb uneinsichtig: »Wenn schon, denn schon, Vater! Wir wollen eine moderne Welt«, gab er mit trotziger Stimme zur Antwort. Das Verhältnis zwischen den beiden sollte nie wieder richtig gekittet werden.

Risska versuchte in ihrer mütterlichen Liebe vergeblich, die beiden Männer zu versöhnen.

Nie wird ein Feind zum Freund, selbst im Tode nicht.
(Sophokles)

Am 19. Juli 1870 kam es unerwartet zum deutsch-französischen Krieg. Die Annahme der spanischen Krone durch den Erbprinzen Leopold von Hohenzollern-Sigmaringen wurde trotz dessen baldigen Rücktritts zum Kriegsgrund. Zwischen dem 4. und 6. August erlitten die Franzosen Niederlagen bei Weißenburg, Wörth, Spichern und Metz. Am 1. September wurde Napoleon III. in der Schlacht bei Sedan gefangen. Der Krieg war für Preußen gewonnen! Am 18. Januar 1871 erfolgte in Versailles die Proklamation von Wilhelm I. zum gesamtdeutschen Kaiser. Am 26. Februar wurde der Vorfriede von Versailles geschlossen, der im Mai in Frankfurt Bestätigung fand. Frankreich trat das Elsass ab, Teile von Lothringen und zahlte innerhalb von drei Jahren fünf Milliarden Francs Reparationen.

Der jüdische Bankier Gerson Bleichröder hatte im Auftrag Bismarcks diese finanziellen Bedingungen ausgehandelt. Auch bei dem Waffengang selbst ließen es sich viele Juden nicht nehmen, für Deutschland ins Feld zu ziehen. Auf einem prächtigen Stander wurde, als Beleg für ihre Vaterlandsliebe, ein Massengebet jüdischer Soldaten unter freiem Himmel dargestellt.

Den Stander zierte das Motto aus Maleachi 2,10:

Wie? Ist nicht ein Vater uns allen? Hat nicht ein G'tt uns geschaffen? Josef ließ es sich dieses Mal nicht nehmen, zu den Fahnen zu eilen.

Bei der Einnahme von Metz traf ihn eine Kugel ins Herz. Er blieb auf dem Feld. Risska konnte den Verlust ihres Ältesten nicht verkraften. Sie verfiel in Depressionen. Als sie eines Nachts wimmernd durch ihr Schlafzimmer kroch und nicht damit aufhören wollte, rief Isaak den Arzt. Man brachte Risska in eine städtische psychiatrische Anstalt. Dort blieb sie bis zu ihrem Lebensende.

Als Isaak sie das erste Mal in der Anstalt besuchte, fiel sein Blick auf einen gerahmten Spruch an der Wand ihres Zimmers: *Ich bin still vor dir, mein Gott, der mir hilft.*

Und wie immer half der christliche G'tt nicht, dachte er verbittert. Isaak wurde zum Eigenbrötler und zog sich in eine eigene Welt zurück. Karl zeigte kein großes Interesse an der Familientradition.

»Wenn die Deutschen Deutsche werden,
gründen sie das Reich auf Erden,
das die Völker all umschlingt
und der Welt den Frieden bringt!«
(Simrock)

Man schrieb den 12. März 1876. Abends zwischen sechs und sieben Uhr wütete ein grässlicher Sturm über der Stadt und richtete große Verheerung an. Am meisten wurden die am Rhein gelegenen Häuser beschädigt. Die Landebrücke, nebst Häuschen der Kölner Bötchen, wurde zertrümmert und weggetrieben. Die am Ufer verankerten Holzflöße spülten die Fluten fort. Karl war gerade hereingekommen, legte den weiten Wollmantel ab und entledigte sich der harten Lederstiefel. Im Zimmer bollerte ein schwerer Koksofen und strömte wohlige Wärme ab. Es war schön, sich von den schweren Sachen zu befreien, ohne zu frieren. Er warf sich auf sein Sofa, und bald quälten ihn Gedanken über seine Zukunft: Unter dem greisen Kaiser entwickelte sich Deutschland immer mehr zu einer führenden Industrienation. Die Gleichberechtigung der Juden war mittlerweile in der Reichsverfassung verankert. Die Niederlassungsfreiheit hatte eine Wanderung vom Land in die Großstädte in Gang gesetzt. Kölns Judengemeinde war beträchtlich angewachsen. Für ihn als Arzt gab es ein großes Betätigungsfeld allein unter den Glaubensbrüdern.

Unter den Neuankömmlingen fand er eine passende Braut. Mit Else verlobte er sich, steckte ihr einen goldenen Ring an den Finger und schenkte ihr ein seidenes Umhängetuch für Theater, Konzert und Festlichkeiten. Er schaute dabei nicht aufs Geld. Die Heirat folgte auf dem Fuß. Weder finanzielle noch religiöse Erwägungen gaben den Ausschlag. Sie liebten sich einfach nur und waren damit eine Ausnahme in ihrem Freundes- und Bekanntenkreis.

Ihr Sohn kam unter großen Problemen auf die Welt. Lange stand auf der Kippe, ob Mutter und Sohn überleben würden. Karl musste seine ganze Kunstfertigkeit anwenden, damit dies gelang. Nach der schweren Geburt stand fest, dass sie nur ein Kind haben würden. Sie nannten den Knaben Josef, nach Karls im Krieg gefallenen Bruder.

Karl erarbeitete einen bescheidenen Wohlstand. In der guten Stube standen schöne Mahagonimöbel. Vorhänge und Bezüge waren aus Samt. Nippfiguren aus Porzellan und altes Silber zeigten den gutbürgerlichen Besitz in einer offenen Vitrine. Ein Porträt von Else hing über dem Diwan. Stolz war das Paar über ein eigenes Badezimmer mit fließendem Wasser. Vor jedem Sabbatfest wurde warm gebadet. Unter Elses Einfluss kam der Teller wieder zu Ehren.

Der Antisemitismus im Land nahm aber leider wieder zu. 1850 bereits hatte Richard Wagner in einer zunächst anonym erschienenen Schrift über die »Juden in der Musik«, die erst später unter seinem Namen veröffentlicht wurde, übelste antisemitische Hasstiraden von sich gegeben. Jüdischen Komponisten wie Felix Mendelssohn-Bartholdy und Giacomo Meyerbeer warf er darin vor, zur »Verjudung« des deutschen Kulturlebens beizutragen. In der Zeit eines aufdämmernden germanischen Rassenwahns war es das jüdische Anderssein, was aufstieß: *Was der Jude glaubt, ist einerlei, in der Rasse liegt die Schweinerei,* schrieben Antisemiten an die Wände von Pissoirs.

Zwischen 1873 und 1890 erschienen über fünfhundert antijüdische Schmähschriften. Dieses Mal wehrten sich die Juden gegen die aufkommende Hetze. Sie intervenierten auf dem Berliner Kongress und verlangten: *Gleiche Rechte, gleiche Pflichten!*

Bildung ist jenseits aller Standesunterschiede.
(Konfuzius)

Josef wurde der Augapfel der Familie. Die liebenden Eltern gönnten ihm die beste Ausbildung. Er bekam Musikunterricht, ging in den Turnverein, natürlich in einen Verein der Deutschen Turnerschaft. Seine Eltern teilten die deutsche Begeisterung für die körperliche Ertüchtigung und förderten ihn sehr darin, zu turnen und zu schwimmen. Für unwirtliche Tage, an denen man besser drinnen blieb, hatte Josef schönes Spielzeug und viele bunte Bücher. Karl und Else schlossen sich mit anderen jüdischen Eltern zusammen und sammelten Spenden für einen jüdischen Kindergarten. Die Mütter unterstützten dies besonders und führten abwechselnd Aufsicht über ihre Kinder. So war Josef, obwohl ein Einzelkind, von klein an in Gesellschaft anderer Kinder. Im Hort lernte er die quirlige Grete Eyck kennen. Sie wurde seine liebste Spielkameradin.

Mutter Else hütete das Haus und trug die Verantwortung für die Erziehung ihres Sohnes. Nach den Schulaufgaben kontrollierte sie Handschrift und die Rechenergebnisse. Sie spielte mit ihm Klavier und brachte ihm Kinderlieder bei. Abends las sie an seinem Bett immer eine Gutenachtgeschichte. Der Kleine wuchs mit viel Zuwendung heran. Seine Eltern hielten nichts von der Devise: *Wer die Rute spart, verzieht das Kind.* Ohne Gewaltanwendung wurde Josef ein fröhliches Kind.

Vater Karl hatte einen langen Arbeitstag. Er ließ es sich aber nicht nehmen, in seinen Mußestunden mit dem Sohn dessen Kenntnisse zu vertiefen.

Josef durchlief die höhere Schulbildung ohne Probleme. Er ging in eine nicht konfessionsgebundene Schule. Dort wurde an sechs Wochentagen einschließlich Samstag unterrichtet. Es fiel besonders Else schwer, die Störungen der Sabbatruhe zu akzeptieren. Aber sie duldete es für die Zukunft ihres Jungen.

Josef wurde neun Jahre in Latein und sechs Jahre in Griechisch unterrichtet. Das lag dem Knaben mehr als Mathematik und Naturwissenschaften. In Geschichte wurde er zur Liebe zu Deutschland und zum Kaiserhaus erzogen. Das deckte sich mit der Einstellung seines Vaters. Josef war von klein auf gewohnt, dass man am Sedantag, dem Jahrestag des deutschen Sieges über Frankreich, das Kaiserlied sang und dass dabei das Herz stolz in der Brust schlug. Natürlich dachte die Familie dabei in besonderem Maße an Onkel Josef, seinen Namensgeber, der in diesem Krieg gefallen war.

Der Junge gewann in der Schule einige christliche Freunde. Er war gut im Turnen und bei Mannschaftsspielen kam man sich näher. Aber seine engeren Kameraden waren allesamt Juden. Lange sah es aus, als würde der junge Mann beruflich in die Fußstapfen seines Vaters treten. Aber dann faszinierten ihn die spannenden Erzählungen von Onkel Leonhard, die er bei dessen Besuchen immer wieder zu hören bekam.

Leonhard Tietz war aus Stralsund nach Köln gezogen. Er hatte zu Hause ein Garn-, Knopf- und Weißwarengeschäft geführt. Sein Grundrezept lautete: feste Preise, kleiner Aufschlag, großer Umsatz! Mit dauerhaft günstigen Angeboten, eng kalkuliert, kam er schnell zum Erfolg. Im April 1891 hatte er auch ein Geschäft in der Hohe Straße eröffnet. Er bezog Damen-, Herren- und Kinderbekleidung direkt beim Hersteller und erhielt dadurch günstigere Einkaufspreise, die er den Lieferanten sofort bezahlte. Leonhard hatte die Bedeutung von Massenkonsum und Massenprodukten erkannt. Seine Geschäfte liefen famos und er stand davor, weitere, größere Läden aufzumachen.

»Junge, du bist helle und weltmännisch«, sagte er eines Tages zu Josef. »Ich rate dir, studiere Jura. Bei meinen vielen Geschäften brauche ich einen tüchtigen Advokaten, der meine Interessen vertritt. Du hättest bei mir ein gutes Auskommen.« Je öfter sie darüber sprachen, umso überzeugter wurde Josef, dass dieser Weg für ihn der richtige war. Und so schrieb er sich 1896 in der Kölner Universität für Jurisprudenz ein.

1888 starb Wilhelm I. Für den Reichskanzler Bismarck fiel die schützende Hand weg, die immer über ihm war. Des Kaisers Sohn, Wilhelm II., trat die Regentschaft an. Der neue Monarch fühlte sich als Herrscher von Gottes Gnaden. Sein Land wollte er zur Weltmacht führen. Bald war es in Chemie und Elektrotechnik Weltspitze. Eisenbahnschienen verbanden alle wichtigen Punkte des Staatsgebiets. Die Zahl der Telefonanschlüsse stieg von Tag zu Tag. Mit Strom beheizte Bügeleisen für zwölf Mark erleichterten selbst in Haushalten der Arbeiterklasse das tägliche Leben.

Josefs Eltern führten ein beschauliches Leben. Wenn einmal das Geld nicht reichte, war Else findig genug, den gutbürgerlichen Status mit kleinen Kunstgriffen aufrechtzuhalten. Sie benutzte Leihbücher, anstatt Bücher zu kaufen, oder arbeitete alte Kleider auf, bis sie aussahen wie neu. In Oper und Theater begnügte man sich mit Stehplätzen, aber man war wenigstens dabei.

Am 2. März 1899 wurde die neue Synagoge an der Roonstraße eingeweiht. Sie trug der gewachsenen jüdischen Bevölkerungszahl in Köln Rechnung.

Hatten 1861 nur zweitausend Juden in der Stadt gelebt, so waren es 1900 bereits neuntausendsiebenhundertfünfundvierzig! Jüdische Künstler sorgten für kulturelle Glanzlichter. 1902 trat Sarah Bernardt als Kameliendame im Stadttheater auf.

Leonhard Tietz baute mit der Tietz-Passage ein neues Ladengeschäft. Die berühmte Mailänder Verkaufsgalerie hatte ihn zu dem Bau inspiriert. Mit dreihundert Quadratmetern Ladenfläche und siebenhundert Mitarbeitern gelang ihm der wirtschaftliche Durchbruch.

Josefs künftiges Betätigungsfeld wuchs und wuchs.

Offenbachs »Hoffmanns Erzählungen« wurde erstmals aufgeführt. Natürlich waren Karl, Else und Sohn bei der Premiere.

1904 schloss Josef sein Studium ab und fand bei Onkel Leonhard Anstellung. Während der Studentenzeit hatte er mit mehreren jungen Jüdinnen angebandelt, aber die Richtige war nicht dabei gewesen. Als er nun eines Abends in der Gemeinde auf ein Tanzfest ging, traf er Gretchen Eyck wieder. Er erkannte sie, trotz der vergangenen Jahre, sofort an ihren lustigen Augen und dem hellen Lachen wieder. Grete hatte nach ihrem Realschulabschluss eine Hausfrauenschule in Bonn besucht, wo sie im

Haus ihres Onkels wohnte. Nun war es wieder wie früher. Sie wurden ein Herz und eine Seele. Nach vier Jahren verlobten sie sich. Dann dauerte es noch drei Jahre, bis sie unter den Traubaldachin schritten.

1911 ernannte Onkel Leonhard Josef zum Leiter der Rechtsabteilung aller Tietz-Kaufhäuser. Der Kindersegen bei den jungen Steins setzte schnell ein: 1912 kam Heinrich zur Welt, 1914 Hedi und 1918 Max.

»Jeder Stoß ein Franzos! Jeder Schuss ein Russ!«
(Kriegsvers)

Am 28.6.1914 starben der österreichische Thronfolger Franz Ferdinand und seine Frau in Sarajevo unter den Kugeln eines serbischen Nationalisten. Die Morde wurden zum Anlass für den Ersten Weltkrieg.

Deutschland stand in Nibelungentreue an der Seite Österreich-Ungarns gegen den Rest Europas.

Begeistert schwenkten junge Männer am Straßenrand ihre Hüte und riefen aus vollem Hals: *»Jeder Stoß ein Franzos! Jeder Schuss ein Russ!«* Ganz Deutschland schwelgte in Siegessicherheit. Am 2. August rückte das III. Bataillon des Westfälischen Infanterieregiments 53 aus der Ulrichkaserne aus. Das neue Feldgrau beherrschte das Stadtbild. *»Auf nach Paris, mich juckt die Säbelspitze!«*, riefen Kriegsfreiwillige, die zu Hunderttausenden auf Güterwagen an die Front gebracht wurden.

Mit dem Kriegsbeginn rief auch die Dachorganisation der jüdischen Patrioten ihre Glaubensbrüder zu den Waffen:

»In dieser Stunde gilt es für uns aufs Neue zu zeigen, dass wir standesstolzen Juden zu den besten Söhnen des Vaterlands gehören! Wir erwarten, dass unsere Jugend freudigen Herzens zu den Fahnen eilt«, ließ man verlauten.

In den jüdischen Zeitungen wurde folgender Text abgedruckt, den man in den jüdischen Gemeinden auch als Handzettel verteilte:

An die deutschen Juden!

In schicksalsernster Stunde ruft das Vaterland seine Söhne unter die Fahnen.

Dass jeder deutsche Jude zu den Opfern an Gut und Blut bereit ist, wie die Pflicht erheischt, ist selbstverständlich.

Glaubensgenossen! Wir rufen euch auf, über das Maß der Pflicht hinaus eure Kräfte dem Vaterland zu widmen!
Eilt freiwillig zu den Fahnen! Ihr alle, Männer und Frauen, stellet euch durch persönliche Hilfeleistung jeder Art und durch Hergabe von Geld und Gut in den Dienst des Vaterlandes!

Über hunderttausend jüdische Männer folgten dem Appell. Mehr als jeder Zehnte von ihnen fiel.

Josef meldete sich sofort. Er erlebte zu Hause nicht mehr mit, dass sein Gönner, Onkel Leonhard, kurz nach Kriegsbeginn verstarb.

Die Eisenbahn brachte Josef mit seinen Kameraden an die Ostfront. Auch Vater Karl meldete sich trotz seiner achtundsechzig Jahre als Lazarettarzt an die Heimatfront. Das war für ihn eine patriotische Pflicht. Else und Gretchen harrten nun mit besorgten Herzen daheim und dachten unentwegt an ihre Männer. Mit großer Aufmerksamkeit verfolgten sie die Meldungen von der Front. Jeden Freitagabend gingen sie in die Synagoge, wo der Rabbiner mit einem Gebet begann, das dem Kriegsglück galt.

Josef kämpfte im August unter Hindenburg und Ludendorff in der Umfassungsschlacht von Tannenberg.

Es gab hundertfünfzigtausend russische Gefallene und dreiundneunzigtausend Gefangene. Josef überlebte und gehörte zu den Siegern. Aber ein Geschoss riss ihm den linken Arm vom Leib. Er wurde dienstuntauglich und in die Heimat zurückgeschickt. Das Eiserne Kreuz Erster Klasse war sein Lohn. Wie fast zweitausend jüdische Soldaten wurde er für seinen Mut geehrt. Er war verzweifelt, dem Kaiser nicht mehr dienen zu können.

Auf dem Rücktransport grübelte er darüber nach, welchen Wert sein Leben als Krüppel noch haben konnte. Seine Eltern, seine Frau und die Kinder munterten ihn auf. Ihre Freude war groß, ihn überhaupt lebend wiederzuhaben. Seine Mutter brachte auf den Punkt, was sie alle fühlten: *Lieber einarmig und lebend als mit allen Gliedern tot!*

So gewöhnte sich Josef an seine Beeinträchtigung. Er nahm seine Aufgabe bei Tietz wieder wahr und beklagte seine Verwundung bald gar nicht mehr.

Zunächst hielt sich Vater Karls Kriegsdienst in Grenzen. Der Vormarsch der Truppen verlief reibungslos und die verwundeten Soldaten wurden direkt hinter der Front versorgt. Doch als 1916 die ersten Rückschläge kamen, transportierten die Eisenbahnen tausende schwer verwundete junge Männer in die Heimat zurück.

Schon der Anblick des vielen vergeudeten jungen Lebens machte Karl traurig und verbittert. Wenn er morgens in den weißen Kittel stieg, war der schon nach einer Stunde rot vor Blut. Es wurde geschnitten, gesägt und genäht.

In kleinen Rollwagen fuhren die Schwestern zuhauf abgetrennte Glieder aus dem Operationssaal.

Wenn Karl am Abend nach Hause kam, war er völlig apathisch und in Depressionen versunken. Sein Glaube an einen Endsieg schwand zunehmend.

Die moderne technische Ausrüstung des Deutschen Heeres, selbst Krupps *Dicke Berta*, alles nutzte schlussendlich nichts. Nach einer erfolgreichen Offensive des Feindes im August 1918 an der französischen Front gab die deutsche Heeresleitung den Kampf verloren.

Es dauerte noch bis zum November des Jahres, dann rief der Sozialdemokrat Philipp Scheidemann vom Balkon des Reichstags die Republik aus. Wilhelm II. fuhr mit dem Auto ins holländische Exil.

Mit der Kapitulation begann wieder die Anfeindung der Juden. Sie wurden für die militärischen Rückschläge verantwortlich gemacht, genauso wie für die Not zu Hause. Sie wurden als Drückeberger und Kriegsprofiteure angeprangert. Aus dem Exil verbreitete selbst der abgedankte Kaiser antijüdische Parolen:

Während unter mir, meinen Generälen und Offizieren das tapfere Frontheer die Siege erfocht, verlor das Volk zu Hause, von Juda und Entente belogen, bestochen, verhetzt, mit seinen Staatsmännern den Krieg.

Die deutschen Juden wehrten sich gegen diese Vorwürfe. In Zeitungen erschien eine Anzeige des Reichsbunds jüdischer Frontsoldaten e. V. Zu

sehen war eine Frau im schwarzen Trauergewand, die vor einem Grabstein kniete. Unter dem Bild stand der Text:
Christliche und jüdische Helden haben gemeinsam gekämpft und ruhen gemeinsam in fremder Erde.
zweiundsiebzigtausend Juden fielen im Kampf!
Blindwütiger Parteihass macht vor den Gräbern der Toten nicht halt.
Deutsche Frauen, duldet nicht, dass die jüdische Mutter in ihrem Schmerz verhöhnt wird!
Wenn Josef mit solchen Verhöhnungen konfrontiert wurde, riss er seinen verkrüppelten Armstumpf in die Höhe und fragte zornig: »Was habt ihr als Opfer auf dem Feld der Ehre gelassen?«

Der Antisemitismus ging weiter. Besonders der Mittelstand und das Bildungsbürgertum hatten Angst vor jüdischer Konkurrenz. Kleinhändler, Ärzte und Anwälte pflegten bald eine ausgeprägte Judenfeindschaft.

Die Juden rückten zusammen und pflegten, wie meist in Krisenzeiten, verstärkt ihre religiösen Riten. Lange hatte der Hawdalateller nicht mehr so schön geglänzt!

Der Sieg soll nie ohne Übung der Barmherzigkeit sein.
(Kaiser Karl V.)

Mit dem Friedensvertrag versuchte Frankreich mit allen Mitteln die Niederlage Deutschlands zu verewigen.

Deutschlands neue Regierung protestierte vergeblich gegen die gewaltigen Reparationen, die keine Gesundung nach den Schäden des Krieges zuließen. Der Frieden von Versailles nahm dem Land ein Siebtel seines Staatsgebiets, und das Reich wurde als alleiniger Kriegsschuldiger festgeschrieben.

1917 wurde Konrad Adenauer in Köln zum Oberbürgermeister gewählt. 1918 wurde das Rheinland durch alliierte Truppen besetzt. Köln kam unter britische Kontrolle. Wenn Grete von einer Besorgung nach Hause kam, beklagte sie sich bitterlich über die schlimmen Verhältnisse auf den Straßen: »Diese vielen jungen englischen Soldaten, die unsere Stadt in ihrer Langeweile unsicher machen, sind furchtbar. Sie gieren jedem Rock nach und meinen auf jede von uns Anspruch zu haben. Selbst ich in meinem Alter bin nicht sicher davor. Denen ist der Sieg im Feld nicht genug, sie brauchen ihn auch noch im Bett, einfach widerlich ist das!«

Josef versuchte sie zu trösten: »Gretchen, du bist aber doch auch noch gut anzusehen. Außerdem werden diese einsamen Kerle von vielen Weibern auch zur Genüge animiert. Über die Straßen sind schlüpfrige Reklamestreifen gespannt, sogar in englischer Sprache. Und an den Hauswänden prangen grelle Plakate mit frivolen Frauenzimmern in eindeutigen Posen. Wie sollen sie da ihre unbefriedigten Triebe im Zaum halten?«

Die Reparationenkonferenzen, in denen Walther Rathenau erbittert für die deutschen Interessen kämpfte, brachten kein Ergebnis. Die vielen Judenhasser in der Heimat dankten ihm seine Anstrengungen nicht. Bald kursierte sogar ein Freicorpslied: »*Knallt ab den Walther Rathenau, die gottverdammte Judensau!*« Dann wurde jüdischer Blutzoll fällig. Rathenau fand seine Mörder. Am 24. Juli 1922 war er auf dem Weg zum Dienst in der Wilhelmstraße. In der Villenkolonie Grünewald wurde er durch Schüsse aus einer Maschinenpistole zerfetzt. Die Detonation einer Handgranate kam hinzu. Drei rechtsextremistische junge Männer waren die Täter.

Im gleichen Jahr musste Familie Stein den Senior zu Grabe tragen. Karl hatte einige Jahre den Ruhestand genossen und nur noch enge Freunde ärztlich behandelt. Mutter Else gab den Hawdalateller an ihren Sohn Josef weiter und fristete noch drei Jahre ein trauriges Witwenleben, bevor sie ihrem Mann folgte. Sie erlebte noch mit, dass Deutschland sich 1923 bankrott erklärte und seine Entschädigungsleistungen einstellte. Französische und belgische Truppen drangen in das Ruhrgebiet ein und brachten es als »produktives Pfand« in ihre Hand.

Im September wurde über ganz Deutschland der Ausnahmezustand verhängt. Kommunistische Agitationen sowie rechtsradikale Umsturzversuche und separatistische Bemühungen beschworen die Gefahr des Zusammenbruchs der jungen Republik herauf. Die Inflation stieg im Land ins Unermessliche. Der Geldumlauf war einhundert Millionen Mal größer als 1918!

Mangelt im Beutel die Barschaft, fehlt es an allem.
(François Rabelais)

Josef Steins Arbeitsplatz bei Tietz war im Gegensatz zu denjenigen vieler Mitbürger noch sicher. Aber da der Wert des Geldes zwischen den Fingern zerrann, musste auch er sich erheblich einschränken. Eines Tages kam er von einer Geschäftsreise aus Hamburg zurück. Der Gepäckträger am Bahngleis hatte keine Kontrollnummer an seiner Mütze. Josef beschloss, ihn zu meiden; diese nicht registrierten Dienstmänner machten sich allzu gern mit dem Koffer davon. Das durfte nicht passieren, in diesen schweren Zeiten hatte er wahrlich nichts zu verschenken.

Für die Mittagspause wollte er sich einen Kölner Stadt-Anzeiger kaufen. Als er den aktuellen Preis sah, erschrak er: dreitausend Reichsmark, das Doppelte der letzten Woche! Er beschloss, davon Abstand zu nehmen, denn er ahnte, dass sein restliches Geld für einen Laib Brot draufgehen würde, den er nach Hause mitbringen wollte. Er versuchte sein Glück in der Markthalle nahe dem Heumarkt und fand seine Befürchtung bestätigt.

In Hamburg waren wegen der galoppierenden Inflation schon Unruhen ausgebrochen gewesen. Die werden in Köln auch nicht mehr lange auf sich warten lassen, dachte er besorgt beim Zahlen.

Auch daheim ging das Gejammer über die schlimmen Zeiten weiter. Bei seiner Tochter Hedi war heute schon wieder der »Flohmann« in der Schule gewesen. Die halbe Klasse musste zum Arzt, um sich die Kopfläuse entfernen zu lassen.

»Man kann nicht einmal mehr am Abend allein durch die Stadt gehen«, beklagte sich auch noch seine Frau. »Heute hat mich doch wirklich die Kölner Frauen- Wohlfahrtspolizei aufgegriffen. Diese englischen Halbsoldatinnen schrecken vor nichts zurück. Mich hatten gerade zwei angetrunkene britische Soldaten belästigt, und ich musste mich gegen deren Unverschämtheiten wehren. Dabei kam ich unverhofft ins Visier dieser Weiber. Die sollen ja eigentlich für die Moral ihrer Soldaten sorgen. Aber Pustekuchen, um die Kerle haben sie sich gar nicht gekümmert. Ich wurde stattdessen in die Zange genommen. Abgeführt haben sie mich wie ein Strichmädchen, da half keine Widerrede! Sie brachten mich zum Amtsarzt auf das Polizeipräsidium. Ich wurde auf Geschlechtskrankheiten untersucht. Ein Abstrich wurde gemacht und mit Händen in Gummihandschuhen wurde ich befummelt! Und jetzt bin ich registriert.« Grete schwieg für einen Moment, als sie sah, wie sehr Josef mit ihr litt.

»Einfach erniedrigend, diese Siegermentalität«, wusste der nur zu sagen. Er öffnete seine Tabaksdose und sah, dass er das Wenige, was er noch besaß, dringend einteilen musste. Er rollte sich nur eine sehr dünne Zigarette, riss sogar vorn ein Stückchen Papier ab, damit sie etwas kürzer wurde. G'tt sei Dank ist das Papier noch nicht knapp, dachte er.

Mit der Einführung der Rentenmark im November des Jahres trat eine leichte Beruhigung ein. Eine Rentenmark wurde für eine Billion Papiermark ausgegeben! Die Geschädigten waren wieder die kleinen Leute, die über keine Sachwerte verfügten und nun ihr wertloses Geld verloren. Josef und Grete Stein blieb wenigstens die Wohnung, die sie gekauft hatten. Aber ihre Barreserven schrumpften täglich. Wie immer in schlechten Zeiten nahmen die Anfeindungen gegen Juden zu: 1920 muss ein jüdisches Vorstandsmitglied der Kölner Verein Kriegsbeschädigter wegen der Gefahr der Verjudung zurücktreten.

1921 wurde die Kölner Ortsgruppe der NSDAP gegründet. Sie machte sich mit lauter Judenhetze auf Straßen und Gassen bemerkbar. Der von Julius Streicher 1923 gegründete »Stürmer« stand für besonders infame judenfeindliche Kampagnen. Skandalgeschichten, meist mit sexuellem Hintergrund, trieben die Auflage des Journals nach oben.

»Glaubt doch ja nicht, dass diese ewig Gestrigen ihre Hasstiraden gegen uns selbst erdacht haben. Alles, was man heute im Stürmer liest und was sie in ihren Reden brüllen, kommt aus dem Arsenal von Luthers Schriften. Sätze wie: Der Teufel frisst mit seinem englischen Rüssel mit Lust alles, was der Jude aus seinem unteren oder oberen Maul speit und spritzt, findest du sinngemäß schon dort«, erklärte Josef seiner Familie, wenn sie abends beisammensaßen.

Es gab aber auch bemerkenswerte Gegenbewegungen: Trotz der antijüdischen Anfeindungen wurde der Jude Otto Klemperer Generaldirektor der städtischen Theater.

Dann begannen die sogenannten Goldenen Zwanziger. Zwischen 1924 und 1929 stiegen die Löhne um knapp ein Drittel. Die Rechtsextremen verloren bei den Wahlen ihre Bedeutung. Das Land strebte eine neue kulturelle Blütezeit an. In Berlin wurden Trends gesetzt. Frauen zeigten Beine und trugen Bubikopf. Man tanzte Charleston. Doch das traf auf Widerstand: Schon bald bezeichneten die Rechtsnationalen diese Stadt, in der ein Drittel aller deutschen Juden wohnten, als Pestbeule des Reiches.

Gewiss ist es fast noch wichtiger, wie der Mensch das Schicksal nimmt, als wie es ist.

(Heinrich von Humboldt)

Die Familie von Josef und Gretchen Stein zeigte die ganze Mannigfaltigkeit der deutschen Juden zu Beginn dieses Jahrhunderts. Heinrich war das einzige ihrer drei Kinder, das den Drang verspürte, mehr über das Judentum zu erfahren, und das sich mit ihm identifizierte. Er schloss sich der jüdischen Jugendbewegung an.

Max strebte mehr danach, seinen christlichen Freunden gleich zu sein.

Hedi wurde von ihrer Mutter angehalten, sich wenigstens für jüdische Geschichte, jüdische Musik, Kunst und Kultur zu interessieren. Von dort her prägte sich das Jüdische in ihrer Seele.

Vater Josef war bemüht, den Glauben, den man ihm mit in die Wiege gelegt hatte, in seinem Hause aufrechtzuerhalten. Er wollte ein »jüdischer Jude« sein und zu Hause die traditionellen Gebräuche pflegen. Er hoffte, dass seine Kinder eines Tages das Gleiche täten. Er schaffte ein neues fünfbändiges jüdisches Lexikon an und las seinen Kindern daraus vor. Er machte deutlich, welche Leistungen ihre Glaubensbrüder in der Vergangenheit erbracht hatten. Er rief sie allerdings nicht zur Abkehr von der nichtjüdischen Umwelt auf. Sie sollten sich dem Land zugehörig fühlen, in dem sie wohnten und in dem sie geboren waren. Sie sollten aber bleiben, was sie waren, und erhalten, was ihrer Familie immer lieb war.

1925 gewann Hindenburg mit nur neunhunderttausend Stimmen Vorsprung vor dem Kandidaten der Weimarer Koalition die Reichspräsidentenwahl. Die internationale Anerkennung der Republik bekam Konturen. Deutschland wurde 1926 in Genf in den Völkerbund aufgenommen. Der deutsche Außenminister Gustav Stresemann durfte sogar vor der Versammlung sprechen. Im Januar 1926 wurde das Rheinland schrittweise von den Besatzungstruppen geräumt. Niemand im Land vermisste sie! Der Weg wurde frei für eine Verlegung der Westdeutschen Sendegesellschaft nach Köln. Die Westdeutsche Rundfunk AG wurde schon ein Jahr später zur zweitstärksten deutschen Rundfunkanstalt. Ihr liberales, judenfreundliches Programm wurde von den jüdischen Mitbürgern gewürdigt und von der rechtsextremen Presse verteufelt.

Dann färbten sich die Goldenen Zwanziger langsam nazibraun. Es begann mit dem schwarzen Donnerstag an der New Yorker Wallstreet. Am 24.10.1929 brachen die amerikanischen Aktienkurse zusammen. Binnen Stunden waren acht Milliarden Dollar Vermögen vernichtet. Im Sog dieses Crashs herrschte auch in Deutschland schnell Massenarbeitslosigkeit und politische Instabilität.

Bis 1933 wechselte die Reichsregierung zwanzigmal, weil sie keine Mehrheiten unter den Abgeordneten fanden. Ein Wahlgang folgte dem anderen. Wahlplakate versprachen dabei alles, wonach sich das Volk sehnte: *Für Brot und Freiheit kämpfen nur wir!*

Gegen Bürgerkrieg und Inflation!

Brüning der Freiheit und Ordnung letztes Bollwerk!

Die »Braunen« nahmen an Gewicht zu.

Die Inflation bereitete Josef Stein am meisten Sorgen. Das Papiergeld, das er nach Hause brachte, war nicht einmal mehr das Papier wert, auf dem es gedruckt war. Die Menge der Scheine ließ sich nur noch in einem großen Beutel transportieren. Wie sollte er die hungrigen Münder seiner Lieben stopfen? Hedi brauchte dringend ein neues leichtes Sommerkleid und auch die Jungen wuchsen schnell aus allem heraus. In seinen Überlegungen ging Josef bis zum Äußersten. Er war versucht, den Hawdalateller zum Pfandleiher zu bringen! Aber letztlich war sein Gewissen stärker als die akute Not. Das Familienstück durfte einfach nicht versetzt werden! Er opferte stattdessen seine goldene Taschenuhr. Doch auch ihr Gegenwert war nur ein Tropfen auf den heißen Stein. Solange die Abende warm waren, blieb Josef oft noch draußen und sinnierte über die Lage. Die Sommerhitze des Tages staute sich in den engen Straßen der Altstadt, und selbst die dünne Sommerkleidung war schnell schweißdurchtränkt.

Josef konnte bei seinem Nachsinnen nur schwarzsehen – oder braun –, wenn er an die Nazis dachte.

Es wurde langsam dunkel, die Gaslaternen begannen zu leuchten und verströmten ihr gelbliches Licht in die Schatten der Gassen. Josef machte sich auf den Weg nach Hause und war dort bemüht, sich seine Sorgen nicht anmerken zu lassen. Immer wieder musste er sich von Kostbarkeiten trennen, um etwas Essbares zu besorgen. Er hatte von seiner verstorbenen Mutter noch eine silberne Hutnadel mit einem tiefvioletten Amethyst. Die sollte nun auch auf den Schwarzmarkt. Das Bargeld, das er noch hatte, war über Nacht erneut wertlos geworden. Er beschloss, künftig nur noch Sachwerte gegen Sachwerte zu tauschen, aber die waren immer rarer geworden im Haushalt Stein. Wofür habe ich im Krieg nur meine Knochen hingehalten, sogar einen Arm gegeben, um jetzt als Hungerleider vor mich hin zu vegetieren?, dachte er zornig. Die Schwerindustriellen haben es da viel besser getroffen. Sie konnten ihr Vermögen im Krieg sogar vergrößern. Kriegsgewinnler sind das. Jetzt setzen sie dem Ganzen noch die Krone auf: Sie kaufen Immobilien auf, geben dabei ihre riesigen Vermögen für Kredite als Sicherheit. Die Kredite tilgen sie mit neuen Schulden, wenn die alten durch die Inflation ihren ursprünglichen Wert verloren haben. Am Ende besitzen sie den ganzen Grundbesitz für einen Apfel und ein Ei! Was sind wir arme Schlucker dagegen?, haderte er mit dem Schicksal.

Am 24.10.1929 begeisterte der dreizehnjährige jüdische Geiger Yehudin Menuhin in der Kölner Messehalle die Zuhörer. Trotz aller Anstrengung war es Josef nicht möglich, Geld für Eintrittskarten zusammenzubringen, mit denen er Gretchen so gerne überrascht hätte.

Und das Unglück schreitet schnell.
(Friedrich Schiller)

Nachdem Kölner Nationalsozialisten – an ihrer Spitze Robert Ley – schon in den Jahren zuvor durch unflätige Auftritte aufgefallen waren, kam es im Umfeld der Reichstagswahlen im September 1930 zu einer Eskalation von Gewalt gegen Juden. Leonhard Tietz wurde zwar noch von der Kölner Universität die Ehrendoktorwürde verliehen, aber es kam zu Störungen der Feierlichkeit durch nationalsozialistische Studenten.

Am 4. Januar 1933 trafen sich von Papen und Hitler im Haus des Kölner Bankiers von Schröder. Die beiden Männer verständigten sich über eine Regierung Hitler-Papen-Hugenberg. Hindenburg wurde überredet, den »böhmischen Gefreiten« an die Macht zu lassen. Am 30. Januar 1933 übersiedelte Hitler in die Reichskanzlei. Nach der Wahl im März verfügten die Nationalsozialisten über zweihundertachtundachtzig der sechshundertsiebenundvierzig Sitze und waren stärkste Partei. Schon am gleichen Tag zogen SA und SS mit Fackelzügen durch Köln. Am 12. März erhielt die NSDAP bei der Kölner Kommunalwahl 39,6 %. Einen Tag später verlor Adenauer sein Amt als Oberbürgermeister und floh aus der Stadt. Die Stadtverwaltung wurde gleichgeschaltet.

Günther Riesen, NSDAP-Mitglied, wurde Adenauers Nachfolger.

Der Jude ist die Made im faulenden Leibe,
Pestilenz, schlimmer als der schwarze Tod von einst,
Bazillenträger der schlimmsten Art, ewiger Spaltpilz
der Menschheit, die Drohne, die sich in die übrige
Menschheit einschleicht, die Spinne, die dem Volk
langsam das Blut aus den Poren saugt, eine sich blutig
bekämpfende Rotte von Ratten, der Parasit im Körper
anderer Völker, der typische Parasit, ein Schmarotzer,
der wie ein schädlicher Bazillus sich immer mehr
ausbreitet, der ewige Blutegel, der Völkerparasit, der
Völkervampir!
(Adolf Hitler: Mein Kampf)

Nach der Machtergreifung richtete die Gestapo eine sogenannte A-Kartei ein. Es handelte sich um eine Liste vermeintlicher Regimegegner, oftmals Repräsentanten aus der Weimarer Republik, die man als gefährliche Führungspersonen der Opposition ansah. Spätestens bei einer Mobilmachung sollten sie festgesetzt und unschädlich gemacht werden.

Josef Stein war, natürlich ohne es zu wissen, als erfolgreicher Kaufmann in dieser Kartei enthalten.

Die Nationalsozialisten setzten verstärkt die Sprache als Propagandamittel gegen die Juden ein.

Worte wie Rasse, Rassenschande, Überfremdung, Artverderber hämmerten sie den Deutschen ein und schürten damit den Antisemitismus in der gesamten Bevölkerung.

Am 31. März mussten sich jüdische Richter und Rechtsanwälte auf einem Wagen der Müllabfuhr durch die Stadt fahren und misshandeln lassen. Josef Stein konnte von Glück reden, dass er nicht unter den Verspotteten war. Den Justitiar einer Kaufhauskette hatten die Nazis bei dieser Aktion nicht auf der Rechnung. Dafür war Josefs Freund Simon Rebig unter den Opfern. Er war ein erfolgreicher Rechtsanwalt und Notar. Seine Kanzleiräume befanden sich in der Wörthstraße ganz in der Nähe des Oberlandesgerichts am Reichensperger Platz. Von dort ging der Schandzug los. Die braunen Schergen erwischten Simon, als er in seiner schwarzen Amtstracht aus dem Gerichtsgebäude trat.

Es geht Gewalt über Recht.

(Martin Luther)

Es gab immer noch Zeichen, die dem jüdischen Bevölkerungsteil Hoffnung machten, die Verunglimpfungen blieben nur von kurzer Dauer. So wallfahrteten aus Köln mehr als vierzigtausend Katholiken als Zeugnis des Widerstands gegen den Nationalsozialismus zur Gnadenkapelle in Kalk. Sechs weitere Kirchen öffneten ihre Pforten für kritische Gottesdienste. Das wurde von den Nazis argwöhnisch beobachtet, aber der Parteiapparat schritt nicht ein.

Auf der Straße hörte man die ersten Witze gegen die braunen Herren. Tünnes: »*Sag, Schäl, wat hälste vum Drette Reich?*« Schäl: »*De Muul*«, war einer davon.

Am 1. April begannen Boykottaufrufe gegen jüdische Geschäfte, Kanzleien und Arztpraxen. Josef Stein war heilfroh, dass sein Vater die Verunglimpfung der Ärzte nicht mehr miterleben musste. Im April folgten Aktionen vor jüdischen Geschäften. Ein- und Ausgehende wurden kontrolliert, antisemitische Plakate aufgehängt. Man zwang die Inhaber, mit Hetzplakaten durch Kölns Straßen zu laufen.

Zivilcourage zeigte in dieser Situation ein jüdischer Kaufmann namens Richard Stern. Er stellte sich demonstrativ mit dem Eisernen Kreuz Erster Klasse, das ihm als Frontsoldat des Ersten Weltkriegs verliehen worden war, neben den SA-Mann, der sein Bettenhaus bewachte, und verteilte ein an alle Frontkameraden betiteltes Flugblatt:

Wir fassen diese Aktionen gegen das gesamte deutsche Judentum als eine Schändung des Andenkens von zwölftausend gefallenen deutschen Frontsoldaten jüdischen Glaubens auf. Wir sehen darüber hinaus in dieser Aufforderung eine Beleidigung für jeden anständigen Bürger. Es ist uns nicht bange darum, dass es in Köln auch heute noch die Zivilcourage gibt, die Bismarck einst forderte, und deutsche Treue, die gerade jetzt zu uns Juden steht.

Josef war beschämt von so viel Mut, aber er wagte nicht, dem mutigen Kaufmann mit seinem Ehrenzeichen und der Kriegsverwundung zur Seite zu treten. Er hielt sich ängstlich bedeckt.

Am gleichen Tag kam es vor dem Kaufhaus Tietz zu blutigen Krawallen. Die Hausbanken, allen voran die Dresdner Bank, hatten der Eigentümerfamilie die Kreditlinien gestrichen. Das blühende Unternehmen stand vor dem Konkurs. Die Aktien der Familie mussten, trotz eines geschätzten Wertes von vierundzwanzig Millionen, im Paket für nur acht Millionen angeboten werden. Der Kurs fiel von hundert auf zehn und die Banken kauften sich zu diesem Schandpreis reich!

Die gerade mal achthunderttausend Mark, die die Familienmitglieder aus dem Zwangsverkauf erzielten, durften sie bei einer Ausreise aus Deutschland nicht einmal mitnehmen! Einen beachtlichen Betrag davon steckte Tietz Josef für dessen Familie zu, denn Josef wurde bei »der Säuberung des Kaufhauses von jüdischen Schädlingen« arbeitslos. Mit bescheidenen Mitteln harrten er und seine Familie unter immer schlimmer werdenden Verhältnissen in Köln aus und war dankbar für die eiserne Reserve, die er von seinem Arbeitgeber erhalten hatte. Er schlug sich als Anwalt jüdischer Leidensgenossen durch. Dabei durfte er sich nach einer neuen Verordnung nur noch »Rechtskonsulent« nennen.

Bald war das Einhalten der jüdischen Speisegebote nicht mehr gewährleistet. Ab Anfang April konnte Grete Stein kein frisches koscheres Fleisch mehr bekommen. Es erging ein Verbot des Schächtens. Manchmal gelang es ihr, wenigstens über Geflügelhändler an der holländischen Grenze koscheres Geflügel zu besorgen.

Anderes gab es nur noch auf dem Schwarzmarkt. Grete war sich im Klaren, dass wenn Äpfel, Tomaten oder Schokolade und Bohnenkaffee bei ihr gefunden würden, eine Verhaftung fällig wäre und mindestens das Gefängnis, womöglich sogar das KZ auf sie wartete.

Die jüdischen Zeitungen gingen dazu über, den Hausfrauen Ratschläge zu geben, wie man auf Fleisch verzichten konnte. Grete kochte nach dem israelitischen Familienblatt und dessen Küchenzettel für die fleischlose Küche. Bei ihren drei Männern fand dies keine Gegenliebe. Aber was sollte sie in der Not anderes tun!

Am 7. April folgte das Gesetz zur Wiederherstellung des Berufsbeamtentums. De facto war das der Ausschluss jüdischer Beamter aus dem Staatsdienst. Überall kam es zu Entlassungen nichtarischer Beamter. Ein Berufsverbot für jüdische Kassenärzte, Apotheker und Lehrer war die nächste Repressalie. Dem Beispiel der Behörden folgten viele Kölner Vereine und Clubs freiwillig. Noch bevor es Pflicht wurde, schlossen sie Juden als Mitglieder aus. Hiervon war Josef Stein nicht betroffen, denn er hatte sich gesellschaftlich nur in der jüdischen Gemeinde bewegt und christliche Freunde lediglich daheim getroffen. Trotzdem veränderten sich seine Freizeitstunden. Die arischen Freunde mieden weiteren Kontakt. So vermisste Josef bald das mittwochabendliche Schachspiel mit Dr. Hofmann.

Auch die Gegenbesuche im Haus des Arztes fehlten ihm. Er mochte Hofmanns Haus. Die bürgerliche Villa in der Robert-Heuser-Straße in Marienburg war ihm als äußerst gastlich bekannt. An dem langen dunklen Esstisch mit gedrechselten Beinen waren die vielen Stühle in Gebrauch, wenn wieder einmal das Haus »voll« war. Josef und Grete hatten immer zu den Gästen gehört. Das war nun passé!

Noch mehr als das traf ihn, als ihm ein Bekannter berichtete, er habe Hofmann mit Braunhemden scherzend in ihrem früheren Stammlokal gesehen. Dort hing schon seit Längerem ein großes Schild: »Für Juden verboten!«

Bald wurden jüdische Künstler aus den städtischen Kulturinstitutionen entlassen. Den Juden wurde verboten, Theater und Konzerte zu besuchen. Das traf Josef und Grete hart.

Recht schnell wurde allerdings der Kulturbund deutscher Juden gegründet. Er unterhielt in Berlin, Köln und Hamburg drei Theaterensembles. Außerdem bot er Kabarett und hatte mehrere Chöre unter seiner Obhut. Gegen einen festen Monatsbeitrag konnte das Paar wenigstens noch in diesem bescheideneren Rahmen am kulturellen Leben teilnehmen. Das nationalsozialistische Regime förderte diese jüdische Selbsthilfe fürs Erste, brachte sie doch eine weitere Ausgrenzung »der Rassenschänder« mit sich.

Wer sich in Gefahr begibt, kommt darin um.
(Jesus Sirach 3,27)

Auch die Kinder hatten ihr Scherflein zu tragen. Hedi Stein blieb selbst bei gutem Wetter lieber zu Hause. Wenn sie sich in den Parkanlagen mit ihren Freundinnen zum Spielen traf, erfolgten immer wieder Überfälle der Hitlerjugend. Manchmal träumte sie insgeheim davon, einen netten jungen Mann kennen zu lernen. Doch sie war sich im Klaren, dass dafür kaum eine Chance bestand, wo sie sich so abschotten musste.

Wenn Max zum Bolzen auf die Straße ging, war sein erstes Vergnügen ein rasanter Ritt auf den blank polierten Geländern der Treppe hinab bis zur Haustür. Der Hosenboden wurde richtig heiß! Als er diesen Ritt wieder einmal erfolgreich hinter sich hatte und aus der Haustür stürzte, öffnete eine Nachbarin ihre Wohnungstür und rief ihm zu: »Jüd is Jüd, un du bis eener!« Das erzählte er abends seiner Mutter. Die konnte ihm nur stumm über den Kopf streicheln. Als er seinen Freund Ernst eines Nachmittags traf, war alles anders als sonst. Ernst verweigerte ihm den üblichen Begrüßungshandschlag. »Weißt du nicht, dass ich dir keine Hand mehr geben darf? Mein Vater sagt, sonst käme ich auch dorthin, wo du hinkommst.« Auf sein »Was heißt, wo ich hinkomm?« blieb Ernst mit unstetem Blick die Antwort schuldig. Das gemeinsame Spielen war jedenfalls vorbei. Für Max kam es noch viel schlimmer. Die Einladungen zu seiner lieben Freundin Evi Möller blieben aus. »Wir müssen uns heimlich sehen, Max. Mutter und Vater wollen das nicht mehr«, hatte sie ihm mit schamgeröteten Wangen gesagt. Dabei hatte ihr Vater mit ihm immer so ernsthafte Gespräche von Mann zu Mann geführt!

Nun holte Max sie heimlich jeden Nachmittag beim Führerinnenlager der Hitlerjugend ab und begleitete sie nur so weit auf dem Heimweg, dass ihn ihre Mutter über die Gartenterrasse nicht sehen konnte. Bald machte

Max selbst Anstalten, der Hitlerjugend beizutreten. Doch seine Eltern hielten ihn davon ab. »Das ist nichts für dich, Mäxchen«, sagte sein Vater und verbat sich jede Widerrede. Natürlich wusste Josef, dass sein Junge überhaupt keine Chance hatte, genommen zu werden.

Aber das verschwieg er tunlichst. Das Nazigeschmeiß war nicht der rechte Platz für seinen Sohn. Mäxchens Musiklehrerin, Fräulein Städler, deren Lieblingsschüler er immer gewesen war, hielt sich nun ebenfalls im Umgang mit ihm zurück. Wenn der Schulleiter den Unterricht verfolgte, nahm sie ihn nicht mehr dran, sondern bevorzugte den blonden Karl Ritter, diesen Kotzbrocken. Schließlich verteilten einige Schüler auf dem Schulhof antijüdische Hetzzettel des deutschvölkischen Schutz- und Trutzbundes. Darauf wurden Juden als wahre Teufel bezeichnet, die ausgerottet gehörten. In Max wuchs der Wunsch, ja nicht als Jude erkennbar zu sein. Wäre ich doch ein Mädchen, dann könnte mich wenigstens keiner an meiner Beschneidung erkennen, dachte er verzweifelt. Am schlimmsten erging es ihm im Turnunterricht, der nie seine Stärke gewesen war. Nun kujonierte ihn Turnlehrer Kern vor der gesamten Klasse. Mit hämischem »Hopp, hopp!« scheuchte er ihn ans Reck, und wenn er dort ein bisschen hilflos hing, dröhnte er: »Schaut her, wie der feige Itzig dort hängt, wie ein nasser Sack. Dir werde ich die Hammelbeine schon noch lang ziehen. So lange, bis für dich Weihnachten und Ostern auf einen Tag fällt!« In der nachfolgenden Deutschstunde setzte Michael, der Sohn eines strammen Nazis, noch einen drauf: »Herr Lehrer, darf ich mich von Max wegsetzen? Der stinkt nach dem Sport so nach jüdischen Schweißfüßen!«, rief er in den Klassensaal. Allgemeines Gelächter machte ihn stolz. Der Deutschlehrer tadelte Michael nicht einmal.

Als Max nach der Schule nach Hause kam, fragte er seinen Vater am Mittagstisch: »Vater, was ist ein feiger Itzig?« Die Blicke seiner Eltern trafen sich, und wo eben noch freudig geredet wurde, trat Stille ein. Sein Vater räusperte sich mehrmals, er musste die richtigen Worte suchen. Heinrich kam ihm zuvor: »Das sagen die Nazischweine zu uns Juden. Da musst du ihnen einfach eins aufs Maul geben.« Max war nicht so robust wie sein Bruder, betroffen sah er seinen Vater an. Der blieb stumm. Der Erklärung von Heinrich war nichts hinzuzufügen.

Eines Nachmittags ging Max auf den Bolzplatz. Er wollte seine Klassenkameraden Walter und Rudolf treffen. Sie waren schon da und kickten sich mit einem alten Lederball zu. Sie setzten ihr Spielen fort, ohne ihn zu beachten. Max kannte dieses abweisende Verhalten inzwischen, blieb linkisch am Wiesenrand stehen und schaute den beiden Jungen zu. Es schmerzte ihn, dass sie ihn auch noch schnitten.

Als ihnen das Hin-und-her-Gebolze zu langweilig wurde, suchten sie etwas anderes: »Wir könnten mal wieder auf die Eisenbahnbrücke gehen«, schlug Rudolf vor. Walter wandte sich an Max: »Kannst mitkommen, wenn du nicht zu feige bist.« Max nickte und trottete hinter den zweien her. Es war zwar streng verboten, die Brücke zu betreten, doch er wollte nicht feige sein. Rudolf gab sich plötzlich verbindlich, er suchte seine Hilfe für schwierige Hausaufgaben. Wütend dachte er an seinen Vater, der ihn bei der letzten Fünf in einer Klassenarbeit angeschissen hatte: »Du bist doch nicht blöder als der kleine Judenlümmel! Wenn das noch mal vorkommt, hau ich dich grün und blau!«

Bald hatten die Jungen die Brücke erreicht. Der Rhein führte Hochwasser und hatte enorme Strömung. Die Wassermassen schossen grau, mit vielen kleinen weißen Schaumkronen betupft, flussabwärts. Walter schob seinen Kopf über das Geländer und spuckte hinab.

Die Spuckfahne flog, vom Wind verweht, schräg nach unten und traf erst weit hinter der Brücke auf die Wasseroberfläche. »Winnetou würde hier locker runterspringen«, wusste er und sah seine Kumpanen abschätzend an. »Wo liegt das Problem?«, machte Max sich wichtig. Kaum hatte er die Worte ausgesprochen, hätte er dies lieber ungeschehen gemacht.

»In deiner Feigheit«, antwortete ihm Rudolf lauernd.

Max wurde starr vor Schreck. Als er nicht reagierte, bohrte Walter nach: »Kern hat also Recht.«

Das wollte Max nicht auf sich sitzen lassen. Er zischte zurück: »Ihr werdet schon sehen!« Dann biss er die Zähne zusammen, kletterte über das Geländer und ließ sich in die Tiefe fallen. Hinter sich hörte er noch

Walters ängstlichen Ruf: »Max, tu das nicht!« Doch es war zu spät, und es fiel sich ganz leicht. Der Aufschlag auf dem Wasser traf Max wie ein Schlag. Es wurde schwarz um ihn und eiskalt. Sein Körper drehte sich wie ein Kreisel in der heftigen Strömung. Die Luft wurde knapp, und er strampelte mit Armen und Beinen, um wieder an die Oberfläche zu kommen. Doch der Sog des Wassers hielt ihn unten. Ein letztes Aufbäumen, dann verließen ihn die Kräfte. Wie zum Atmen öffnete er seinen Mund und das Flusswasser füllte seine Lungen.

Max' Leiche wurde erst drei Tage später von einem Spaziergänger im Ufergestrüpp bei Riehl gefunden. Sein Körper war aufgedunsen und entstellt. Die Polizei ermittelte wegen des Todes eines blöden Judenlümmels nicht lange. Das war eben ein Unfall, und in der Familie Stein gab es einen Itzig weniger. Nur jüdische Freunde nahmen Anteil an deren Kummer.

Wer aufgibt, wird aufgegeben.

(Emil Oesch)

Heinrich hatte nach dem Abitur an der jüdischen Handwerkerschule eine einjährige Technikerausbildung absolviert. Dort war er unter Gleichaltrigen gewesen und hatte sich gut gefühlt. Danach fand er für kurze Zeit eine Anstellung beim städtischen Bauamt. Dort ging er hin, um Geld zu verdienen. Aber er fühlte täglich schmerzhaft die Ausgrenzung durch seine Kollegen. Dann fiel er der Säuberungswelle zum Opfer und wurde wie sein Vater arbeitslos. Mit Gelegenheitsarbeiten, meist Erteilen von Nachhilfestunden, konnte er immer noch etwas zum Lebensunterhalt der Familie beitragen.

Am 17. Mai fand vor der heutigen FH Köln eine Bücherverbrennung statt. Das Geschäft Foto Brenner wurde als eines der ersten kleineren Läden arisiert.

»Boykottiert jüdische Geschäfte! Meidet jüdische Ärzte!«, wurde zum Schlachtruf.

1934 war die antisemitische Haltung auch im Karneval nicht mehr zu übersehen. Ein Karnevalswagen, geschmückt mit einer Banderole »Die Letzten ziehen ab«, und Karnevalisten, die lange Bärte und jüdische Hüte trugen, zogen am jubelnden Publikum vorüber. Das Ganze wurde gekrönt durch Klänge antisemitischer Karnevalslieder. Josef und seine Familie, die früher mit viel Freude an den lustigen Umzügen teilgenommen hatten, blieben wegen der neuen Stimmung dieses Mal lieber fern. Josef schlug zum Trost eine andere Abwechslung vor. Für einen Urlaub, fern vom Trubel, reichte das Geld nicht. Aber sie beschlossen, an den jecken Tagen ins Blaue zu fahren. Es ging bei herrlichem Wetter nach Altenberg zum Dom und in den Märchenwald und am nächsten Tag auf den Drachenfels.

1935 mussten sich die Steins von ihrem arischen Dienstmädchen trennen. Die Nürnberger Rassengesetze verboten die Weiterbeschäftigung. Die Nazis glaubten in ihrem kranken Denken, mit dem Verbot den Missbrauch arischer Frauen durch jüdische Männer verhindern zu können. Die Nürnberger Gesetze stempelten die Juden endgültig zu Bürgern zweiter Klasse ab. Als Staatsbürger nichtdeutschen oder artverwandten Blutes wurden sie von der Reichsbürgerschaft ausgeschlossen und verloren sämtliche politischen Rechte. Als im Oktober jüdische Bedürftige von den Leistungen des Winterhilfswerks des deutschen Volkes ausgeschlossen wurden, griffen die Juden mit der eigenen jüdischen Winterhilfe erneut zur Selbsthilfe. Josef und Heinrich Stein arbeiteten ehrenamtlich mit. Sie sammelten Geld, Lebensmittel, Kleidung, Möbel und Brennmaterial. Im Winter 1935/36 waren zweitausendfünfhundert Bedürftige auf Unterstützung angewiesen. Das war immerhin ein Fünftel der gesamten Gemeindemitglieder.

Künftige Ereignisse werfen ihren Schatten voraus.
(*Thomas Campbells*)

Am 1. Dezember zog die Geheime Staatspolizei in das Haus am Appellhofplatz. Im Keller wurden zehn Zellen errichtet. Mehr als siebenhundertfünfzig Menschen sollten darin in der Folgezeit ermordet werden. Das Jahr 1936 brachte jedoch zunächst eine Phase der Ruhe für alle Verfolgten. Die Besetzung des entmilitarisierten Rheinlandes stand bevor und die Machthaber wollten nicht unnötig Aufsehen erregen. Außerdem fanden in Deutschland die Olympischen Spiele statt, und die Nationalsozialisten wollten weltoffen und liberal erscheinen.

1937 wurde der Kurs gegenüber den Juden wieder härter. Die Steins saßen eines Abends im Wohnzimmer beisammen, um ihre Zukunftsängste auszutauschen. Josefs Sicht der Dinge war klar. Ihm als verdientem Kriegsveteranen mit Auszeichnung würde schon nichts geschehen. »Wir haben doch gesehen, wie sich Hindenburg gegen Hitler durchsetzte. Als Richter und Beamte jüdischer Abstammung aus dem Dienst getrieben wurden, blieben auf seinen Wunsch hin verdiente Kriegsteilnehmer verschont. Warum soll es mir anders ergehen? Alles Schlimme hat einmal ein Ende. Wir werden dieses braune Pack schon überleben«, argumentierte er. Für Grete war damit klar, dass sie an der Seite ihres Mannes bleiben würde. Auch Hedi konnte sich nichts anderes vorstellen, als bei den Eltern zu sein. Sie kannte nur die Geborgenheit ihres Elternhauses und hatte Angst vor jeglicher Änderung. »Aber mit dir, mein Junge, sieht es anders aus«, wandte sich Josef an Heinrich. »Du bist jung und hast noch alles vor dir. Vergeude die nächsten Jahre nicht mit Warten auf Besserung. Wir haben gute Freunde in den Staaten. Dort sollst du hin. Betty, die Tochter unserer Freunde, erwartet dich mit ihrer Familie als Gast. Dir soll es besser gehen als uns.« Als Josefs Vorschlag die Hirne der anderen noch beschäftigte, fuhr der bereits fort: »Unseren Familienteller wirst du mitnehmen. Mit ihm sollen wieder unbeschwert Sabbatfeste gefeiert werden. Dieses Land ist ihn nicht wert.«

Die Worte seines Vaters machten Heinrich betroffen. Vater hatte also ohne sein Wissen schon Pläne für seine Auswanderung geschmiedet!

Bald ging es nicht mehr darum, ob Heinrich ausreisen sollte, sondern nur noch darum, wie. Auch hierfür hatte sich Josef längst eine Lösung ausgedacht. Der größere Geldbetrag, den er von Herrn Tietz bei dessen Flucht bekommen hatte, spielte eine Rolle in seinen Planungen. Ihn galt es in die Schweiz zu transferieren, damit Heinrich in der Fremde über die nötigen Mittel verfügte. Aus der Schweiz sollte es ein Leichtes sein, nach Frankreich zu reisen, um von Nizza aus mit dem Schiff Amerika anzusteuern.

Josef hatte noch keine Vorstellung, wie das Geld auf ein Schweizer Konto kommen konnte. In seiner Zeit als Justiziar bei Tietz hatte er einen dynamischen Mann als Chefeinkäufer für das Ausland eingestellt. Gerd Meyer hieß er. Er war Christ, und sie waren sich von Anfang an sympathisch gewesen. Auf ihn setzte er nun.

Meyer war bei den neuen arischen Herren des Kaufhauses in Anstellung geblieben. Seine Erfahrung und seine guten Auslandskontakte waren zu wertvoll gewesen, um ihn auszumustern. Er war zwar kein Parteimitglied, aber auch kein Jude.

Gerd Meyer und Josef Stein hatten sich aus den Augen verloren, aber Josef war sich sicher, auf Meyers Hilfe immer noch zählen zu können. Er beschloss, ihn an einem Wochenende aufzusuchen.

Das Wetter war gut und Gerd Meyer arbeitete in seinem Garten, als Josef an seinem Haus anlangte. Meyers Kinder spielten in der Sandkiste. Seine Frau saß im Liegestuhl auf der Terrasse und las Zeitung. Ein richtiger Arier, dachte Josef leicht erschrocken, als er den Kaufmann so hünenhaft stark, blond und blauäugig mit den Gartenwerkzeugen hantieren sah. Als ihn Meyer vor dem Gartenzaun entdeckte, ging ein Strahlen über sein Gesicht und entblößte seine weißen, ebenmäßigen Zähne. Ganz ungezwungen bat er Josef herein. Nur kurz verweilten sie bei alten Erinnerungen, dann wagte Josef auszusprechen, was ihn bedrückte.

Gerd Meyer war ein Mann der Tat. Er wusste zwar, wie gefährlich es war, Juden zu helfen, aber er mochte Josef Stein und wollte ihm behilflich sein. Stein hat mir damals bei der Einstellung den Vorzug vor einem jüdischen Glaubensgenossen gegeben und nicht auf die Rasse geguckt, dachte er für sich im Stillen. Er hatte auch schon eine Idee, wie er helfen konnte. Er nahm Josef am Arm und ging mit ihm ein paar Schritte in den Garten hinaus. Er wollte mit ihm allein reden und vermeiden, dass seine Frau in die Sache mit hineingezogen wurde. Als sie sich etwas von der Terrasse entfernt hatten, sprach er zu Josef: »Ich will Ihnen helfen und glaube, ich weiß auch schon, wie wir das Geld für Ihren Sohn außer Landes bringen können. Ich habe auf gleiche Weise, das vergessen Sie bitte schnell wieder, Herrn Tietz geholfen. Der Weg ist einfach. Ich werde in der Parteizeitung »Westdeutscher Beobachter« eine Anzeige aufgeben. Darin wird ein Geschäftsführer für unsere Außenstelle in Zürich gesucht. Der Zeitung gebe ich die Anweisung, mir die Bewerbungen nach Zürich nachzuschicken. Mir ist bekannt, wie diese Nachsendungen vonstattengehen. Die Briefe werden gebündelt und in amtlichem Papier mit Parteiabsender und Hakenkreuz versehen nach Zürich versandt. Kein Mensch wird auf den Gedanken kommen, ein solches amtliches Paket zu überprüfen. Nun kommen Sie ins Spiel«, wandte er sich an Josef. »Ihre Aufgabe verlangt einigen Fleiß. Sie müssen eine Unzahl von Bewerbungen schreiben und an die Chiffre schicken, die ich Ihnen nennen werde. Wenn Sie jedem Brief einige große Geldnoten beilegen, können Sie den gewünschten Geldbetrag in kleinen Portionen außer Landes schaffen. Ich werde das Paket in Zürich entgegennehmen und das Geld für Sie auf ein Bankkonto einzahlen.«

Josef war sprachlos. Wie einfach war doch die Lösung, wenn man den richtigen Weg wusste! Er war sofort einverstanden, und weil sich alles so gut anließ, sprach er auch noch den Hawdalateller an. Auch hier wusste Meyer Rat: »Wenn ich ins Ausland reise, nehme ich stets unsere Musterkoffer mit. Darin sind immer die unterschiedlichsten Gegenstände. Warum sollte nicht ein antiker Teller darunter sein? Wenn es wirklich an der Grenze zu Problemen kommen sollte, werde ich schon eine Ausrede parat haben. Wer soll mir verübeln, dass ich einem Juden diesen Teller billig abgekauft habe, um ihn im Ausland teuer zu versilbern?«

Josef wusste gar nicht, wie er Meyer danken sollte. Es kam nur noch selten vor, dass man von christlichen Nachbarn wie ein gleichwertiger Mensch behandelt wurde. Er konnte das Verhalten von Meyer einfach nicht hoch genug einschätzen. Gerd Meyer ließ jedoch keinen Dank zu. Er verabschiedete Josef herzlich und sprach zum Schluss zu ihm: »Wir sollten es schnell angehen, die Zeiten werden nicht besser.« So machten sich die beiden Männer an die Arbeit. Josef schloss sich des Abends in seinem Arbeitszimmer ein und schrieb unentwegt Bewerbungsbriefe, in die er Geldscheine legte.

Er adressierte sie an die Chiffre, die ihm Meyer aufgegeben hatte. Dann begann die Zeit des Wartens.

Doch Josef musste sich nicht allzu lange ängstigen. Schon nach vier Wochen erfuhr er von Meyer, dass alles geklappt hatte. Geld und Teller waren unter dem Namen Heinrich Stein in einer Züricher Bank deponiert. Josef wurde es leicht ums Herz. Er konnte kaum erwarten, am Abend mit der Familie zusammenzusitzen, um zu erklären, dass die Abreise von Heinrich kurz bevorstünde.

Wer flieht, kann später wohl noch siegen.
Ein toter Mann bleibt ewig liegen.

(Samuel Buttler)

Heinrichs Ausreise sollte keine Schwierigkeiten machen. Den Nationalsozialisten war zu dieser Zeit noch daran gelegen, Deutschland mit möglichst vielen Ausbürgerungen judenfrei zu bekommen, dachten die Steins. Besondere Ausreisebestimmungen für Juden gab es auch noch nicht. Im Vertrauen darauf kaufte Josef für seinen Sohn am Kölner Hauptbahnhof eine Fahrkarte bis Zürich. Es begann eine kurze Woche des Abschiednehmens. Auf dem Bahnhof drückte man sich noch einmal herzlich. Man versprach sich ein baldiges Wiedersehen.

Heinrich hatte im Zug einen Fensterplatz. Er drehte die Scheibe hinab und lehnte sich winkend hinaus, bis die Ausfahrt des Bahnhofs nur noch ein dunkles Loch für ihn war. Nach fünf Stunden überquerte er hinter Freiburg die Grenze. Der deutsche Zöllner musterte ihn streng, fragte nach seinen Papieren und dem Grund seiner Reise. Der Pass war nicht zu beanstanden, der Koffer schien dem Zöllner zu klein für Schmuggelgut und die Antwort: »Ich bin geschäftlich unterwegs«, befriedigte ihn ebenfalls. So überquerte Heinrich ohne Probleme die Grenze zur Schweiz. In der Züricher Bankzentrale wies er sich aus und erhielt anstandslos den Teller und sein Geld. Dann ging er in ein Reisebüro auf der Bahnhofstraße und buchte für den nächsten Tag eine Weiterfahrt nach Nizza. Er fand ein kleines, sauberes Hotel direkt am Bahnhof, aß eine Kleinigkeit und ging mit seinen Reichtümern ins Zimmer. Er schlief die Nacht traumlos und wurde vor Aufregung viel zu früh wach. So lief er noch fast eine Stunde ungeduldig in der Bahnhofshalle auf und ab, bis ihn der Zug mit einigem Umsteigen seinem Reiseziel Nizza entgegenbrachte. Für seinen Vater aber, sollte Heinrichs Ausreise nicht ohne Folgen bleiben.

*Lieber ein Ende mit Schrecken
als ein Schrecken ohne Ende.*
(Ferdinand von Schill)

In Köln hatte ein linientreuer Parteigenosse und Nachbar festgestellt, dass Heinrich Stein verschwunden war.
Er meldete seine Feststellung der Gestapo und lieferte so den Vorwand für Josef Steins Verhaftung. Nach der ersten Vernehmung bewertete man Josefs Hilfe für seinen Sohn als Hochverrat. Die Gestapo verhaftete ihn. Er war starr vor Angst und befürchtete die sofortige Deportation in ein Konzentrationslager. Man hatte in der letzten Zeit so viel davon gehört.
Eine abgedunkelte Limousine brachte ihn in das EL-DE-Haus. Die folgenden Tage im überfüllten Keller des Gestapo-Gefängnisses waren fürchterlich. Die Räume waren vollgestopft mit Menschen. Man konnte sich nicht einmal hinlegen, so drängte man sich in den schmalen Zellen. Aufrecht stehend, nur mit dem Mantel bedeckt, versuchte Josef zu schlafen. Weitere scharfe Verhöre sollten den Grund für Heinrichs Ausreise offenbaren. Weil Josef nichts aussagte, setzten körperliche und seelische Schikanen ein. Schließlich versuchte es ein Kerl mit roher Gewalt. Der stiernackige Glatzkopf baute sich vor Josef auf und fragte ihn hämisch: »Hat euch euer Gott nicht zweihundertzweiundfünfzig Gebote gegeben, die gleiche Anzahl, wie der Mensch Glieder hat, und hat er nicht befohlen, sie zu befolgen?« »Ja, das stimmt«, antwortete Josef zögernd. Der Gestapomann befahl ihm, seine rechte Hand ausgespreizt auf den groben Holztisch zu legen. Josef tat wie geheißen. Ehe er sich's versah, hatte der Kerl sein Kampfmesser gezogen und ihm mit einem einzigen Schlag den kleinen Finger der rechten Hand abgetrennt. Grinsend sagte er danach: »Bedank dich bei Gott, du Judensau. Jetzt musst du ein Gebot weniger einhalten.« Josef blickte ihn ungläubig an, dann brach er zusammen, aber er gestand wieder nicht.

Als er mehrere Tage nicht nach Hause gekommen war, entschloss sich Grete, sich an den Rabbiner Dr. Isidor Caro zu wenden. Sie wusste um dessen gute Beziehungen zu den Vertretern der christlichen Konfessionen. Caro wohnte am Ehrenfeldgürtel und arbeitete am Gymnasium Kreuzgasse als Religionslehrer. Dem Rabbiner gelang es wirklich, Josef aus den Händen der Gestapo freizubekommen. Seine guten Beziehungen und der Hinweis darauf, dass Josef ein dekorierter Kriegsheld des Ersten Weltkriegs sei, halfen dabei.

Als Josef freikam, war er nicht mehr derselbe. Er war ein gebrochener Mann. Immer wieder brabbelte er vor sich hin: »Ich lasse mir von einem dahergelaufenen Österreicher doch nicht mein Deutschsein und meinen Stolz darüber absprechen.« Ein andermal sagte er unentwegt die Verse auf:

»*Als Juden für Deutschland im Felde starben*
oder Tapferkeitsorden erwarben,
man sie ermunternd wissen ließ:
Der Dank des Vaterlands ist euch gewiss!
Was keiner gedacht,
kam über Nacht.
Undank trifft uns, war alles nur Beschiss?«

Grete Stein versuchte ihn zu beruhigen.

Im März 1938 kam Hitler erneut nach Köln, um für die Volksabstimmung zum Anschluss Österreichs zu werben. Der Führer wetterte in mehreren Reden gegen die infame Judenbrut und forderte härteste Gangart an.

Ab April wurden alle jüdischen Vermögen über fünftausend Reichsmark registriert. Josef Stein war froh, sein restliches Geld in der Wohnung versteckt zu haben. Ab Juni gab es eine Meldepflicht für jüdische Gewerbetreibende und die Überwachung aller jüdischen Wirtschaftsunternehmen.

Die Zusatznamen Israel und Sarah wurden ab August für alle Juden neben ihren bisherigen Vornamen Pflicht. Ab September durften jüdische

Ärzte nur noch Juden behandeln und sich nur noch jüdische Krankenbehandler nennen. Im Oktober kam ein großes J in die Pässe.

Juden waren damit bei jeder Personenkontrolle gebrandmarkt, Auslandsreisen wurden unmöglich.

Diese Erniedrigungen waren Josef zu viel. Er zog sich eines Abends in sein Zimmer zurück und beschloss, seinem Leben ein Ende zu machen. Er setzte sich an den Schreibtisch und schrieb einen letzten Brief an seine Frau:

Meine geliebte Frau,
die Katastrophe ist nicht mehr zu verhindern. Heute oder morgen wird Deutschland vor dem Ende stehen. Aber für uns Juden wird das zu spät sein.
Ich muss noch einmal zu dir sprechen. Es wird mein letzter Brief sein und er soll nur dir gelten. Ich kann und will so nicht mehr leben, so ganz ohne Würde und immer in Angst. Ich hoffe, du verstehst das.
Wenn ich unser gemeinsames Leben Revue passieren lasse, komme ich zu dem Schluss, dass du mir die schönsten Jahre deines Lebens geopfert hast.
Ich habe dir dafür lange nicht genug zurückgegeben. Deshalb möchte ich dir heute wenigstens sagen, dass du mir am nächsten von allen Menschen stehst.
Ich danke dir für alles Liebe und Gute. Nun will ich den letzten Schritt selbst tun und nicht warten, bis mich das Böse verschlingt und der Tod ohne meinen Willen auf mich zukommt. In meinen letzten Minuten bin ich mit all meinen Gedanken bei dir. Lass mich dir nochmals meine tiefe Liebe gestehen. Auch wenn es nicht immer danach ausgesehen haben mag, es ist so. Man lügt nicht in der Todesstunde! Meine Arme umschließen dich voll Liebe und Dankbarkeit zum allerletzten Mal!
In Liebe, dein Josef.

In der Nacht schluckte er eine Überdosis Veronal, ein Barbiturat, das leicht zu besorgen war und schnell wirkte.

*Die Tränen einer Witwe werden nicht
vom ersten Wind getrocknet.*

(Sprichwort)

Grete erwachte am nächsten Morgen von den Schmerzen in ihren Gliedern. Sie konnte nicht mehr liegen und beschloss aufzustehen. Wenn wir in unserem Alter morgens keine Schmerzen haben, sind wir tot, dachte sie bitter. Sie drehte das Licht an. Es war immerhin schon sieben Uhr. Sie musste das Frühstück machen. Sie griff nach ihrem Morgenmantel, schmiegte sich hinein und versuchte die Bettwärme noch etwas in ihn hinüberzuretten. Eilig machte sie sich auf den Weg in die Küche. Aus Josefs Schlafzimmer drang kein Mucks. Kein Schnarchen. Ungewöhnlich, dachte sie.

Sie stutzte. An die kleine Vase auf dem Küchentisch angelehnt stand ein Briefumschlag. In Josefs markanter Schrift war darauf geschrieben: »Für Gretchen«.

Sie nahm ihre Lesebrille vom Sideboard und setzte sie auf. Sie erbrach den Umschlag und begann mit banger Vorahnung zu lesen. Sie stockte mehrere Male und las manches zweimal. Es war so unfassbar, was da geschrieben stand; es trieb ihr Tränen in die Augen.

Dann rannte sie in Josefs Schlafzimmer und machte Licht. Sein Gesicht war leicht durchsichtig und leuchtete wie Marmor. Seine Hände lagen wachsbleich auf der Bettdecke. Seine knochigen Füße und die dünnen Knöchel mit den blauen Äderchen lugten darunter hervor. Grete sah in sein Gesicht und suchte ein Lebenszeichen. Aber da war kein Hauch von Lebendigkeit mehr. Josefs Lippen waren bläulich angelaufen und standen leicht offen. Es war ihr, als schwebte über ihnen ein leises Lächeln.

Josefs Augen waren hinter den Brillengläsern ein wenig geöffnet. Das Licht brach sich in den Gläsern und verschaffte seinem leblosen Blick so etwas wie einen letzten Glanz. Josef war tot! Er hatte seine Maxime bis zuletzt durchgehalten und selbst entschieden, wie das Spiel zu Ende zu spielen war. Er hatte nicht gelitten, aber sie allein zurückgelassen. Daran änderten auch die erklärenden Worte seines Briefes nichts. Grete wurde es kalt. Erinnerungen flatterten um sie herum, und Angst stieg in ihr auf. Sie holte tief Atem. Ihre Verzweiflung trieb ihr Tränen in die Augen. Sie fühlte Mitleid mit sich selbst und mächtigen Zorn auf Josef. Nun war sie mit Hedi allein in dieser feindlichen Welt.

's ist Fluch der Zeit, dass Tolle Blinde führen!
(William Shakespeare)

Ab 1. Januar 1939 gab es keine jüdischen Geschäfte mehr in Köln. Alle verbliebenen Juden mussten Zwangsarbeit verrichten. Mindestens siebenhundertfünfunddreißig Häuser und Grundstücke waren nach und nach beschlagnahmt und verkauft worden.

So zog das Gesundheitsamt in ein arisiertes Kaufhaus am Neumarkt. Grete Stein rechnete täglich damit, dass auch sie mit der Wohnung ein ähnliches Schicksal ereilen würde.

Im Mai 1939, wenige Monate vor Kriegsbeginn, mit dem die Auswanderung der Juden bis auf Einzelfälle zum Erliegen kam, lebten nur noch achttausend Juden in Köln.

Im Mai 1940 wurden die in Köln lebenden Sinti und Roma verhaftet und deportiert. Diese Aktion diente als Generalprobe für die Endlösung der Juden. 1941 wurde für sie der Zwang eingeführt, einen Judenstern zu tragen.

Der Judenstern bestand aus einem handtellergroßen, schwarz ausgezogenen Sechseckstern aus gelbem Stoff mit der schwarzen Aufschrift »Jude«. Er musste gut sichtbar auf der linken Brustseite des Kleidungsstücks aufgenäht sein.

Hedi hielt es nun noch mehr im Haus. Wenn es sich nicht vermeiden ließ, auf die Straße zu gehen, dann schlug sie den Mantelkragen über den Stern oder bedeckte ihn mit einer Tasche. Dabei lebte sie in ständiger Angst, dass ein Polizist ihr Betragen beanstanden würde. Sie musste mit schwerer Strafe rechnen. Öfter dachte sie an den Rat eines Freundes, für den schlimmsten Fall zwei Rasierklingen im Schuh mit sich zu tragen. Aber dazu fehlte ihr der Mut. Sie ließ lieber alles auf sich zukommen.

Mutter Grete ging es nicht viel anders. Wenn sie zum Arbeitsdienst auf die nasskalte Straße trat, fuhr ihr Blick als Erstes über den Judenstern an ihrem Mantel. War er gut sichtbar? Sie wollte keinen Ärger bekommen. Schon an der nächsten Straßenbiegung fiel ihr Auge auf zwei kleine Handzettel, die an der Häusermauer befestigt waren: *Arbeiter und Soldaten! Steht zum Frieden!* und *Hitlers Tod, Frieden und Brot!* stand darauf zu lesen. Ihr Herz wurde aus Angst von einer eisigen Klammer umschlossen. Schnell weg hier. Wenn man mich neben diesen Zetteln sieht, hat man die Schuldige direkt dazu. Sie beschleunigte ihren Schritt und ihr Herz wurde erst wieder ruhiger, als sie ohne Behelligung die nächste Straße erreichte. Jetzt konnte sie dem gerade Erlebten schon wieder eine gute Seite abgewinnen: Also ist doch nicht ganz Deutschland unter diesem braunen Verbrecherhaufen in Agonie verfallen!

Es wurde November. Es war ein hässlicher Nebelmorgen. Als der Wagen hinter den Schwaden auftauchte, sah man hinter seinen Scheiben verschwommen die Umrisse von zwei Männern. Der Wagen hielt vor dem Haus Stein. Türen sprangen auf. Die Männer trugen die übliche Gestapokleidung: Hüte und Trenchcoats. Ein kurzes Getuschel, dann bollerten sie an die Haustür. Die Klingel wurde tunlichst übersehen. Als die Tür langsam aufging, sicherte einer von ihnen den Eingang, der andere stürmte weiter ins Haus. Sie ließen Grete und Hedi nicht viel Zeit. Die beiden Frauen durften kaum etwas zusammenpacken. Ein Blick der Mutter streifte die Blumen auf der Fensterbank und das Aquarium mit den Fischen. Sie würden unversorgt bleiben.

Bald saßen Grete und Hedi auf dem Rücksitz des Automobils. Ihre Bündel lagen in ihren Armen und sie krallten sich vor Angst daran fest. Die Männer schwiegen. Ein bedrohliches Schweigen! Der Fahrer rauchte. Bald war der Innenraum des Wagens vernebelt. Als die schwarze Limousine wieder hielt, sah Grete hinter den Nebelschleiern die Konturen eines großen grauen Gebäudes. War es das EL-DE-Haus? Von ihm hatte Josef so Schreckliches berichtet. Zwei SS-Männer standen vor dem Eingang auf Posten. Der Mann vor ihr stieß Grete mit dem Ellenbogen, dass es schmerzte. Er raunzte sie an: »Los, raus ihr Schicksen!« Beflissen sprangen beide aus dem Fond. Sie wollten vorwärtshasten, doch der Mann vom

Beifahrersitz stellte Grete ein Bein. Sie fiel weich auf ihr Bündel. Hinter ihrem Rücken tönte es leise, aber schneidend: »Du gehst erst dann, wenn ich es dir sage, und das gilt auch für die andere!« Mit Hedi ging er nicht so brutal um. Sie war noch jung genug und recht ansehnlich. Grete rappelte sich auf. Nach einigen Augenblicken stand sie zitternd in einem Behördenzimmer. Von Hedi war sie getrennt worden. Ein glatzköpfiger Kerl mit randloser Brille starrte sie mitleidlos an. Vor ihm auf dem Schreibtisch stand ein Aschenbecher, randvoll mit Kippen. Ein angekatschtes weißes Waschbecken, in dem der verrostete Hahn lautlos tropfte, der zerschundene Tisch und ein brauner Aktenschrank strömten Trostlosigkeit aus. Die Wände waren in schmutzigem Olivgrün gestrichen. Der Raum war überheizt. In dem offenen Schrank standen abgestoßene Aktenordner. Es erfolgte kein Verhör. Es gab nichts zu klären, alles war klar! Grete wurde lediglich registriert. Es musste alles seine deutsche Ordnung haben. »Verbringt sie nach Bonn-Endenich, die Tochter auch«, wandte sich der Beamte an ihren Begleiter, nachdem er ihre Akten sorgfältig abgelocht hatte.

Gretes und Hedis Leidensweg setzte sich fort. Einige Wochen blieben sie im Lager Endenich, gedrängt auf kleinstem Raum, schlecht verpflegt und unentwegt schikaniert. Eines Morgens hieß es, in Reih und Glied antreten. Überfüllte LKWs brachten sie zur Bahnrampe nach Deutz. Sie wurden in Viehwagen gestopft. Knüppel sorgten dafür, dass immer noch mehr in die Waggons hineinpassten. Einen halben Tag standen sie so zusammengepfercht. Durst und Hunger breiteten sich aus. Die Schwächsten unter ihnen brachen zusammen und ließen vor Angst ihre Notdurft unter sich. Als sich die Wagenräder endlich kreischend in Bewegung setzten, hatten die zusammengepferchten Menschen schon einen Großteil ihres Menschseins verloren. Das Stampfen der Räder auf den Schienen schläferte ein. Wenn einer umfiel, weckten ihn harte Knuffe sofort wieder auf. Da war kein Raum, um sich breit zu machen. Endstation der Fahrt war Auschwitz. Sie wurden aus den Waggons hinausgeprügelt. Noch an den Gleisen wurden sie selektioniert. Für Grete endete hier der Leidensweg. Sie war alt und unnütz. Ihr Weg führte direkt ins Gas. Hedi verblieben noch einige Monate Lagerleben als »Vergnügungsobjekt« der braunen Schergen.

*Im Elend bleibt kein anderes Heilmittel
als Hoffnung nur.*

(William Shakespeare)

Heinrich Stein verfolgte mit großer Aufmerksamkeit die Veränderungen in Deutschland. Meine Flucht aus Deutschland scheint wirklich für immer zu sein, dachte er verzweifelt. Es gibt keine Zeichen der Besserung.

Dann wartete er in seinem Zimmer in Nizza im Hotel Windsor ungeduldig auf die Überfahrt nach Amerika. Das Hotel war ein einfacher fünfstöckiger Bau, weit genug weg vom unschönen Trubel der Hafengegend, aber nahe genug an der mondänen Strandpromenade. Dort traf sich Heinrich täglich mit anderen Flüchtlingen in den Cafés. Die Gerüchteküche brodelte. Immer neue Horrorgeschichten versetzten die Wartenden in Angst und Schrecken. Der eine wusste von neuen Vorschriften und Anträgen als Erschwernis für die Überfahrt. Der Nächste erzählte, wie jüdische Aussiedler ihr ganzes Geld an korrupte Agenten verloren hatten und dann an die gnadenlosen Häscher Deutschlands ausgeliefert worden waren.

Der Dollarkurs auf dem Schwarzmarkt kletterte in schwindelnde Höhen. Wer nicht das nötige Kleingeld besaß, stand bald vor Problemen, die Passage bezahlen zu können. Heinrich hatte noch genug Bares und blieb Optimist: »*Hoffnung lässt Steine zu Brot werden und Ochsen kalben!*«, tröstete er sich selbst, seine Freunde und Weggefährten. Aber wenn er allein war mit seinen Sorgen, bat er den Herrn: »Lass Kummer und Ängste bald vorbei sein!« Er wollte endlich nach Amerika, nach Santa Monica, wo das Heim seiner Gastfamilie im Dunstkreis der großen Stadt Los Angeles auf ihn wartete.

Los Angeles war nach New York mit über fünfhunderttausend Juden die Stadt mit dem zweitgrößten jüdischen Bevölkerungsanteil der Staaten.

Dort hoffte er auf ein neues, friedliches Zuhause.

The almighty dollar!
(Washington Irving)

Heinrich sollte mit seiner Zuversicht Recht behalten. Im Februar 1939 erreichte er nach einer rauen Atlantiküberquerung und einer beschwerlichen Reise durch das weite Land Santa Monica. Im Gepäck befand sich wohlverschnürt der Hawdalateller als Erinnerung an die Familie und die feindlich gewordene deutsche Heimat, die ihm immer so viel bedeutet hatte. Als Startkapital führte er, versteckt in einer unscheinbaren Dose Vaseline, vier lupenreine Einkaräter mit sich. Es war ein Wunder, wie viel Geld man in so kleine Steine hineinpressen konnte. Die Diamanten hatte sein Vater vor vielen Jahren von einem befreundeten Edelsteinhändler in Antwerpen als »eiserne Reserve« erstanden und seinem Sohn bei der Ausreise mitgegeben.

Hier bin ich Mensch, hier darf ich sein.
(Johann Wolfgang von Goethe)

Fanny vermied, wo immer es ging, an Festen teilzunehmen, bei denen hauptsächlich vor Glück strotzende Paare eingeladen waren. Solche Treffen arteten für Singles meist in Spießrutenlaufen aus.

Bekannte und Freunde fragten besorgt und lautstark, wann man denn endlich unter die Haube komme! An den Tagen nach der Einladung hing die Frage über einem: »Hast du endlich jemanden gefunden?« Dabei haderte Fanny doch gar nicht mit ihrem Schicksal. Sie war mit dem Status eines späten Mädchens recht zufrieden. Sie liebte das beschauliche Städtchen Santa Monica. Das war seit Jahrzehnten das saubere und bevorzugte Domizil von Schriftstellern und Senioren und ihre Heimat. Aber Betty, ihrer besten Freundin, konnte sie eine Einladung wirklich nicht abschlagen. Sie musste an dem Fest teilnehmen. Betty und ihr Mann Archer gaben es zur Feier der Ankunft eines Familienfreundes aus Deutschland. Fanny dachte mit einem sauren Lächeln an die Standardantwort, mit der sie dumme Fragen abblocken wollte: »Ich bin allein ganz glücklich.« Lustlos machte sie sich ein bisschen zurecht und vertrödelte die verbleibende Zeit. Die Villa von Archer und Betty lag ganz in der Nähe an der Ocean Avenue auf einer Klippe über dem Pazifik. Das Haus stand am Rand eines kleinen Parks, von wo aus man einen guten Blick auf den Pier von Santa Monica hatte.

Als sie schließlich aufbrach, dämmerte es schon. Es war immer noch drückend warm. Die Auffahrt zum Haus ihrer Freunde. Auf den Randstreifen beider Straßenseiten standen Wagen. »Das Haus ist voll, also wird es wieder viele Quälgeister geben«, seufzte sie vor sich hin. Alle Fenster waren hell erleuchtet. Die Silhouette des Mauerwerks war von einem bunten Strahlenkranz eingefasst, weil hinten im Garten farbige Lichtgirlanden Fröhlichkeit ausstrahlten.

Stimmengewirr, helles Frauenlachen und schrille Musiktöne überboten sich an Lautstärke. Archer hatte ein Kletzmerensemble verpflichtet. Das war in der jüdischen Gemeinde gerade sehr populär. Fanny mochte die weinenden Töne der stimmführenden Klarinette, die Ranken des Akkordeons und der Geige. Ein hämmerndes Klavier gab dem Ganzen bei aller Traurigkeit einen schwungvollen Rhythmus. Fanny fühlte sich durch die Klänge etwas versöhnt. Die Haustür stand einladend offen. Schon im Flur traf sie erste Bekannte. Ein langwieriges Begrüßungsszenario folgte.

Als Betty ihre Freundin entdeckte, stürmte sie mit Indianergeheul auf sie zu, umarmte und küsste sie. Fanny war von diesem warmherzigen Willkommensgruß gerührt. Es war schön, von jemandem gemocht zu werden. Auch Archer ließ sich nicht lumpen und begrüßte sie auf seine Weise. Mit bereits vom Wein geröteten Gesicht und der obligatorischen Davidoff No. 2 in der Rechten kam er auf sie zu und rief dabei mit seiner lauten Bassostimme, dass es auch ja jeder hören konnte: »Da ist ja endlich mein kleines Mädchen, mein Augenstern!« Fanny quittierte diesen Spruch mit einem gespielt schüchternen Lächeln und fragte sich zum wiederholten Male, ob Archer die dicke Zigarre wirklich zum Genuss rauchte oder lediglich als Statussymbol brauchte. Archer rauchte nämlich nur in größerer Gesellschaft.

Fanny konnte ihren Gedanken kaum zu Ende bringen, als Betty sie schon wieder am Arm fasste und in den Garten zerrte. Dort, etwas abseits von allen anderen Gästen, stand er ziemlich traurig um sich guckend einsam an den Rabatten. Er war mittelgroß, gertenschlank und trug sein blondes Haar anders als die übrigen Männer. Er hatte es mit einem scharfen Scheitel zur Seite gekämmt. Betty stupste ihre Freundin zu ihm hin und rief fröhlich aus: »Heinrich, das ist meine beste Freundin Fanny; Fanny, und das ist unser Freund Heinrich aus Deutschland!«

Seine blassblauen Augen musterten Fanny. Seine rechte Hand kam zögernd nach vorn und streckte sich ihr zur Begrüßung entgegen. Schöne Hände, dachte Fanny, durchgeistigt und fein, das sind keine Hände für schwere körperliche Arbeit. Ihre Gedanken wurden unterbrochen. Mit leiser Stimme und in schlechtem Englisch mit stark deutschem Akzent wandte sich Heinrich an sie: »Sehr erfreut, Miss Fanny. Mein Name ist Heinrich Stein, Henry Stone, glaube ich, sagt man in Ihrer Muttersprache.« Selbst bei dieser lustigen Erklärung blieb der Mann total ernst. Deshalb war sich Fanny unsicher, ob sie den Scherz überhaupt mit einem Lacher quittieren sollte. Sie unterließ es lieber.

Sie fühlte sich sofort wohl in Heinrichs Gesellschaft. Zum ersten Mal seit Langem kam ihr die übliche Abwehrfloskel »Ich bin allein ganz glücklich« überhaupt nicht in den Sinn. Sie wehrte sich auch nicht dagegen, bei ihm zu bleiben, als Betty sich mit verschmitztem Lächeln zurückzog und sagte: »So, ich glaube, ich lasse euch beiden Hübschen jetzt mal allein.« Heinrich schien das recht zu sein.

Sie beschäftigten sich den ganzen Abend miteinander. Den anderen blieb ihr gegenseitiges Interesse nicht verborgen. Fanny fühlte, wie sich neugierige Blicke in ihren Rücken bohrten. Ihr war, als würde über sie getuschelt. Schon bald wussten sie eine ganze Menge voneinander.

Nach anfänglichem Zögern begann Heinrich von den schlimmen Geschehnissen in Deutschland zu erzählen. Nachdem er erste Hemmungen überwunden hatte, sprudelte es auf ihre Fragen nur so aus ihm heraus. Fanny bemerkte mit großem Mitgefühl, wie er bei seinen Erzählungen alle Schrecknisse noch einmal verarbeiten musste. Sie legte Heinrich ihr bisheriges Leben ebenfalls offen. Das war ganz gegen ihre sonstige Art. Aber sie merkte, dass ihn das wirklich interessierte, und er nahm mit erkennbarer Freude zur Kenntnis, dass sie ungebunden war.

Mit Heinrichs: »Ich hoffe, wir sehen uns bald wieder«, klang der Abend für sie aus. Fanny antwortete ohne zu zögern: »Ja, gerne!«

Es dauerte mehr als drei Wochen, bevor sie sich wiedersahen. Sie trafen sich zufällig in der Innenstadt. Fanny gestand sich ein, dass sie bis dahin schon oft an den blonden Deutschen gedacht hatte. Heinrich hatte inzwischen durch Archers Vermittlung eine Aushilfsstelle beim örtlichen Bauamt bekommen. Wenn er die englische Sprache besser beherrschen würde, hatte man ihm Festanstellung und Beförderung in Aussicht gestellt. Als Fanny das hörte, schlug sie vor, mit ihm Englisch zu üben. Heinrich willigte freudig ein.

Das nächste Zusammentreffen überließen sie nicht wieder dem Zufall. Für das kommende Wochenende lud Heinrich sie zum Abendessen ein: »Da bekomme ich mein erstes in Amerika verdientes Geld«, erklärte er stolz.

Sie trafen sich am Sonntag in einem kleinen Fischerrestaurant am Kai, das Fanny vorgeschlagen hatte: »Das war früher für Freunde und Bekannte eine In-Adresse, ist aber heute etwas aus der Mode gekommen. Wir werden ungestört sein.« Während sie gegrillte Shrimps mit einem gekühlten Glas kalifornischem Weißwein wählte, bewies er seine Vorliebe für einfachere Dinge. Gebackene Miesmuscheln und ein eiskaltes Budweiser vom Fass vertrugen sich besser mit seiner zutiefst deutschen Seele. Beide nahmen die *Kaschrut*, die strengen jüdischen Speisevorschriften, nicht allzu ernst. Eigentlich waren sowohl Krabben als auch Muscheln nach diesen Regeln der gläubigen Juden als Speisen verboten. Hier am Atlantik aber waren es Leckereien, an die man sich schnell gewöhnte und auf die man nicht verzichten wollte.

*Was du ererbt von deinen Vätern,
erwirb es, um es zu besitzen.*

(Johann Wolfgang von Goethe)

Der Sabbat wurde in Heinrichs Gastfamilie noch festlich begangen. Fanny war dort als Alleinstehende schon oft zu Gast gewesen. Da nun Heinrich ebenfalls anwesend war, wurde ihr Kommen zur Regel. So hatten die beiden ohne weiteres Dazutun jeden Freitag ein Treffen, auf das sie sich die ganze Woche freuen konnten.

Freitagmorgens, wenn die Kinder das Haus verließen und in die Schule gingen, begann Betty mit den Vorbereitungen. Zusammen mit dem jüdischen Hausmädchen wurde das Haus gründlich geputzt.

Keine schmutzige Wäsche durfte über die Festtage liegen bleiben. Die Hausfrau selbst erledigte die Einkäufe und kochte. Mittags gab es nur einen leichten Salat mit etwas Weißbrot. Für den Abend bereitete sie liebevoll ein Festmahl vor. Archer liebte ihr Schmorfleisch mit Zwiebelsoße. Bevor sie das zubereitete, besorgte sie koschere Rinderbrust sowie alle anderen notwendigen Zutaten im jüdischen Supermarkt. Am Samstag wurde nicht gekocht. Entweder ging man aus essen, oder Betty bereitete schon freitags eine Mahlzeit vor, meist einen Auflauf oder Eintopf, der sich gut aufwärmen ließ.

Gegen Abend fuhren Familie und Gäste zusammen in die Synagoge. Der Wilshire Boulevard Temple an der Kreuzung Wilshire Boulevard/ Hobard Boulevard war ein beeindruckendes Gotteshaus.

Wieder zu Hause setzten sie sich an den festlich gedeckten Tisch. Die zwei Sabbatleuchter wurden angezündet und die zwei Challotbrote bereitgelegt. Archer als Hausherr sprach den *Kiddusch* über den Kerzen, dem Wein und den Broten, und alle wünschten sich einen schönen Sabbat. Betty und Archer mussten immer etwas schmunzeln, wenn Heinrich seine Wünsche an Fanny richtete. Seine ernsten Augen versanken dann ganz in ihren. Es schien, als würde es für ihn nur diese Frau allein auf der Welt geben, wenn er ihr leise »Sabbat Shalom!« zuflüsterte.

Bei ihrem ersten gemeinsamen Sabbatmahl wartete Heinrich mit einer Überraschung auf. Er brachte den Hawdalateller mit und sagte mit leichtem Stolz in der Stimme: »Dieser Teller ist ein uraltes Familienstück. Ich habe ihn aus Deutschland herübergerettet und in der Mikwe von allem Schmutz gereinigt. Er soll künftig den Wein auffangen, der hoffentlich weiter reichlich überfließt und für die kommende Woche nur Gutes bringt.«

Archer war so gerührt, dass er dem Gast das Sprechen der Hawdalasegnungen überließ. Heinrich zeigte sich kundig in den Riten. Er sprach die Segnungen auf Hebräisch und löschte die Flamme der geflochtenen Kerze in dem übergeflossenen Wein. Auch beim Mahle selbst überraschte er seine neue Familie mit profundem Wissen über die Aufschreibungen des Talmuds. Als der kleine John Archer mit einem genüsslichen Seufzer fragte: »Daddy, warum duftet die Sabbatspeise immer so gut?«, kam Heinrich Archer mit der Antwort zuvor: »Das empfindest du richtig, mein Junge. Schon Kaiser Hadrian im alten Rom stellte dem Rabbi Jehoschua die gleiche Frage, und der erklärte ihm: »Wir haben ein besonderes Gewürz, Sabbat heißt es. Das legen wir hinein, dann hat die Speise einen solchen Wohlgeruch. Bei jedem, der den Sabbat achtet, wirkt es – bei allen anderen nicht.«

Ist denn Liebe ein Versprechen?
(Christoph Martin Wieland)

Bald blieb es keinem im Freundes- und Familienkreis mehr verborgen: Fanny und Heinrich waren ein Paar!

So manches Mal stichelte Betty ihren Cousin: »Wann macht ihr euer »offenes Geheimnis« endlich offiziell?« Heinrich konnte sich dann ein Schmunzeln nicht verwehren und antwortete sibyllinisch: »Du wirst es als Erste erfahren, meine Liebe.« Damit ließ er es dann aber auch bewenden.

Am Memorial Day, dem letzten Montag im Mai, war es endlich so weit. Der Tag, an dem ganz Amerika seiner Helden gedachte und sie feierte, sollte der Tag für das Verlöbnis werden. Heinrich hatte Fanny behutsam darauf eingestimmt und war auf freudiges Erröten und Zustimmung gestoßen. »Das soll unser Tag werden. Ich möchte mit dir verreisen. Was hältst du von New Orleans? Das französische Viertel mit seinem besonderen Savoir-vivre möchte ich gerne kennen lernen. Das französische Flair wird meine Sehnsucht nach Europa vielleicht etwas mildern.« Fanny stimmte begeistert zu und verwirrte ihn mit einer Gegenfrage: »Kennst du Margret Mitchells Südstaatenepos ›Vom Winde verweht‹?« Heinrich nickte erstaunt. »Rhett und Scarlett verbrachten in New Orleans ihren Honeymoon, das war sehr romantisch zu lesen«, fuhr Fanny fort.

»Aber bei uns wird alles glücklicher verlaufen, das verspreche ich dir«, erwiderte Heinrich und drückte sie an sich.

Es wurde wirklich wunderschön in dieser Stadt. Sie ließen sich einfangen vom Charme der »Halbmondstadt«, wie Eingeweihte sie nannten, weil sich der Mississippi im Halbkreis um sie schlängelte. Ihr Tag begann mit schwarzem Kaffee und knusprigen Croissants, wie in Heinrichs Tagen in Nizza. Als Verlobungsring hatte er Fanny einen Rotgoldring fertigen lassen. Auf der runden Zierplatte war der Stern von ihrem Hawdalateller eingraviert. »So bist du täglich mit dem letzten Stück verbunden, das mir von meiner Familie geblieben ist«, erklärte er leise, als er ihr den Ring an den Finger steckte. Fanny war tief gerührt und überglücklich.

Krieg ist Geißel.

(Friedrich der Große)

Deutschland kam auch in Heinrichs neuer Heimat nicht aus den Schlagzeilen: Am 1. September 1939 marschierte Hitler in Polen ein. Die französische und englische Kriegserklärung folgte auf dem Fuße. Noch im gleichen Monat war im Osten der Krieg wieder zu Ende. Polen hatte nach aussichtslosem Kampf kapituliert. Nazis und Sowjets teilten das besiegte Land untereinander auf.

Heinrich war von jeder Nachricht über das Schicksal der Seinen abgeschnitten. Er bangte um sie und versuchte, jede Informationsquelle anzuzapfen. Sein Bemühen blieb vergeblich.

In den USA häuften sich die Stimmen, man solle wie im Ersten Weltkrieg die rasenden Deutschen endlich zur Ordnung rufen. Heinrich redete dieser Forderung bei jeder Gelegenheit das Wort. Aber immer noch gab der Kongress der Neutralität den Vorzug. Er setzte sich gegen Präsident Roosevelt durch. Erst Ende 1937 kamen die Neutralitätsbefürworter langsam ins Hintertreffen.

Im Mai 1938 ermöglichte ein Marineaufrüstungsgesetz den Aufbau einer »Zwei-Ozean-Flotte«.

Nach dem Judenpogrom im November wurde der amerikanische Botschafter aus Berlin abberufen. Anfang 1939 bewilligte der Kongress endlich fünfhundertfünfundzwanzig Millionen Dollar für »Verteidigungszwecke«. Auch danach griff Amerika noch nicht in das Kriegsgeschehen ein. Das blieb selbst auch so, als im Sommer 1940 der deutsche Oberbefehlshaber mit fast hundertfünfzig gut ausgerüsteten Divisionen den Vormarsch im Westen startete.

Welcher heiratet, der tut wohl.
(1. Korinther 7,38)

Für Fanny und Heinrich hätten nach jüdischer Sitte längst die Hochzeitsglocken läuten müssen. Man heiratete üblicherweise innerhalb eines Jahres nach dem Verlöbnis. Aber zwischen den zwei Liebenden brodelte eine erste Meinungsverschiedenheit. Heinrich hatte sich vorgenommen, mit den ersten amerikanischen Soldaten in Deutschland einzumarschieren. Er wollte mit Hand anlegen, wenn es galt, Hitler zu vernichten.

»Das ist doch lächerlich, wo du gerade erst wieder in Sicherheit bist«, hielt ihm Fanny erbost entgegen. »Wenn du das vorhast, kannst du dir unsere Heirat abschminken. Ich habe keine Lust, sofort nach der Hochzeit Witwe zu werden!«

»Amerika ist doch noch gar nicht im Krieg«, versuchte Heinrich sie zu beschwichtigen. Doch Fanny blieb stur. Heinrich gab letztlich nach. Er wollte das Teuerste, was er erst gerade gewonnen hatte, nicht schon wieder verlieren. So wurde die Hochzeit für den Spätsommer angesetzt. »Bitte im kleinsten Kreis«, wünschte sich Heinrich. Angesichts der schrecklichen Lage seiner europäischen Glaubensbrüder war ihm nicht nach einer großen Feier zumute.

Die Vorbereitung für die Hochzeit begann. Zunächst suchten sie ein passendes Apartment. Fannys Wohnung war für ihre Zweisamkeit zu klein. Dann begannen sie mit viel Freude ihr neues Nest einzurichten. Dabei wurde Fannys Hausrat mit eingeplant. Sie verfügten schließlich über keine Reichtümer. Heinrich brachte nicht viel mehr mit in die Ehe als einige Kleidungsstücke, etwas Bargeld und den Hawdalateller.

Die Hochzeitszeremonie fand an einem sonnigen Dienstag im Wilshire Boulevard Temple statt. Nur Betty, Archer und die Kinder waren dabei, als die beiden Liebenden unter die *Chuppa* traten. Rabbi Brown vollzog mit traditionellen Benediktionen die Trauung. Eine besondere Predigt gab es nicht.

Heinrich steckte seiner Braut den Hochzeitsring an den Finger. Der Kopf des Ringes war mit einem Dach geschmückt, das den Tempel Jerusalems symbolisierte. Einer der Diamanten, die er mitgebracht hatte, war darin gefasst. Auf der Innenseite des Ringes war »*Masel tov!*« eingraviert. Heinrich sprach mit freudigem Ernst den traditionellen Satz des Bräutigams: »Nun bist du mir verbunden nach dem Gesetze Moses und Israels.« Dann besann er sich eines alten Brauchs und zerbrach ein Glas: Inmitten der Hochzeitsfreude sollte die traurige Erinnerung an den zerstörten Tempel Jerusalems und die Sehnsucht an Eretz Israel wachbleiben. Heinrich dachte dabei auch an Schrecken und Zerstörung in Deutschland.

Für das kleine Fest danach hatten Archer und Betty Haus und Garten hergerichtet. Dort fanden sich zur Freude des Paares noch einige nützliche Geschenke, und Betty hatte ein herrliches Festmahl bereitet. Rabbi Brown eröffnete den Tanzreigen mit einem schwungvollen Mizwatanz, dem Ehrentanz, bei dem er und die Braut jeweils ein Ende eines blütenweißen Taschentuchs festhielten.

So feierten sie noch einige Stunden zusammen, bevor das frisch getraute Paar ins eigene Heim aufbrach.

Fanny wurde es ganz flau im Magen, als Heinrich schon nach kurzer Zeit zärtlich ihre Hand nahm und sie ins Schlafzimmer führte. »Früher haben die Frauen die Braut ins Schlafgemach begleitet und wie ein Kind ausgekleidet«, sagte er lächelnd. »Heute darf ich das tun.«

Er legte behutsam Hand an die vielen Knöpfe ihres Brautkleides. Fannys Herz pochte rasend. Sie glaubte, Heinrich müsse es hören. Doch sie unterschätzte dessen eigene Aufregung. Das Blut pochte auch in Heinrichs Ohren, und seine Zunge wurde im Munde immer trockener. Irgendwie schafften sie es gemeinsam, nackt wie Gott sie schuf unter der Bettdecke zu liegen und sich zu fühlen und zu schmecken. Es war ein scheues erstes Mal.

Die gemeinsamen Nächte waren für beide etwas, worauf sie sich schon tagsüber freuten. Aber unliebsame Begleiter quälten ihr Glück: Immer wieder hatte Heinrich Angstträume. Ihm offenbarten sich die schrecklichen Geschehnisse in seiner Heimat in abgewandelten biblischen Bildern: Abraham hielt das scharfe Messer über seinem wehrlosen Sohn. Heinrich sah Isaak, wie der mit schreckgeweiteten Augen und zuckenden Händchen und Füßchen die herabsausende Klinge erwartete. Dann passierte das Unfassbare. Die Einhalt gebietende Stimme Gottes blieb aus. Das Messer in der Hand des Bösen sauste ungehindert herab und durchbohrte den kleinen Körper. Es floss Blut, Blut, Blut. Wenn Heinrich das am eigenen Körper warm und klebrig zu spüren glaubte, wachte er nass geschwitzt und zitternd auf, und das Grauen hatte ein Ende.

Zum Kriegführen sind drei Dinge nötig:
Geld, Geld, Geld!
(Marschall Gian Giacomo Trivulzio)

Im März 1941 wurde nach zweimonatigen Verhandlungen zwischen England und Amerika das Konzept »*Germany first*« festgelegt.

Ein »Zwei-Ozean-Krieg« gegen Deutschland und Japan stand an. Aber das Jahr sollte noch zu Ende gehen, bevor sich Amerika zum Kriegseintritt durchrang. Der Streit zwischen Neutralisten und Interventionisten endete erst mit dem japanischen Überfall auf Pearl Harbor. Am 8. Dezember erklärte Amerika Japan den Krieg. Am 11. Dezember folgten die Kriegserklärungen Deutschlands und Italiens an die USA. Endlich wurde das enorme amerikanische Potential an Menschen und Material in die Waagschale geworfen und läutete das Ende des Kriegsglücks der Achsenmächte ein.

Ein Feind von der Feder ist schlimmer als einer vom Leder.

(Sprichwort)

Mit dem Eingreifen der amerikanischen Truppen wuchs in Heinrich das Verlangen, sich als Soldat zu melden. Der Gedanke verdrängte bald alles andere in seinem Kopf. Schon morgens beim Frühstück wirkte er abwesend. Er antwortete auf Fannys Fragen gar nicht oder falsch. Orangenmarmelade rutschte bei seiner Zerstreutheit vom Toast und klebte als leuchtender Klecks auf seinem frisch gebügelten weißen Hemd.

Tagsüber ließ seine Aufmerksamkeit am Arbeitsplatz oft zu wünschen übrig. Das blieb seinen Kollegen nicht verborgen. Abends führte er mit Fanny nicht mehr die gewohnten ausgiebigen Gespräche. Er zog sich an seinen Schreibtisch zurück. Dort blickte er starr vor sich hin und dachte nach. Mit viel Kaffee hielt er sich lange wach. Wenn seine Hände fahrig zu den Zeitungsartikeln griffen, die das Kriegsgeschehen besprachen, kam es immer wieder vor, dass seine Kaffeetasse umkippte. Dann ergoss sich ein schwarzer Fluss mit kleinen Inseln aus weißer Kaffeesahne in die Seiten. Das Zeitungspapier saugte die Flüssigkeit gierig auf und färbte sich dunkel. Die Artikel wurden zu seinem Ärger unleserlich.

Fanny litt sehr mit Heinrichs traumatisierter Seele. Bald fehlte er ihr am meisten, wenn sie zusammen waren.

Endlich gelang es mit Archers Hilfe, Heinrich doch in den Kriegsdienst einzubinden, wenn auch an der Heimatfront. In der Nähe der vielen Filmstudios von Hollywood hatte die Army eine starke Propagandaabteilung aufgebaut. Dazu gehörte auch das »*Office of Strategic Services* (OSS)«.

Beim OSS bekam Heinrich eine Anstellung. Dort konnte er seine Kenntnisse über Nazideutschland einbringen. Man wollte von ihm wissen, was die deutsche Bevölkerung überzeugen könnte, sich von Hitler abzukehren. Natürlich war auch Heinrichs deutsche Muttersprache von Wert. Er musste Nazipropaganda übersetzen oder amerikanische Texte ins Deutsche.

Heinrich war endlich wieder zufriedener. Er blühte auf und engagierte sich mit Haut und Haaren. Fanny war erleichtert über diese Entwicklung. Sie unterstützte ihn und nahm Anteil an seiner Arbeit.

Die amerikanische Propaganda erkannte schnell, dass sich Cartoons in exzellenter Weise eigneten, erzieherische Ideen unverdächtig der eigenen Bevölkerung oder auch der kämpfenden Truppe nahezubringen. Die Walt Disney Studios wurden Vorreiter. *Wie Micky unter die Nazis fiel, Ducktator* mit Donald in der Rolle des Führers entstanden. Der Clip: *What makes a good Nazi?*, zeigte den Knaben Hans. Sein Leben als deutscher Junge wurde begleitet und dabei in abstoßender Weise vorgeführt, wie er vom lieben Menschen zum willenlosen Soldaten geschliffen wurde. Heinrichs Kommentare dazu waren gefragt. Schließlich wollte man in der kurzen Geschichte richtige Schwerpunkte setzen. Spottverse gegen Nazigrößen, die ihm in Erinnerung geblieben waren, fanden zu seiner Freude den Weg auf Flugblätter: *Blond wie Hitler, schlank wie Göring, adleräugig wie Himmler* war einer davon.

Nun änderten sich auch die Abende wieder. Für Fanny und Heinrich war die Zeit der Sprachlosigkeit vorbei.

Die kleinen Filme wurden von den Zuschauern gut angenommen. In dieser Zeit hatte das amerikanische Kino die höchsten Besucherzahlen. Durch flächendeckende Ausstrahlung wurde den meisten Amerikanern die »Botschaft« mindestens einmal wöchentlich präsentiert. Plakate wurden gestaltet. Mit ihnen wurden die Amerikaner aufgefordert, knappe Ressourcen sparsam zu verwenden. Ein Plakat berührte Heinrich besonders: In einem offenen Cabriolet saß ein Amerikaner am Steuer. Neben ihm saß als Schattenriss Adolf Hitler. Der Text des Plakates war äußerst eingängig: *When you ride alone you ride with Hitler! Join a Car Sharing Club TODAY!* Es galt Sprit zu sparen! Hitler in Amerika, ein beängstigendes Bild!

Zweifel ist der Weisheit Anfang.
(René Descartes)

Zu diesem Zeitpunkt bekam Heinrich erste Bedenken, ob alle Entscheidungen der Alliierten moralisch zu rechtfertigen waren. Diese Zweifel hatten Einfluss auf seine Arbeitsfreude.

1942 wurde Arthur Harris zum Befehlshaber des britischen *Bomber Command* (BC) berufen. Ab Februar setzten die Briten in Deutschland auf systematische Bombardierungen reiner Wohnviertel fernab von Militär- und Industrieanlagen. Sie wollten den Lebens- und Verteidigungswillen der deutschen Bevölkerung brechen.

War das ein moralisch zulässiges Vorgehen? Heinrich bezweifelte dies.

Am 30. Mai starteten tausend britische Bomber von ihrer Heimatinsel. Ihr Ziel war Köln. Dieser Angriff leitete eine neue Dimension des Bombenkrieges ein. Die Engländer hatten den deutschen Angriff auf Coventry genauestens analysiert und antworteten nun mit einer Strategie, die die Zerstörungen in Coventry um ein Vielfaches übertraf. Ihre militärische Führung hatte erkannt, dass nur eine wohlüberlegte Mischung von Brand- und Sprengbomben eine ganze Großstadt ausradieren konnte. Die Maschinen wurden mit zwei Dritteln Brand- und einem Drittel Sprengbomben beladen. Das Ergebnis des Bombardements war so noch nie da gewesen. fünfundvierzigtausend Kölner wurden in einer Nacht obdachlos, über fünfhundert Zivilisten starben. Das Stadtbild ähnelte dem nach einem Erdbeben. Heinrichs Angst wurde übergroß, seine Angehörigen könnten unter den Opfern sein. Er wusste immer noch nichts über ihr Schicksal.

Der Tod macht alle gleich: Er frisst Arm und Reich.
(Sprichwort)

Am 28. und 29. Juni1943 wurde Köln zum wiederholten Mal von einem verheerenden Flächenangriff getroffen. Er forderte über viertausendfünfhundert Todesopfer und bewirkte schwere Sachschäden im Stadtzentrum. Über Köln fegten bis zum Kriegsende noch weitere hundertfünfzig Luftangriffe hinweg. Die dereinst schöne Stadt am Rhein trug mit ihren Opfern einen großen Teil zu den fast fünfzigtausend Menschen bei, die bis 1945 monatlich in deutschen Städten unter dem Bombenhagel starben.

Heinrich war außer sich. Wie konnte man solches, nur gegen die Zivilbevölkerung gerichtete Unrecht rechtfertigen? Es fiel ihm immer schwerer, diese Aktionen auch noch mit Propagandaaussagen zu unterstützen, wie im folgenden Artikel, den er bearbeiten musste:

Der opferwillige Göbbels
Der Reichsminister Doktor Göbbels hat den schlecht untergebrachten Opfern unserer Bombenangriffe auf Köln fünfhundert Radioempfänger zur Verfügung gestellt. Zweckmäßige Hilfe konnte diesen armen Menschen nicht mehr gewährt werden!

Aber wodurch waren sie zu armen Menschen geworden? Heinrichs Stimmungslage verdüsterte sich zusehends, als ihm zu Ohren kam, mit welchem Sarkasmus die deutsche Bevölkerung auf das Dauerbombardement reagierte:

*Lieber Ami, fliege weiter, hier wohnen nur die Ruhrarbeiter. Fliege weiter nach Berlin, **die** Herren haben »Ja« geschrien!*

Spätestens ab März 1944 trafen die viermotorigen fliegenden Festungen vom Typ Boeing B 17 und B 24 auf keine nennenswerte Gegenwehr der deutschen Luftabwehr mehr. Deutsche Jagdflugzeuge gab es nur noch vereinzelt. Da ging die amerikanische Propaganda dazu über, die Verbündeten der Deutschen zu verunsichern und abtrünnig zu stimmen. Das tat man auch mit dem annektierten Österreich. Heinrich musste dafür ein Flugblatt »Rot-Weiß-Rot« übersetzen:

Köln – Symbol des Absturzes
Deutschlands viertgrößte Stadt ist in alliiertem Besitz. Im Norden der Hauptstadt des Rheinlandes bricht der deutsche Widerstand am linken Rheinufer allseits zusammen. Im Süden sind Panzerverbände der dritten amerikanischen Armee durchgebrochen und haben den Rhein bei Koblenz erreicht. Das Saargebiet und die Pfalz sind bedroht. Die Bildung einer durchgehenden Rheinfront ist wahrscheinlich.
Österreicher! Jedermann weiß heute, dass Deutschland am Ende und der Krieg für das Dritte Reich verloren sind. Statt dies zuzugeben und Frieden zu machen, planen die Nazis einen heroischen Untergang. Überall, wo die Alliierten die Grenzen überschreiten, sollen die Menschen verschleppt, die Dörfer niedergebrannt und die Städte so lange verteidigt werden, bis sie dem Erdboden gleich sind. Wien, Linz, Graz und Innsbruck sollen das Schicksal Aachens und Kölns erleiden! Treue dem Führer? Ihr seid dem Führer keine Treue schuldig! Hat er euch nicht betrogen vom ersten Moment an? Ein tausendjähriges Reich des Friedens und des Wohlstands hat er euch versprochen – in Krieg und Elend hat er euch geführt! Was könnt ihr tun? Jeder kann helfen. Jeder kann den Deserteuren aus der Hitler-Wehrmacht und den Partisanen weiterhelfen. Jeder kann Produkte verstecken und sie dem Zugriff der Nazis entziehen. Jeder Arbeiter und jeder Beamte kann so arbeiten, dass Fehler und Irrtümer entstehen. Jeder Eisenbahnzug mit Nachschub für die Nazis, der entgleist, ist ein Gewinn! Österreich wird nach unserem Sieg wiederauferstehen. Die Regierung der Vereinigten Staaten hat am 1. November bei der Konferenz von Moskau eine Garantie für die Wiederherstellung der Freiheit und Unabhängigkeit Österreichs abgegeben! Österreicher, erhebt euch!

Was die Alliierten seiner Heimatstadt Köln angetan hatten, konnte in Heinrichs Augen nicht richtig sein.

Das ganze Ausmaß der damit verbundenen Schicksalsschläge wurde ihm immer deutlicher. Die Hoffnung, seine Verwandten lebend wiederzusehen, sank auf den Nullpunkt. Da half auch Fannys Zuspruch nicht. Heinrich suchte Zuflucht in seinem Glauben.

Ich will verzweifeln und will Feindschaft halten mit falscher Hoffnung, dieser Schmeichlerin.
(William Shakespeare)

Wenn er und Fanny das Ende des Sabbatfestes begingen, ließ er den Wein auf dem Hawdalateller überlaufen, damit die kommende Woche möglichst viel Gutes brachte. Seine Gebete waren jedoch vergeblich. Spätestens als britische Soldaten im April 1945 das Konzentrationslager Bergen-Belsen befreiten, wurden Hitlers Gräueltaten in ihrem ganzen Ausmaß zur Gewissheit. Heinrichs Augen blieben vor Erschütterung tränenlos. Seine Familie gab er verloren.

Am 7. Mai unterzeichnete General Jodl für Deutschland in Reims die Gesamtkapitulation.
Als die Alliierten am 8. Mai den *VE-Day, Victory in EuropeDay*, proklamierten und die amerikanische Bevölkerung in allen Städten ausgelassen feierte, verharrte Heinrich in Trauer. Es bedurfte eines weiteren Schocks, um ihn aufzurütteln. Der ereignete sich mit dem Abwurf zweier amerikanischer Atombomben auf die japanischen Städte Hiroshima und Nagasaki.
Auch wenn Sieger immer Recht hatten, solche menschenverachtenden Taten konnte Heinrich nicht akzeptieren.
Seine Achtung vor der neuen Heimat nahm ab. Gleichzeitig wuchs in ihm der Wunsch, sich Klarheit zu verschaffen, was mit seiner Familie in Deutschland geschehen war. Er machte Eingaben und beantragte Suchmeldungen bei allen Militärbehörden. Dann besann er sich der Namen und Adressen einiger nichtjüdischer Nachbarn in Köln, mit denen seine Familie Kontakt gepflegt hatte, bevor es denen verboten war, mit Juden zu verkehren. Er schrieb sie an und bat um Informationen über

den Verbleib der Seinen. Er schrieb, dass ihm jedes Detail wichtig sei, und machte zum Dank für eine Rückmeldung Hoffnung auf ein Lebensmittelpaket.

Die ersten Nachrichten kamen von der Militärbehörde. Das Haus, in dem seine Familie gewohnt hatte, war unter den alliierten Bombenschlägen in Trümmer gegangen. Seine Familie war zum Zeitpunkt der Zerstörung aber schon ausquartiert gewesen. Sein Suchantrag lief noch weiter, aber nach dieser Meldung schien sich die Spur seiner Familie im Nirgendwo zu verlieren. Einen Brief von einem Nachbarn erhielt er erst nach mehreren Wochen. Er kam von dem Kolonialwarenhändler Otto Meyer. Der schrieb auf schlechtem Papier mit schlechtem Stift in hölzerner Handschrift. Sein Stil war gedrechselt, als wollte er besonders höflich sein:

Sehr geehrter Herr Stein junior,
  es ist mir eine große Freude, von Ihnen zu hören.
  Köln würden Sie nicht mehr erkennen.
  Unser Viertel ist dem Erdboden gleichgemacht.
  Das Haus, in dem Sie und Ihre Familie wohnten, gibt es nicht mehr. Ich habe keine Detailkenntnis darüber, was mit ihrer Familie geschah, aber man kann für alles nur die Worte »furchtbar« und »entsetzlich« finden.
  Ihr jüngerer Bruder Max ertrank unter dubiosen Umständen im Rhein. Man munkelte von einer aufgezwungenen Mutprobe durch arische Spielgefährten.
  Eines kann ich mit Gewissheit sagen: Ihren Herrn Vater hatte die Gestapo vor den Bombardements bereits verhaftet. Er wurde des Hochverrats beschuldigt.
  Ein Freund Ihrer Familie war vor seiner drohenden Deportation geflohen und man beschuldigte Ihren Vater der Fluchthilfe. Er saß im Gestapo-Gefängnis im Keller des EL-DE-Hauses ein. Dass er ein Kriegsheld des Ersten Weltkrieges war und die Anschuldigungen bestritt, brachte ihn nach Hause zurück. Ich kann Ihnen den Kummer nicht ersparen, zu berichten, dass er sich bald darauf das Leben nahm. Im April 1941 wurden Ihre Mutter

und Schwester in Schutzhaft genommen. Wie ich hörte, wurden sie in das Benediktinerkloster »Zur ewigen Anbetung« in Bonn-Endenich verbracht.

Ein mir bekannter Wärter dieses Lagers hat sie dort noch im Juli 1941 gesehen. Das Lager wurde kurz danach aufgelöst. Wie ich heute weiß, gab es damals vor dem Messegelände in Köln-Deutz Sammelstellen, von denen aus Züge mit Deportierten in den Osten gingen.

Auch Ihre Frau Mutter und Ihre Schwester sollen dorthin gekommen sein. Nach allen Fakten, die Tag für Tag von den Siegermächten aufgedeckt werden, sind sie von dort aus in eines der Vernichtungslager transportiert worden. Sie müssen von ihrem Tod ausgehen. Mir tut es unendlich leid, Ihnen keine bessere Nachricht geben zu können.

Mit vorzüglicher Hochachtung und in Erwartung Ihrer Unterstützung bin ich
   Ihr Otto Meyer.

Eine zweite Nachricht bestätigte Meyers Vermutung. Heinrich hatte nur noch seine Frau und die Freunde in Santa Monica! Er fühlte sich wie erschlagen und schwor, niemals mehr sein Geburtsland zu betreten.

Vielleicht wegen der starken seelischen Anspannungen während der Kriegsjahre und der langen Ungewissheit über den Verbleib seiner Familie war Heinrichs Ehe kinderlos geblieben. Als er und Fanny endlich einsahen, dass das Leben in dieser Welt doch lebenswert genug dafür war, war es zu spät. Fannys biologische Uhr hatte schon zu lange getickt, sie war mittlerweile zweiundfünfzig Jahre alt.

Nur wer an die Zukunft glaubt,
glaubt an die Gegenwart.

(Aus Brasilien)

Heinrich kehrte nicht an seinen Arbeitsplatz beim Bauamt zurück. Archer bot ihm eine Stelle als Verwaltungschef in seinem Autohaus an, und Heinrich schlug ein. Archer tüftelte an einem Plan, mit der Studebaker-Packard Corporation/Mercedes-Benz Autos aus Deutschland in die USA zu importieren. Er strebte den Generalvertrieb für die ganze Los-Angeles-Region an. Die vielen Filmstars und Künstler empfahlen sich als Klientel. Heinrich übernahm die schriftlichen Verhandlungen, lehnte es aber strikt ab, selbst nach Deutschland zu fahren.

Archers Pläne sollten noch viel Zeit benötigen. Erst 1957 wurde eine Niederlassung gegründet. Heinrich war derweilen ein sehr wertvoller Mitarbeiter geworden und die beiden Freunde konnten mit dem Ergebnis ihrer Zusammenarbeit mehr als zufrieden sein.

Bei Fanny und Heinrich kehrte ein gewisser Wohlstand ein. Sie gönnten sich das ein und andere. Heinrichs größter Traum war jedoch immer noch unerfüllt: einmal nach Eretz Israel, dem Land der Väter reisen!

Ein Land, darinnen Milch und Honig fließt.
(1. Moses 3,8)

An den Abenden schmiedeten Fanny und er Pläne, wie dies zu bewerkstelligen sei. Genug Geld war angespart und die Reiseroute bald ausgeknobelt. Die Zeit schien Heinrich reif, denn Herzls Vision vom eigenen Judenstaat im Ursprungsland des jüdischen Volkes war inzwischen Wirklichkeit geworden. Geschwächt durch den Weltkrieg hatte sich die Mandatsmacht Großbritannien aus dem Teufelskreis in Palästina zurückgezogen und die Verantwortung für das Land an die Vereinten Nationen weitergereicht. Deren Vollversammlung beschloss am 29. November 1947 die Teilung Palästinas. Ein jüdischer Staat entstand als eigene nationale Einheit. Zwar hatten alle arabischen Staaten den Antrag in der UNO abgelehnt, aber er war mit Mehrheit durchgegangen. Am 14. Mai 1948 rief David Ben Gurion mit dem Rückzug der englischen Truppen im Stadtmuseum von Tel Aviv den Staat Israel aus. Es bedurfte eines ersten militärischen Kraftaktes gegen die Truppen der arabischen Nachbarn, bevor 1949 ein Waffenstillstand vereinbart werden konnte. Der war sogar mit einer Abrundung des Staatsgebiets verbunden. Israel gewann Zugang zur Stadt Jerusalem vom Westen her.

Diese Situation machte es für Heinrich und Fanny möglich, das Land ihrer Väter zu besuchen. Ihr Reisebeginn fiel in die Feiertage des *Sukkots* 1950.

Das Laubhüttenfest bestand aus Feiern zum Erntedank und Gebeten für ausreichenden Winterregen.

Heinrich und Fanny landeten in der Hauptstadt Tel Aviv. Die Stadt empfing sie mit Regengüssen. Die Regenzeit hatte begonnen! Das Paar war erstaunt, mit welcher Freude die Nässe von den Menschen begrüßt wurde. Die rannten aus ihren Häusern und Wohnungen und vollführten im Regen wahre Freudentänze.

Für ihre Rundfahrt buchten sie Wagen und Fahrer. Ihr Fahrer hieß Schlomo und kutschierte sie sicher. Er hatte den größten Teil seiner Familie im Holocaust verloren, worüber er nicht gerne redete. Er sprach recht gut Deutsch, bevorzugte aber die englische Sprache.

Am Abend fuhren sie ins alte Jaffa. Jaffa gehörte zu den ältesten Städten der Welt und war ein Fixpunkt in der Bibel. Noahs Sohn soll, nachdem die Arche am Berg Ararat gelandet war, diesen Ort den »Hügel mit dem schönen Ausblick« genannt haben. Von hier begab sich auch Jonas auf Seefahrt, die im Schlund des Walfisches endete.

Für Fanny und Heinrich war Jaffa eine herbe Enttäuschung. Sie hatten mit grünen Feldern und duftenden goldenen Orangen gerechnet. Stattdessen trafen sie auf ein Labyrinth verwinkelter Gassen mit unansehnlichen Häusern. Der Hafen war nicht so ausgebaut, wie sie es erwartet hatten. Schließlich hatte König Salomon einmal über ihn aus dem Libanon Zedernholz für den Tempel eingeführt. Ihre Enttäuschung galt auch für Tel Aviv.

Sie verspürten nach den ersten Eindrücken überhaupt keine innere Nähe zu diesem Land. Es schien ihnen kulturell unterentwickelt und um Lichtjahre hinter dem Standard ihrer Heimat zurück. Am Tag darauf fuhren sie die Küste entlang nach Haifa. Haifa gehörte zwar nicht zu den Städten der Bibel, wohl aber der Berg Karmel, an dessen Hang die Hafenstadt lag. Das Stadtbild war ansehnlicher und der Hafen verdiente diesen Namen. Haifa rechtfertigte die Bezeichnung in ihrem Reiseführer: »Größte Hafenstadt des Landes«.

Von Haifa fuhren sie weiter nordwärts bis Safed. Das war nun endlich eine jüdische Stadt, wie sie ihren Vorstellungen entsprach. Am Gipfel des Berges Kanaan, gelegen in achthundertfünfzig Metern Höhe, war sie im 15. Jahrhundert die Hauptstadt der jüdischen Mystik, der Kabbala, gewesen. In den gewundenen Gassen der Altstadt besuchten sie mehrere Synagogen, aschkenasische und sephardische. Die letzteren zeichneten sich durch besondere Farbenfreude aus, wobei Hellblau dominierte. Das Paar lachte über eine nette Geschichte, die ihnen ihr Führer erzählte: »Wenn der Teufel in die Synagoge fährt und sieht das Blau, so denkt er, er sei im Himmel, und flieht sofort wieder.«

Über Tiberias, das sie wiederum enttäuschte, erreichten sie den See Genezareth, das Auge G'ttes. Schon während der britischen Mandatszeit waren hier, in Vorbereitung eines jüdischen Staates, viele Kibbuzim gegründet worden. In einem davon blieben sie über Nacht. Das kollektive, sozialistisch geprägte Dorf, in dem es kein Privateigentum gab, war ihnen genauso fremd wie das meiste, was sie bisher gesehen hatten. Man lebte nach der Devise: Jeder steuert bei, was er kann, und bekommt, was er braucht. Das war nicht ihr Ding! Zum Abendbrot aßen sie den heimischen Sankt-Peters-Fisch aus dem See. Die Fische sahen aus wie Barsche, hatten aber den milden Geschmack von Forellen. Der Kellner belehrte sie, dass diese Fische Maulbrüter seien, was Heinrich bewog, sein Exemplar auf dem Teller ganz genau zu untersuchen.

Auf der Fahrt zurück nach Tel Aviv machten sie Station in Samaria. Sie besuchten das Tal Dothan, in dem Joseph von seinen Brüdern verkauft worden war. Sie trafen dort nur auf Weideland. Aus dem nächsten Tal sahen sie in weiter Ferne den Berg Hermon. In dieser Gegend fielen Saul und seine Söhne im Kampf mit den Philistern und David sang die unsterblichen Verse.

In der Hauptstadt erholten sie sich einen Tag von den Strapazen der Reise, bevor sie die letzten fünfundsechzig Kilometer zum Höhepunkt ihrer Rundfahrt angingen: Jerusalem!

Ein erster Panoramablick auf die Stadt war ihnen nur bei grauem Himmel möglich. Das betonte eine besondere Note Jerusalems noch stärker. Es war auf einen Briten zurückzuführen, dass die gesamte Stadt aus weißgrauem Jerusalemstein erbaut war. Die Wetterverhältnisse verstärkten diesen Farbeindruck.

Schnell wurde den beiden klar, dass der hebräische Namen Jerusalems »Stadt des Friedens« für die Jetztzeit eine Farce war. Nicht nur drei große Weltreligionen zankten sich um die Stadt, nein, auch die aktuelle politische Situation konnte nur Angst machen. Zwar hatten die Israelis in ihrem ersten Verteidigungskrieg einen Zugang nach Jerusalem gewonnen, aber der östliche Stadtteil mit der gesamten Altstadt war unter jordanischer Herrschaft geblieben. Nun trennte ein breiter Streifen Niemandsland die jüdische von der arabischen Einflusszone. Es gab nur eine Übergangsstelle mit dem romantischen Namen »Mandelbaumtor«. Hier durften ausländische Diplomaten und ausgewählte Touristen passieren. Heinrich und Fanny gehörten nicht dazu.

Voll trauriger Eindrücke traten sie ihre Heimreise an. Fanny teilte Heinrichs pessimistische Einschätzung und sein Fazit: »Die Araber fürchten den Landhunger der jüdischen Siedler und wollen ihnen das bereits genommene Land nicht dauerhaft zugestehen. In der ganzen Region herrscht Misstrauen und Feindschaft. Man kann sich schwer vorstellen, dass in Eretz Israel einmal in Frieden nebeneinander der Muezzin singt, christliche Glocken läuten oder an jüdischen Feiertagen der *Schofar* geblasen wird.« Heinrich hatte so heftig vom Frieden für sein Volk geträumt, endlich Frieden im Land, in dem Milch und Honig fließt. Er hatte Weinstöcke und Feigen, Mandel- und Olivenbäume vor sich gesehen! Entgegen dieser Hoffnung konnte seine verwundete Seele in Palästina keine Kraft und Zuversicht auftanken. Die aussichtslosen Verhältnisse kosteten ihn vielmehr weitere Kraft. Er verdeutlichte Fanny seine trostlose Sicht der Dinge: »Hier bleibt nicht mal der Hoffnungsschimmer, den uns die kleine Geschichte in Lessings ›Nathan der Weise‹ zur Chance eines friedlichen Zusammenlebens der drei Weltreligionen belässt!«

»Du musst sie mir erzählen. Ich kenne sie nicht«, antwortete Fanny mit Neugier. Und Heinrich erzählte sie ihr mit schlichten Worten:

»In einer Familie wurde seit Generationen ein Ring weitervererbt. Das Besondere an dem Schmuckstück war, dass, wer es trug, von aller Welt geliebt wurde. Der Ring kam in den Besitz eines Vaters von drei Söhnen, die er gleichermaßen liebte und die gleich gut geraten waren. Es blieb nicht aus, dass der Mann im Laufe seines Lebens jeden seiner Söhne für würdig hielt, den Ring zu übernehmen, und er versprach ihn allen. Als sein Tod nahte, fürchtete er die endgültige Entscheidung. Er ließ bei einem Juwelier gleiche Ringe fertigen und gab jedem seiner Nachkömmlinge einen davon. Nach des Vaters Tod reklamierte jeder der Söhne mit seinem Ring die Nachfolge des Vaters. Da sie sich nicht einigen konnten, ging der Streit vor Gericht. Der Richter hörte ihr Problem und nach einem kurzen Augenblick des

Nachdenkens fragte er sie: »*Wem unter euch dreien würdet ihr den wahren Ring am ehesten gönnen?*« *Die drei Brüder waren nur auf sich selbst fixiert und konnten keinen unter sich benennen. Das brachte den Richter zu dem Schluss, dass keiner der Ringe der echte sein konnte. Sonst hätten die beiden anderen seinem Träger den Vorzug gegeben. Dies erklärte er den Zerstrittenen und gab ihnen den weisen Rat:* »*So bleibt euch nur das Bestreben, euer künftiges Leben so einzurichten, dass ihr von aller Welt geliebt werdet. Dann hat euer Ring das bewirkt, was sein Geheimnis sein sollte.*«

Nach kurzem Schweigen antwortete Fanny ihrem Mann: »*Das ist eine sehr schöne Geschichte!*«

Traurig ist es, wenn in einem Leben
die Seele eher ermüdet als der Leib.

(Mark Aurel)

Zu Hause trugen schlechte Neuigkeiten dazu bei, dass sich Heinrichs Gemüt weiter verdüsterte. Aus Deutschland kamen die amtlichen Totenscheine für seine Angehörigen. Er kapselte sich völlig ab und zog sich in sich zurück. Nur manchmal suchte er Fannys Nähe.

In einer schwülen Sommernacht 1960 löste er den letzten Anker zur Welt. Sein wundes Herz stand einfach still und bald folgte der Hirntod.

Es war immer noch sehr warm und feucht. Fanny saß auf der Terrasse ihres Hauses. Die graue Holzfassade lag im gleißenden Sonnenlicht. Sie schützte sich mit einem Sonnenschirm gegen die heißen Strahlen. Es sah aus, als schaue sie den sportlichen jungen Männern zu, die den Strand entlangliefen. Aber in ihren Gedanken war sie ganz weit weg. Vor zehn Tagen war Heinrich gestorben.

Es war ein plötzlicher, unerwarteter Tod gewesen. Nun war sie allein. Ihr Mann ging ihr nicht aus dem Sinn. Fanny hatte ihm nach jüdischer Sitte die letzten Liebesdienste erwiesen. Sie hatte ihm die Augen verschlossen und ihn dann mit den Füßen zur Tür auf dem Boden ausgerichtet und mit einem weißen Leintuch bedeckt. Alle Spiegel im Raum hatte sie umgedreht oder verhangen. Bis zur körperlichen Erschöpfung hatte sie Totenwache gehalten und Psalmen rezitiert. Nur ungern hatte sie sich von Freunden und Bekannten ablösen lassen. In der gesamten Trauerperiode hatte sie weder Fleisch noch Alkohol zu sich genommen. Sie hatte, ganz nach der Vorschrift, auf einem harten Holzschemel gesessen. Beim Trauern wollte sie sich keine Bequemlichkeit gönnen. Am dritten Tag nach Heinrichs Tod, mitten in der Trauerwoche *Schiwe*, fand das

Begräbnis statt. Die kleine jüdische Gemeinde von Santa Monica hatte Fanny in ihrer Trauer rührend beigestanden.

In einem speziellen Raum am jüdischen Friedhof wurde Heinrichs lebloser Körper unter Rezitationen entkleidet und gewaschen. Fanny hatte ihn dann mit einer größeren Menge Wassers überschüttet und den Leichnam hergerichtet. In den schlichten Holzsarg hatte man Löcher gebohrt, damit sich die Weissagung leichter erfülle: »*Staub bist du, und zu Staub wirst du wieder werden.*« Rabbi Brown hatte etwas Erde aus dem Heiligen Land mit ins Grab gegeben. Unter dieser Erde würde der Tote als einer der Ersten auferstehen, glaubte man. Nun ging schon die zweite siebentägige Trauerperiode dem Ende zu. Bereits am dritten Tag hatte Fanny sich eingesperrt gefühlt, war trotzdem die ganze Zeit zu Hause geblieben. Sie hatte keinerlei Geschäfte besorgt, sich nicht gebadet, keine Lederschuhe oder frisch gewaschene Kleidungsstücke getragen. Sie hatte nur um Heinrich getrauert und über ihre gemeinsamen Jahre nachgedacht.

Viele Schüler mussten auf ihrem Weg zur *middleschool* an ihrem Haus vorbei. Deren Lachen und ausgelassenes Treiben brachten Fanny in die Wirklichkeit zurück. Erst jetzt verspürte sie, wie sehr ihre Lippen trocken waren. Sie hatte Durst. Sie ging ins Haus, öffnete den Kühlschrank und entnahm eine Dose Eistee. Das Aluminium beschlug sofort in der Wärme, und kleine Wassertropfen perlten von der Dose ab. Fanny öffnete die Lasche und nahm einen tiefen Schluck. Dann trat sie wieder auf die Terrasse hinaus. Dabei vergaß sie, anders als sonst, den vorbeitrödelnden Jugendlichen ein Lächeln zuzuwerfen. Die nächsten Schlucke trank sie bereits wieder achtlos in sich hinein. Unter den warmen Sonnenstrahlen kehrte sie in die Welt der Erinnerungen zurück, kam aber schließlich doch an einem Punkt an, wo sie Entscheidungen für die Zukunft treffen musste. Sie wollte sich schnell wieder in die Arbeit stürzen und hoffte unter Freunden und Kollegen Ablenkung zu finden. Vergessen war nicht möglich! Alles in der Wohnung atmete Erinnerungen an den Toten. Sie brauchte Tapetenwechsel, wollte sie nicht kaputtgehen. Als ihr Blick den Hawdalateller streifte, erinnerte sie sich an Heinrichs Vorhaben. Da sie ohne Nachfahren waren, wollte er ihn der Allgemeinheit zugängig machen. Er hatte an das J. Paul Getty Museum gedacht. Fanny beschloss, diesen Wunsch sofort zu erfüllen. Der Teller hatte ihnen kein Glück gebracht, obwohl sie den Wein beim Sabbatfest immer reichlich übergegossen hatten. Sie brauchte kein Erinnerungsstück, um ihr Angedenken an Heinrich wachzuhalten, erst recht keines an das hässliche Deutschland! Sie griff sich das Telefonbuch und wählte die Nummer des Museums.

»J. Paul Getty Museum, West Pacific Coast Highway«, meldete sich eine Stimme in der Leitung. Nach einigen Erklärungen wurde sie mit der zuständigen Abteilungsleiterin verbunden. Deren Name war Laura Franklin. Sie hatte eine angenehme, frische Stimme, die Fanny sofort für sie einnahm. Ein Treffen zu vereinbaren war völlig unkompliziert. Die beiden Frauen verabredeten sich noch für den gleichen Nachmittag. So gab die Witwe Heinrichs letzte dingliche Bindung an Deutschland, an Köln, noch am gleichen Tage in die Hände einer jungen, sympathischen Historikerin. Die erkannte schnell, welch geschichtsträchtiger Schatz ihr übereignet worden war, und drängte Fanny, ihr alles zu erzählen, was sie über den Teller wusste. Die wichtigste Spur führte also nach Köln. Laura Franklin erfuhr, dass das alte Stück in Heinrichs Familie von Generation zu Generation weitergegeben worden war, bis Heinrich Stein es auf der Flucht vor den Nazis mit in die Staaten gebracht hatte. »Dieser Teller wurde im Mittelalter gefertigt«, warf die Historikerin ehrfürchtig ein. »Wie viel Geschichte klebt an diesem schönen Stück! Ich will seinen Weg erforschen und seiner Geschichte auf den Grund gehen.«

Soll man die junge Frau um diese Reise in die Vergangenheit beneiden, die neben kurzen Momenten des Glücks und der Zufriedenheit so viel Tragik und Unglück offenbaren wird?

Die Hüter des Hawdalatellers

Ehemann verstorben:	Name der Ehefrau:
1288 Noah (Rabbi)	Bela
1308 Salomon (Arzt)	Judith
1324 Aaron (Arzt)	Miriam
1349 Isaak (Arzt)	Sara
1396 Chajjim (Rabbi)	Golde
1404 Israel (Arzt)	Rosa
1451 Mendel (Arzt)	Vifelin
1482 Aaron (Rabbi)	Rike
1497 Menchin (Lehrer)	Myngin
1510 Menachem (Arzt)	Reyne
1556 Victor (Schriftgelehrter)	Guda
1591 Noah (Arzt)	Ruth
1614 Neser (Parnas)	unverheiratet
1649 Mendel (Hausierer)	Mira
1676 Samuel (Kaufmann)	Bela
1715 David (Kaufmann)	Judith
1763 Jekel (Uhrmacher)	Lea
1798 Juspa (Arzt)	Juedlin
1814 Samson (Arzt)	Rike
1860 David (Bankangestellter)	Ruth
1890 Isaak (Jurist)	Risska
1922 Karl Stein (Arzt)	Else
1938 Josef Stein (Justitiar)	Gretchen
1960 Heinrich Stein (Kaufmann)	Fanny